春閨夢

那些被留下來的女人

王瓊玲 著

三民書局

可憐無定河邊骨
猶是春閨夢裡人

唐陳陶隴西行　壬寅處暑之節　瑞峰老農黃瑞霖

那些被遺忘的女人

——寫在《春閨夢》出版前

從小，我就愛聽故事、愛讀小說、耽溺於歷史傳記、對英雄豪傑更是崇拜到五體投地。春秋戰國的逐鹿中原、三國風雲的爾虞我詐、元朝鐵騎的縱橫歐亞、莫那魯道在霧社的血祭祖靈……無不引發我滿懷的浪漫，恨不生逢其時，親眼目睹時勢的偉烈、英雄的崛起。

所幸，歲月是淘洗幻想的大河、現實是削除稜角的斧刀。成長的過程中，無數個因緣際會，讓我得以凝眸歷史、反思現世，不再繼續「吃了豬油蒙了心」下去。

最大的衝擊，來自一群在「道班」工作的退役榮民。豔陽下，他們精赤著上半身、飆汗如西北雨，燒熔著滾沸的瀝青，澆灌在馬路的坑坑窪窪上。當年，兩岸敵對又阻絕，淘氣的小女生，哪裡懂得戰亂流離有多痛苦、舉目無親有多絕望！只私下謔稱他們是「老芋仔」、「怪老子」；嘲笑他們滿嘴的蒜臭、奇腔怪調的鄉音。

直到某年的除夕夜，電視裡演出了京劇「四郎探母」。戲中，久別重逢、抱頭痛哭的佘太君母子，引得道班宿舍裡也哭聲一片。隔天，兩位「怪老子」竟然就一懸樑、一割腕，執意化作孤魂，飛渡茫茫的海峽，回老家尋娘親去了。

當發生在眼前的悲劇，不再是口耳傳說、不再是文詞載錄，而是血淋淋的事實時，所有對金戈鐵馬的嚮往，在一剎那間就徹底崩毀了。懵懂的我，終於撥開一層層歷史的霧霾，正眼對上了柴、米、油、鹽生活的瑣碎，認真去體會小人物心底的纏綿，進而努力想描摩他們的平凡，以及不凡。

開始寫作之後，我用中篇小說《老張們》，向畫梅的蔣老師、扛大棺的田叔叔、賣豆漿饅頭的老吳、為小學生做牛做馬的工友王伯伯、以及道班裡的老黃、老蔡、老李、老劉、老宋……致上最虔誠的敬意。他們一個又一個、一群又一群，都是被戰爭千刀萬剮的傷心人；也是埋沒在青史中，永遠不會被提及的無聲勇者。

後來，為了撰寫長篇小說《待宵花》。我用半年的時間，週週去山村裡，採訪雙眼失明、左耳失聰、半身遭火吻的臺灣充員兵：阿祿叔。八十多歲的剛毅老人，帶領我一步步穿越時空，重返一九五八年八二三臺海戰役的現場，感受了「金門廈門門對門，大砲小砲砲打砲」的慘傷。

為了挖掘更多的史實，我也採訪了多位八二三的老戰友。每當述及死傷的壯烈、袍澤的情義時，雖然事隔一甲子，白髮蒼蒼的老人們，依然泣不成聲；而進行田野調查的我，也幾乎是「淚珠與筆墨齊下」了。

然而，訪問陣亡烈士的遺族時，情況卻有了極大的不同。儘管喪父的孤兒已年逾花甲；守節的寡婦也高齡八十多、甚至九十幾，但談及血淚涔涔的往事時，他們往往都欲語還休，不重不輕的帶過；偶而眼中噙淚，卻似乎已經風停雨歇、不傷不痛了。

庸碌如我，絕不相信這是「回首向來蕭瑟處，也無風雨也無晴」的豁達；反倒覺得是——太傷、太痛、太腐心蝕骨了，孤兒寡婦們只好挖個洞，把往事深深埋了進去，不敢去碰觸、不願再揭開。因為，一家的頂樑柱雖然折斷了，日子卻總要過下去。倘若不用肉手掌去撐、用肩胛骨去頂，屋瓦就會一塊塊掉下來，砸死明天！

五六年內，我訪問了好幾位遺孀、遺族。我殘忍的挖、無情的掘、就是要打開一道又一道生命的封印。我深怕埋久了、藏深了，一切就消失了、無聲無息了。人們也就認定——他們真的不傷不痛了！

年華雖然老去，往事鐫刻於心底，怎可能不傷不痛呀？

當我採訪「斷指婆婆」：許李木珠女士時，她已重度失智。其胞弟李威毅說：「姐姐二十歲出嫁，隔年，丈夫卻陣亡在金門；腹中的胎兒才七個月。為了活下去，只好幹盡各種粗活兒。在鐵工廠當壓模工時，竟被大鋼板鍘碎了四根手指頭。好不容易，把遺腹子拉拔長大了，要娶媳婦了。婚禮前一個月，兒子卻車禍身亡。這幾年，老了，又逐漸失能、失憶了。我不忍心看親姐姐孤苦伶仃，變成翻撿垃圾桶的乞丐婆，就把她接回娘家來照顧。」

當一生的慘痛被弟弟述說時，斷指婆婆茫然的眼神仍然飄忽著，彷彿一切都與她無關。可是，每一聽見丈夫許玉峰、兒子許瑞益的名字時，她卻會瞬間回神，咿咿呀呀的四下找尋。那種淒然又熱切的表情，好像是在問人、更像在問蒼天！最後，弟弟下了總結論：「姐姐的一生就是不斷的『失去』：失去丈夫、失去手指、失去兒子，每一樣都是折磨；上天給她唯一的恩典就是——失憶。」

採訪後，我陷入了深沉的哀思。懷疑用寫作來補綴歷史的理想，是不是在自我催眠？更何況「歷史給人類唯一的教訓，就是：歷史不可能成為教訓！」於是，意志脆弱的我，好幾度想放棄，不敢再觸摸八二三的斑斑血痕。

是「阿罵（嬤）與小猴兒」把我從困惑中拉了出來。一位是開朗健談的戰爭遺孀、一位是青春無敵的娉婷少女。她們總是不閃不逃、有哭有笑，坦然面對家族的悲歡、也迎戰現實的逆境。訪談這一對祖孫時，我瞻望到朝陽燦爛、也沐浴了暮靄慈暉。是她們對時代的寬容、對人生的從容，重新點燃我創作的火苗，讓我體悟到不忮不求、一步一腳印的必要。

從前吟誦唐詩：「可憐無定河邊骨，猶是春閨夢裡人」時，總覺得哀感頑豔，悲切入魂。但是，認識了遺孀呂陳氣女士，才知道支持她挺過死亡蔭谷，讓家族開枝散葉的，就是這纏綿悱惻、不離不棄的春閨深情。

初訪呂媽媽，她拿出了第一張照片：十八歲的她與戀人呂松全相依偎，拍攝於一棵枝椏蒼勁、寒梅朵朵的大樹下。第二張照片：十九歲的她，一身白紗禮服，挽著西裝革履的二十一歲郎君，成為恩愛的結髮夫妻。第三張：一幀英俊瀟灑的空軍獨照，上面標寫著「呂戰士松全遺像」——原來，新婚才五個月，丈夫就被徵召入伍。一九五八年，中秋節的深夜，丈夫搭軍機出任務，卻永遠消失在金門料羅灣的上空。那時，女兒麗慧出生未滿三個月。

淚水雖然模糊了訪問人的視線，卻仍大膽的許下允諾：「呂媽媽，我會帶您重回初戀的地方；我要替您找到那一棵梅樹。」於是，我在梅山公園裡，「眾裡尋樹千百度」。皇天不負苦心人，終於找到了六十多年前的愛情見證。當呂媽媽重返舊地，在繁花如錦的老梅樹下哀哀憑弔時，我和麗慧姐也淚眼對望。她輕輕頷首：「媽媽終於圓夢了！」

自古以來，所有的戰爭都是野心家挑起的。歷代青史也只忙著歌頌「一將功成」，徹底忽略了「萬骨枯」；更不會顧及「萬骨枯」的背後，連繫著千萬個家庭的破碎，有千千萬萬個父母、寡婦、孤兒在暗夜裡哭泣！

悠悠六十四年過去了，八二三陣亡烈士的遺孀，目前只剩下十幾位。丈夫用生命來捍衛臺灣；遺孀用一生的青春來見證愛情、護守家園。百無一用的書生，只能用《春閨夢》向這群偉大的女性致敬；並衷心期望：充滿愛與關懷的寶島臺灣，不要讓她們繼續被遺忘。

目次

小說

散文

春閨夢裡

六十多年來，他在，一直都在。
未來，也將緊緊相守，不會離開。
阿枝知道，也完全相信。
她微笑著、依偎著，永遠依偎著！

呼喚

「阿枝，阿枝！勿要再睡了。起來，咱們去嘉義的梅山公園看梅花、去新化街上看電影。更遠一點，去臺北玩。搭山線火車去，坐海線回來。我答應過妳的，一起去，我們一起去……」

睡不著的夜晚、醒不來的早晨，是熟悉的聲音在呼喚。低沉的雄性，妥妥當當，像磐石，鎮得住人世間的風狂雨暴。

阿枝翻了個身，拉緊了棉被，抗拒醒過來。彷彿只要一直睡下去，歲月就可以靜好，現世就能夠安穩。只要有他，他在，甚麼都會被扛起來；甚麼都可以好好的，不殘不缺。

但是，呼喚的聲音很固執。那男人的音質，是層層疊疊吸捲入內的強勁，再緩緩吐出來的纏綿；有著二十二歲清亮的亢奮，參雜著大家族所催熟的老成；再加上些新婚忙碌後，對妻子的愧疚。

「可以嗎？真的可以嗎？」阿枝她低聲輕問。那不是初戀的羞澀，或是新嫁娘的顧慮。

不是，早就不是了！

「可以！當然可以。我自由了！」他的聲音果然是自由的，流動在阿枝的髮絲及臉頰，像溫暖又柔膩的手指，揉過來、撫過去，癢酥酥的。

「真的嗎？真的愛去哪裡，就可以去嗎？」阿枝笑了，眼皮瞇了，淚珠子卻墜落下來。

「還是這麼愛哭？是要怎麼辦喲！」男人在她的耳垂旁哈氣。是甜滴滴的驕縱、熱呼呼的寵溺。阿枝的淚珠子掉得更撲簌簌了。

「都是你，都是你！是你害的……」不是真的嗔怒，是從禁閉很久很久的嘴唇牙齒縫隙，偷偷溜出來的哭訴。

「啊！對不住！……妳是知道的，真的很對不起妳。」

「我知！怎會不知？也從沒……從沒怪過你！」淚水更泛流了，喉嚨哽住，阿枝覺得全身上下像一大片玻璃，被鐵鎚子狠狠敲了一下，碎裂滿地，再也拼不回來了。

「這些年，你都在哪裡？……現在，又能帶我去哪裡？」阿枝捧著他的臉，幽幽的問；也問沉默的天與地。

「我在、一直都在，從沒離開。」他答得急、辯得切，一副不願意被妻子冤枉的口氣。「那些地方，忘不掉的；我來來回回也遶過很多遍。」

哄人？哄得多真、多離譜！阿枝笑了，很想告訴他：「這麼多年來，我哄自己、騙女兒，哄騙得周周全全、甜甜蜜蜜。你呀！功夫還差得遠呢！」

「阿枝！我……」妻子笑容後面的苦澀，讓他重重受傷了。

「真的可以去嗎？一起去，去我們去過的地方？」趕緊滑回來開心的話題，是阿枝擅長的。不會這一招，那六十多趟春、夏、秋、冬的循環；兩萬兩千多個白天與黑夜的漫長，怎麼捱得了？度得過？

「是呀！去妳一個人走過的；也去我們倆都很想再去的！」

「你能帶著我？真的能帶我去？」阿枝搖搖頭，哭了。

是呀！永遠老不去的二十二歲、髮白蒼蒼的八十二歲，要怎麼牽手出門？怎麼並肩同行？

「妳本來就是我的『牽手』。不怕！不必管那些有的、沒有的。起床啦！好不好？我們一起出門去！」

「麗慧呢？要不要也帶她？」

「傻喲！妳還當她是紅嬰仔呀！她都已經當阿嬤了。一大清早，夫妻倆帶著咱們兩個小曾孫，去公園盪秋千、溜滑梯了。」

「那……那我、我要換一下衣服。」

「好、好，我出去外面等。」他懂得她的矜持，笑了笑，邁開步子出房去。

箍住

「妳穿這身深咖啡色的套裝，真好看！」

冬日，晨曦透過玻璃，斜斜折射，一屋子的流光煥彩。他兩排整齊的牙齒也映光閃閃。那深邃到看不見底、偏偏又千言萬語的眼睛，盯著阿枝眨呀眨；濃又黑的長睫毛開開闔闔；上翹的嘴角笑意盈盈。依舊呀！依舊是六十多年前的俊俏。

六十多年前，第一次見到他，阿枝也是仰著頭看，紅了臉蛋，心底一聲驚呼：「哇！他真高！」

後來，就是那高挺、那英俊害的。

阿枝常常想：為甚麼他不矮一點、醜一些；來個砂眼、再蛀黑幾顆牙，就落選了。

落選了，就不被命運挑中了！

那麼，六十多年前，他就登不上軍機、飛不上青天。那個無星無月的中秋節，颱風才剛過，風雨交加的西南氣流裡，她的他，就不必執行一趟又一趟的危險任務。

這麼樣——一切就改變了。她的男人就有機會變老。兩個深愛著彼此的小夫妻，就可以同住在一個屋簷下，呢呢喃喃、吵吵鬧鬧，直到皮膚皺巴巴、頭髮白蒼蒼，活夠又活滿了，再敞開沙啞的喉嚨，豎直重聽的耳朵，商量誰讓誰先走？誰給誰送行？

然而，六十多年過去了。那濃睫毛、大眼睛，那盈盈笑意的嘴角，哪有化成煙？哪有粉成灰？全部都轉移了，移轉到麗慧身上。女兒身烙印著父親影，骨肉血緣的重生與再現，是另一種方式的長相廝守嗎？阿枝含淚，痴痴迷迷凝望著他。

他牽起阿枝的手，放進自己的臂彎：**「來！挽住我的手臂。現在，不必再閃閃躲躲、怕東怕西了。」**

「啊！不行，會被人笑！」阿枝一陣掙扎，想扭開。

他卻緊緊夾住，非常蠻橫的力道，不放就是不放了。

她止住。眼淚又滿上來、溢出來。

六十多年前的他們——不管是短短一年的戀愛、匆匆五個月的夫妻，只要是在人前，兩人就從沒牽過手。真的，一次也沒有。哪怕是在隱蔽的公園小徑、黑暗的電影院。四隻手總是小心又驚慌：僵硬的尷尬，彆扭著狂喜，怎麼擺都像放錯了位置。偶爾，喜孜孜的偷瞄一下對方，心臟就噗咚咚狂跳。所有的一切都羞人答答，彷彿每一個路人甲、路人乙都在窺伺他們；連黑白電影的大螢幕裡，好像也會跳出不解風情的長輩、多管閒事的警察。

阿枝瞅著他，淚眼含笑。這種永不鬆開的纏綿、緊緊箍住的固執，她懂得的，怎麼可能不懂？

但是，不停轉的歲月、不逆齡的人生，都已經來到了寒冬。遠在六十多年前就消逝的春天，要怎麼追？追得回嗎？

「追得回！當然追得回。有我，我陪妳。」

一身金光燦爛的情人兼丈夫，擁她入懷，兩手緊緊箍著、抱著。鐵了心腸一般，就是要箍住死生契闊！就是要挽回似水流年！

阿枝不高，額頭被他的下巴抵著，摩摩娑娑，癢刺刺的揉撫。她伸出兩手環抱他的腰，閉上了雙眼，淚水還是不停湧出來，一臉浪滔滔。

是的，這種久違的溫存，是她永遠的沉溺。要一直沉溺到地老天荒的！那是黃金五個月中，夫妻間甜甜的小秘密，每日都發生，發生在新嫁娘起身去煮一大家子早餐前的片刻。

「你永遠青春，我卻白頭了。」阿枝哽咽了。

身旁的丈夫沒有機會老去，二十二歲，生命就殘暴的斷裂了、停格了。眼前的他，竟然比自己親手帶大的三個孫子還小、還年輕？阿枝驚駭！擋不住的羞赧又暴衝心頭，一陣掙扎，想脫逃開。

「阿枝、阿枝……」丈夫的聲音是懇求的，也是哭著的了。

阿枝瞬間軟了力氣——怎麼忍心呀？命運宰割的，是無辜的他；歲月凌遲的，是無依的自己。六十多年來，天天痴心、夜夜妄想，妄想追回片刻的纏綿。現在，可以執手相看淚眼了，自己卻又畫地自囚，斤斤計較著年齡、叨唸著生死，多麼愚蠢呀！

「好！不怕了，一起去、一起走。但是，你、你不可以……不可以再半路丟下我！」

「喔！不會，絕不會！我也從來沒離開過。」他的聲音甕甕沉沉，帶著點飄忽的迴音，像漫天風雪中，努力要燒旺的火苗。

她也瞬間明白了，或許，他真的沒有離開。知足吧！就別再逼問歲月、強求命運了。

「還是去一下小公園，向麗慧說一聲。沒看到我，她會急得到處亂找的。」

「好！就一起去。」他笑了，一臉的朝陽燦爛。

那年中秋

遠遠的，就聽到兩個曾孫子在大呼小叫。才周歲大的弟弟，蹬著兩隻圓嘟嘟的肉棍腿兒，顛顛頓頓，在草地上學走路。古靈精怪的小姊姊，蹦跳跳、拍手又尖叫，一邊加油一邊搗蛋。兩隻小鬼把兩個大人搞得團團轉。

「**媽！妳要出門？手腳這麼快，衣服都換好了。**」麗慧追小孫子追得一臉紅，喘著氣，大眼睛眨呀眨，笑了。

就是這眼神、這笑靨！遺傳——真的是天地間最神妙的東西。

冬天的陽光一束束，是千百隻按摩的手指頭，在阿枝的臉上揉、身上搓，按壓得她全身暖洋洋。

「**Ha llegado bisabuela! Ha llegado bisabuela! 好耶！阿祖來了！阿祖來了！**」四歲的小姊姊張開兩手，奔衝過來。靈巧的嘴巴，嚷著稚嫩的雙聲帶，把臺灣、西班牙兩邊的家族血統，全都巧妙的兼顧了。

「**啊！小心、小心！不要……**」女婿急匆匆擋上去。他知道：小孩子這種飛撲的力道，就像一顆小砲彈，很容易讓老人家閃到腰骨。

小女孩卻敏捷得像隻小潑猴，閃過阿公抓人的長手臂，直接撲進八十多歲阿祖的懷裡。

阿枝蹲下身，摟住這個真人洋娃娃，摸臉又親頰的！

隔了兩代、又注入了西班牙的基因，兩個小曾孫的眉宇之間，依然閃現阿枝最熟悉、最眷戀的影子。

是呀，六十多年來，她思思念念的男人，何曾離開？

「**媽！不急，我先把這兩個小鬼抱回家，還給他們的爹地媽咪，就開車載您！**」女婿總是這麼孝順、這麼貼心。

可是，怎麼只喊我一個人？他呢？他在哪裡？阿枝側過臉，眼光一陣搜尋。

喔！在那裡！找到了——就在大榕樹下，隔著十幾步的距離。

陽光穿透了枝枝葉葉，灑下滿地的光影。風一吹，大大小小的圓點搖來晃去。阿枝的他，一身潔白的襯衫、西裝褲，浮映著綠影與白光；伸出左手支著樹幹，斜倚身子，勾彎著右長腿，望向人間的天倫樂，一派瀟灑的滿足。

阿枝也笑了：是的，眼前的這一切，他是既有名又有分的。開不開口？參不參與？

都一樣，全都一樣！

「不、不！阿慧，你們倆的小金孫，一年能回來臺灣幾次？要多抱、多陪、多出門去玩玩。等他們一搭上飛機，飛回去西班牙，你們兩個當阿公阿嬤的，再怎麼思念，就只能對著電腦，招招手、叫叫名字；想抱卻抱不到了。」

阿枝嘴上嘮叨著，心底泛起了一份甘甜——麗慧夫妻都在上班。三個孫子讀大學前，都是她煮早餐、盛便當；打理東、幫襯西，同心齊手，拉拔長大的。

現在，即使孫女遠嫁西班牙、孫兒衝事業打天下，回饋給外婆的親膩，可也從來沒有少過。造化雖然愛戲弄人，但是，她手中抓住的幸福也不算少，可以偷偷笑了。

阿枝再轉過頭去瞄他。大榕樹下，英挺的二十二歲男子，笑得更瀟灑了。

但是，但是……阿枝仔細打量他，心裡反倒有點兒自責了。

——她的男人，身上穿的西裝褲，樣式太老、太退流行了：褲管太垮、太肥，顯不出他的高俊挺拔。嗯！好！明天就親手替他再裁製一件：一定要窄管些；褲襠別太深；腰頭縫低一兩吋，打褶也別太密，就不會老裡老氣。

他的尺碼永遠不會變，阿枝記得刻骨銘心。自己踩縫紉針車踩了一輩子，教出了一批又一批的學徒，是臺南地區出了名的裁縫——「阿枝師」。

阿枝師的男人，怎麼可以跟不上流行？

——喔！不！也不能太流行！八十二歲、二十二歲的距離，豈只是鴻溝？可別再去拉開。萬一，拉得太開太大了，會大成臺灣海峽，那……

——海峽！臺灣海峽！六十多年前的臺灣海峽！

那海峽，迷茫的黑水溝，慘烈的生與死。

陰黑的海浪是巨大的舌頭，來來回回舔著沙灘——金門料羅灣的沙灘。

八二三！是叫八二三？四十四天的浴血惡戰；二十一年的仇恨纏鬥……。

那四十四天裡，四百多門大火砲，將近五十萬枚鐵砲彈，從對岸的大嶝、小嶝、圍頭、深江、蓮河、煙墩山，漫天蓋地的濫轟濫射。整個金門、烈嶼、大擔、二擔，全部罩進了狼煙火網，都快被轟沉了。

狂炸！海上、陸上、空中，沒日沒夜……。

金門、廈門都已經遍地焦土了；老天爺還不垂憐，讓颱風也來湊熱鬧。中元節才來橫掃一遍；中秋節前兩天，又來揮拳又踢腿。無辜的土地、可憐的軍民，奄奄一息。

是中秋！是一家大大小小，該團圓、該吃吃喝喝、吟詩唱歌的快樂節日！

但是，六十多年前（一九五八）的中秋，金門孤島卻是無星無月、有風有雨，一片的漆黑與恐怖。

上空——臺灣海峽的上空，那一趟又一趟的飛航任務。那第八次的起飛，再也不能降落！不能降落！

中秋節都已經過了。

肩上頂著一顆梅花的連隊長，才由鎮公所兵役課的職員陪同過來。威武的軍裝，黑得發亮的方型大臉，青鬍渣刮得乾淨俐落。

搖籃裡，出生不久的麗慧睡得香又甜，偶然還會微微笑。婆婆說：那是守護紅嬰仔的「床母」，在夢中陪她玩、逗她笑。

二十歲的阿枝，月子做得很好，乳汁充沛，能幹的她已經是上了手的小母親。她低著頭，兩手推著布片，一雙腳踩動縫紉車：搭、搭、搭……搭、搭、搭……一屋子，滿滿是喊她「師傅」的裁縫學徒。

大黑臉在門外喊：「請問：『呂陳氣』女士，住在這裡嗎？是哪一位？有要緊的事。」

冠上夫姓「呂」，終身有了歸宿，阿枝是滿心快樂的。「陳氣」那兩個字，既陌生又熟悉，只寫在她的身分證、戶口名簿上，是含血帶淚的生命經歷。阿枝並不喜歡，也沒人這麼叫了。那人，那大黑臉怎麼會知道？還叫得這麼大聲？

那人、那張大黑臉，跨大步，進大門了。

怎麼？彷彿似曾相識？是在軍營裡，見過一次面的黑臉軍官嗎？軍官怎麼也愛哭？捧著阿枝的手一直哭、一直哀號，哭到快跪下去：

「嫂子，您是呂陳氣？是俺兄弟呂松全的老婆？您、您聽俺說：對不起！真的對不起……。

八月二十三日起，砲戰隔著大海開打了。金門被他媽的王八蛋砲火，封鎖了一個多月……。

是中秋哪！不能不過節。最前線的弟兄及老百姓，吃不到月餅，還餓著肚皮在打仗。硬撐、苦戰呀！金門的地皮都被轟焦了、炸掀了。不忍心哪！

俺們國家窮，弟兄們開的C-46運輸機，都是打過二次大戰剩下來的『老母雞』。咱們的『老母雞』奉了命令，三分鐘就衝上天空一架，一趟又一趟，載著香噴噴的月餅；噁不啦嘰，難吃到像大便的美國罐頭；一盒盒香菸、千百封老爹老娘、老婆小孩牽腸掛肚寫的信……吃的、用的、寫的，全是『老母雞』肚子裡的蛋！一顆顆都百來斤重，全都要送去金門火線上，是救人救命的物資呀！

咱們一大群的『老母雞』，在老共的鐵砲中飛來鑽去，朝著金門、烈嶼下蛋！去了回，回了又去，來來回回出完第八趟任務。天都快亮了，『老母雞』全飛回來清泉崗的窩了。

媽的！我數了又數、算了又算，停機坪上空了個大窟窿，獨獨少了呂松全他們飛的那一架……八個，飛機上，我連隊上的八個弟兄，不見了！全都不見了！

搜呀！怎麼會不搜？都拼死命搜了半個月了。沒了！就是沒了！……呂家嫂子，俺的松全嫂子呀！……」

黑臉漢子在報喪？報得一頭熱汗、一臉熱淚，鄉音土話都哀鳴出口了。但是，中秋都過了，過半個月了。原來……原來——她的他，不見了，不見半個月了。

臺灣的秋老虎很猛暴、很兇殘。黑臉漢子肩上的梅花，像一顆炸開的砲彈。花辦裡，點點花蕊、花粉，全變成了碎鐵片、黑火藥，從阿枝的眼珠子扎進去、刺下去，穿透了後腦杓，再轟爆出來！

連隊長還沒跪下去，阿枝已經癱軟，暈了過去。

「阿祖、阿祖！您呆呆的，在想甚麼呀？」真人洋娃娃的華文說得真棒，字正、腔又圓。軟綿綿的童音，把阿枝從六十多年前的慘烈，拉回到現在的圓滿。

臺灣海峽，逝水悠悠！太沉太傷了。流！就流走吧！

已當阿祖的她——只想留住現在。

但是，走不過從前，就來不到現在！

阿枝再往大樹方向望過去。那一身潔白的男人，絞著手掌，支著額頭，坐在樹根上。風一吹一旋，大把大把的榕樹黑鬍鬚垂墜著，在他頭頂上飄飄搖搖。

莫非——莫非——他也在流淚？

「乖！阿祖出門去走走。妳和阿公、阿嬤在小公園玩。當阿姊的就要保護好弟弟喔！」

「Adios bisabuela! 阿祖，再見！」洋娃娃摟著阿枝的脖子，紅嫩嫩的小嘴唇嘟起來，啵！啵！親了阿祖左右臉頰各一下，蹦蹦跳跳，逗弟弟玩耍去了。

「媽，真的不必載您出去嗎？」女婿慎重的再問了一次。

「不必，不必！我只逛逛走走，很快就回家！」阿枝答得火燎火急的，像是要脫離長輩控管，飛奔出去約會的青春少女。

轉過身子；滑梯處，兒孫們的笑鬧聲也再響起。她放心了，也滿意了。踩著冬天不凋不萎的青草地，一步一步，行向他！

大榕樹下，她的丈夫站起身來，噗！噗！噗！拍落人間的塵埃，也踩著遍地的光影，迎她！

天倫夢能夠不殘不毀，全是妻子阿枝從莽莽歲月、不仁天地裡，咬緊牙根創建出來的。松全凝視這位埋葬青春、化為春泥，為他生、替他活、撫慰他綿綿憾恨的八十二歲女子，忍不住淚湧如泉。

阿枝堅定的把手插入他臂彎，不再羞怯；他也緊緊夾住，溫柔又細膩。二十二歲的長腿，刻意緩慢下速度，配合出最優雅的節奏：一同前去，去向前方。

前方——不是未來，是過往。

是的，沒走過過往，怎來得到現在？怎去得了未來？

超過一甲子了。隔著陰陽縹緲、生死茫茫，他——一縷孤魂，只能眼睜睜看著妻子，泅泳人海，搏鬥巨浪。而她，一陷入生活的絕境，就只能向杳茫的冥界，哭他的名、喊他的姓；年年中秋，也只能去金門料羅灣，祭他的靈、喚他的魂。

現在，生死夫妻終於可以牽手同行了。

他們下了決心：漫漫來時路，不管綺麗或崎嶇，每一吋都值得重踏。不只這樣，那一整年的相戀時光，所有不好意思傾訴的；五個月的夫妻相處，還來不及暢所欲言的，今天——就在今天，也都要紮紮實實填個足、補個夠。

來時路

「從前，我們住的新化鎮那麼小。」

「是呀！到現在，也沒大多少。開車轉一下，就差不多繞一圈了。」

「那時，要約妳見一面，好難！」

「你是知道的。我白天在幫傭，晚上教學徒做裁縫，總是忙。」

新化鎮——新舊共存的小城，不缺賣蚵仔麵線的老攤販，也有了連鎖冰飲料的「十八嵐」。勞勞碌碌的小市民，為填飽肚皮在奔忙。阿枝夫妻倆，行過斑駁的歲月，是記憶的過客，也是悠閒的路人。

「要去哪裡呀？」阿枝仰起頭問他。那仰抬的幅度與角度，全是固定的，從少女的傾心到少婦的仰賴，甚至到白髮蒼蒼的現在，都一樣，一樣的溫婉、一樣的美麗。

「我們去嘉義的梅山，去梅嶺公園看梅花。好不好？」

同一個人、同一張嘴，半字不差！當年，是滿心期待的興奮；現在，變成幽幽追憶的歎息。中間的那六十多年何曾消失？阿枝與松全對望著，還是心酸。

「阿枝，要像當年一樣快樂呀！」他捏了捏她的手心，鼓勵著。

是呀！能再走一趟，是用一輩子的守候換來的。阿枝定一定神，驅逐掉罩在心頭的烏雲。

公車來了，阿枝亮了一亮身分證，運將先生就點了頭。早已超過六十五歲很久了，當然可以不必買票，大剌剌的登上公車坐博愛座了。運將很不錯，看著她安穩坐下了，腳才鬆開煞車板，往新市火車站開了過去。

一路順暢又平穩，有上、有下，卻沒有多少乘客。新型的空調大巴士，玻璃窗是密閉的。可惜了，享受不到清風拂面、髮絲飄揚的浪漫。

倒退的街景如逼近的往事，一幕幕迎過來，衝進來、撞上來。車窗也是螢幕，放映著青春的情境。

阿枝挽緊了丈夫的臂肘。身邊，這位永遠停格在二十二歲的男人，當年更年輕，才二十。

當年——才二十歲的呂松全，梳著西裝頭，襯衫領帶，一身繃著緊張。他彎下腰，側著頭，在售票亭的小小洞口，塞進錢，買了兩張公車票。

公車一小時才來一班，「叭～叭～叭～」不只喇叭瘋狂按，一身鏽鐵皮也匡啷啷響。六十幾年前，在煙塵滾滾的大街上，它是兩條人腿之外，非常可貴的交通工具。仗著個頭大、衝力強，當然橫行又霸道。

亂七八糟的碰撞吆喝聲中，春風少年兄護著十八姑娘一朵花，卯足勁、拚了小命，擠進公車的肚子。

那個黑燈瞎火的混亂時代，「反攻大陸」是唯一的燈塔。臺灣僅僅是一塊跳板，哪需要甚麼好的建設？公車路當然是彎來拐去、七坑洞八窟窿的。乘客滿了又滿，像擠沙丁魚，破車廂好似滾動的鐵鏽罐頭。

阿枝滿臉羞紅，因為貼靠得太近了，幾乎窩在松全懷裡。身量高大的松全，一手拉住吊環，一手箍圍到青春少女的後背，手掌不敢真正貼下去、摟下去；只爭取一點點保護的空隙，努力防堵閒雜人無心的推擠、有意的輕薄。

他一定全身汗涔涔，因為隔著幾層衣料，阿枝還蒸騰到他身上的熱氣。她——臉更紅了。

新市到了，擠出公車肚子，換松全白皙的臉紅成了大關公，囁囁嚅嚅道歉：「對、對不住，不是故意要……剛剛是、是怕旁邊的酒鬼弄髒了妳的衣服。」

「那天，公車上真的有一個酒鬼？」現在，八十二歲的阿枝斜斜睨了丈夫一眼，笑得滿臉春風。

「當然！我是很老實的。」他伸出手指，點了一下妻子的鼻尖；大眼睛眨瞇了一隻。很頑皮——很像他們現在的孫子。

新市火車站，還是懷舊式的平房，但建材全部翻新了，追不回昔日的風貌。阿枝買了一張半價的敬老票、一張全票。

刷了兩張票，站務員望一望她身後，一臉狐疑。

阿枝懶得理他，直接進閘門，入月臺。

「還記得，等火車的時候，你對我說了甚麼話嗎？」空蕩蕩的冷清，最適合回首從前、追憶往事了。阿枝笑著問。

「忘了，忘了，全忘了！」松全的眼睛發亮，盯著她，一臉促狹又得意洋洋。

怎麼可能忘？只是想再聽一次，享受妻子對他的刻骨銘心！

阿枝順著他，悄聲說了：「去梅嶺看梅花的那次，算是我們第二次單獨在一起。你就對我說：『下回，可以的話，我們坐火車去臺北，去更遠的地方玩。坐山線去，一路看山景；回來時，換搭海線，看著大海，一起回家。』」

「哈！當時，妳的臉好紅好紅，沒敢回答；連抬起頭都不敢。」

是呀！阿枝怎麼敢？在守舊的年代，那樣的話跟求婚是直接劃等號的。

現在的他湊下嘴唇，在她耳畔：「但是，妳沒說不，也沒罵我、瞪我，就是答應了，對不對？所以，才第二次見面，妳就想要嫁給我……」

「黑白講！才沒有哪！」阿枝臉紅了，瞪他一眼，替六十多年前的少女申辯。

「嘟～～嘟～～」區間火車進站了，來自遙遙的遠方。

非假日、也非上班時段，與六十多年前的擁擠大不相同。車上，低頭族全都在滑手機。歷史只是考試的科目；國仇遠得很，家恨是別家的；旁人的存不存在，大家沒啥興趣，也不想關注。

慢吞吞、每站都停的火車，車廂內韻律感十足，晃著、搖著舒坦的節奏。不急的，漫漫長長的一甲子，都晃搖過去了。

生離死別之後，累積的話太多了，終於可以絮絮叨叨、沒完沒了。一個多小時的車程，怎麼會遙遠？

火車悠悠晃晃，行駛在廣袤的嘉南平原。冬日了，原本無邊無盡的青翠，被攪進了些許的枯黃。越過了臺南、穿過了嘉義，大林小火車站就到了。

接下來，等候公車去梅山。

一一如舊呀！複製著當年。

當年與現在，他在！他都相陪、他都相伴。

阿氣、阿枝

梅山到了。

同一座山嶺、同一片樹林花海，改變不會太多，不像人生。

六十幾年前的彼時，六十多年後的此刻。她與他，走在公園的同一條曲折的小徑。

年底，兩三波「霸王級」的寒流，把臺灣凍成了一條冰蕃薯，連梅山嶺都白了頭——但不是下了霜、飄了雪，是梅花卯足了力氣、大開又大放。趕來湊風雅、賞梅景的遊客非常多。蕭瑟冬日裡，顯現難得的人間繁華。

「『阿枝』的名字，是你在這裡開始叫的。」寒風翦翦，往事豈如煙！

「怎麼？不滿意？想要改回去？」他戲著、逗著，防堵她陷入身世的感傷。

「不！很喜歡！」阿枝接收了他的體貼。

然而，回憶如潮水，還是全部都翻騰上來了，怎麼抵擋得住？這條蜿蜒的山坡路，夫妻倆才走第二遍，卻在心底盤繞了千百回。

六十多年前，她有個很奇特的名字：阿氣——陳氣。

那時候的「陳氣」，燙了烏溜溜的短髮，圓圓的臉蛋很俏麗，眼睛水亮又端莊，是厲害的臺灣婆婆也挑剔不出毛病的那一類型。小碎花的連身洋裝，是她親手裁做的，就為了這次的重要約會。她踩著半高跟的皮鞋。鞋子底下卻是一層層的石階、滿路的碎石子。松全的兩隻手凍在西裝長褲外面，準備必要時，攙扶住她的踉蹌。

十八歲姑娘卻走得很穩。

「是妳養父母把妳取名為『阿氣』的嗎？」松全低聲問，很擔心又很小心。水靈靈的佳人，可千萬唐突不得。上一次戲院的約會，他只隱約探得了她是養女的訊息。

「不！是我阿嬤，生母那邊的親阿嬤。」

「為甚麼？為甚麼要取這種名字……啊！對不住！我、我不是，我沒有嫌……」他暗暗罵自己笨，愈描愈黑。

「沒關係，我也不喜歡這個名字。」

「哦！那……」

「我親阿母一口氣連生了五個女兒，我是第六個。我才一落地，阿嬤就奔出產房，跺著一雙小腳，大喊大叫：『呸、呸、呸！氣死我了，真正氣死我了！難道生到我閉眼去見閻羅王時，也生不出一個可以傳香火的男孫子來讓我抱嗎？』」

「從此，妳就被叫『阿氣』？還把妳送給別人養？」他的聲音是從齒縫擠出來的憤怒。

生啥大氣呀？這男人還真愛管閒事！阿氣抿嘴想笑。

「算命仙仔對我生母說：『要「換花」，換成白花。要不然，紅花會一直開，開滿整個家。』」

「不懂！」他嘴巴回得狠又快，腦袋瓜一陣猛搖。還是在生氣！

「紅花代表女兒啦，白花才是兒子。一直生女兒，父母就要把剛出生的送給別人養，強烈表明態度：不喜、不愛、不收留。然後再燒好香、拜祭品，求告天公伯、註生娘娘，千萬別讓家裡再開紅花，趕緊換開白花吧！」

「俗語講：『算命嘴、胡累累！畫山畫水、騙人騙鬼。』妳生母家就信了呀？所以，『阿氣』就被『出氣』，送給別人當養女了？」松全真的好生氣、好生氣。

「不！聽說：親生阿母抱著我，哀哀哭了三天。」

「那、那……為甚麼還是把妳送人？」

「因為，我那個親阿嬤，也在祖宗牌位前，大哭了三天。」

梅山嶺上，十八歲的阿氣也哭了。她聯想到同年齡的女孩中，有許多隨隨便便被養大的，名字就隨隨便便的被取作：「也好」、「招弟」、「罔腰」、「罔市」；更悲哀的，還有叫「阿嫌」、「阿恨」、「不纏」、「無愛」的……這種名字，一聽就知道是離根離枝，風雨飄泊的女人。而自己，雖然被殘忍的「換花」了，親阿母一年多後，還是再生一朵紅花，家裡湊足了「七仙女」。那個小腳阿嬤活得很老很老，果真到了壽終正寢時，還抱不到一個男孫子。

慢慢走上了小拱橋，澗水淙淙，源自高山頂的冷泉，流淌過深谷，灌溉過蘭根，匯成了一泓幽碧。水中一雙青春的影子，波光粼粼，浮漾著曲折的陽光。那個高影子遞出了手帕，她不敢伸手接，激動中，偏偏翻掏不出自己的。

「養母有虐待妳嗎？」手帕再遞過來一次，聲音也似幽泉淙淙。

「不！養母很疼我。」

她擦了淚，摺好淺藍色的手帕，遞了過去，遲疑了一下，手又縮回來，一臉的羞紅。低頭打開小提包，輕輕塞了進去：「等洗乾淨，再還給你。」聲音很低，像說給蚊子聽。

「養母她、她為甚麼要抱妳回家？」他拐個彎問。

身旁，心儀的女子收下了手帕，但是他沒有狂喜。因為，更擔心的事浮現了——她到底有沒有養兄、養弟？這位被「換花」的好姑娘，會不會是童養媳？會不會被命運追著要「送作堆」，成為婚姻的奴隸？

但——這又不能敞開來、明著問，會很傷人的。

怎麼辦？嗯！她敢出來約會，應該沒有太大的問題吧？可是，也、也很難說！

不管了！松全一咬牙，下了決心：萬一，萬一要抗爭、要決鬥，要硬碰硬，打惡仗，絕對不逃不躲。值得的！為了這樣的好姑娘，再怎樣，都值得。

「養母嫁了幾年，沒生一男半女，才抱我去『招弟』。唉！我辜負了她，三年內，只招來了兩個妹妹。」

「女兒有甚麼不好？要是我，我就喜歡生女兒。」啊！慘！太露骨了，顯得輕浮，佳人會不會生氣？他趕緊再追著問：

「養父對妳好不好？後來有生小弟嗎？」

「這一個養父對我很好！」

「這一個？」養父就養父，哪還有這個、那個的？

「這一個養父很疼我，甚至超過兩個親生女兒。可是……我十歲時，他划竹筏撈魚，跌落魚塭。三天後，才浮上來。」淚又一滴一滴墜落了，只好打開小提包，再拿出那柔軟的淺藍色。

松全不忍再問下去，一切太虐心了。偌大的梅花嶺沉寂下來，只有不畏寒流的白頭翁、綠繡眼，跳來跳去，嘰嘰喳喳。

她也茫然：才第二次見面，可不能講太多，嚇到他怎麼辦？但是，積太重、壓太久了。而且，他低著頭在傾聽，眼睛是幽幽的泉水，汪著兩潭子的溫柔。

就說吧！不再忍了，全部都傾倒出來：「養父死了，辦完了喪事，全家已窮到活不下去。沒生下兒子，算是沒傳遞香火，家族就不出手幫忙。養母萬般不得已，只好改嫁。」

「妳才十歲，怎麼辦？」兩窪深潭，氤氳著水氣。

「養母再嫁前，哭死哭活的勸我：『阿氣，不是阿母不要妳；是讓妳回去生母家，去好命、去讀冊識字，將來可以像妳的親大阿姊、二阿姊一樣，去教書，被人喊老師。』

養母再嫁的日子快到了，她親自把我送回去生母家。我鎖住嘴巴，一直搖頭，不要！就是不要！絕對不開口叫別人阿爸、阿母。

養母蹲下身子，用手指頭指著：『阿氣，那兩個不是別人，是懷妳的阿母、生妳的阿爸。快，快叫！不可以不叫！』

我心裡想：第一次見面的，當然是『別人』，才不會是阿爸、阿母。養母急了，一直逼我；甚至一巴掌打下來，哭著罵：『妳這個死查某鬼，我平時是怎樣教妳的？快叫！還不叫？不叫，我就打死妳！』

我也拗起來，寧願被打死也不開口。

這時，生母卻傷心大哭了：『阿氣呀阿氣！妳就這麼恨我呀？』哭進房裡去了。絕望的阿嬤又跺起她的小腳：『無用了，回來也無用了，已經不同心，不同心了！』

養母轉過身，硬要離開我。我衝過去，抱住她大哭，死也不放手、死也要跟她走。於是，她只好又把我帶回去。再出嫁時，我，一個被收養的，兩手牽著兩個妹妹，全跟在養母的花轎後面，陪了過去！」

松全緩緩抬起頭，半仰著臉，閉住氣；但是，淚水衝破防線，潰堤了。她把手帕悄悄遞給他。

才第二次見面的男人，竟然就這樣為她淚崩了！怎麼辦？不該講這麼多的。但是，一切還沒完：

「新養父本來就不怎麼喜歡我們三姊妹。養母一口氣連生兩個小弟以後，他就更重男輕女了。十二歲的我，主動要求出去幫傭，賺錢貼補家用。」

「啊！她與弟弟至少相差十一歲。還好，應該不會硬被『送作堆』。」松全暗暗放下心了，但也為自己的私念嚴重害臊著。

「兩個妹妹也是可憐。稍微長大些，就跟我一樣，離開養父家去不同的地方幫傭。我們成了『流浪天涯三姊妹』。先是替人打掃、煮飯、放牛、種菜、割稻子，隨便換口飯吃。後來，我憑著幫養母坐月子學到的工夫：煮麻油雞、洗衣服、照顧小紅嬰仔……成為專門替人做月子的女傭。一兩個月就換一家，從這一家流浪到那一家……」

「好辛苦！」他又把手帕遞給她用。

「幾年前，現在的主人僱用了我。她是人好、心好的醫師娘，七十多歲，從前也當過養女。她要我白天做完家事，晚上就去她二媳婦家免費學裁縫。就這樣，我學上了一把工夫。」

阿氣不好意思對他講清楚：其實，別人三年四個月都還在當學徒，她只窩了兩年就學成出師；還因為手藝好，從助手變成了獨當一面的裁縫老師。

「我生母家並不窮，親姊姊都有讀書，只有被『換花』的我不識字。但是，養母希望我要和大阿姊、二阿姊一樣，也被人喊『老師』。現在，我已經做到了。」她很想講出困頓中的小驕傲，但是，硬吞下肚子。不行的！才第二次約會！

「以後，妳不要叫『阿氣』，好不好？」他低聲，卻很誠心。

「那……那要叫甚麼？」是呀！那兩個字滿滿是辛酸，有甚麼好留戀？

「就叫『阿枝』！」眼前的姑娘，真的如寒梅挺立、花開滿枝。

她心裡想：「阿枝，這名字好！可以支撐阿母、弟妹，也支起自己的未來。」從小被名字烙印的委屈，都過去了、消失掉了。

姑娘家沒搖頭、沒說不，那就是答應了。

松全咧開嘴，笑得好開心。

滄桑

從前與現在，風光景物是那麼相像：不黃的青草、怒放的梅花，淹成了綠海白浪。浪濤滾滾，從山嶺奔流下來，漫入了谷底，再翻湧到山坡。

歲月很漫長、死生是大事！但是，又怎樣？兩人還不是又靠在一起了！阿枝轉頭看他，微笑了，再偎緊一些些。

手挽著手，一步步，走近那棵梅樹了。

「啊！是這裡，是這棵樹！你怎麼記住的？還找得到！」八十二歲的老姑娘，快步衝向前，伸手去觸去摸，抖著嗓子又驚又喊。

天呀！是這棵，這棵梅樹，沒錯！

「信了吧！我說，我來過梅山嶺千百回的。」二十二歲的回應，得意洋洋，沒有滄桑。

「喔！你一個人是怎麼來的？像今天一樣，坐公車、晃火車？」

「傻呦！六十多年來，我一直是自由的。」他又伸出手指，點了一下妻子的鼻尖。

一樹白梅正盛開，如霜似雪，開得真像當年。一模一樣的枝幹枝椏，不變的花姿花香。但是，樹幹還是粗了、樹齡更老了，怎麼會沒有滄桑？

樹猶如此！樹猶如此！

人呢？人——何以堪？

那場血戰四十四天、持續二十一年，全世界歷時最久、落彈量第一的「臺海八二三戰役」，怎麼會沒有滄桑？隔著窄窄的海水，超過一百萬發的砲彈，爆在空中、轟在陸地、炸在海面，碎裂了多少圓滿、釀造了多少滄桑？松全仰起頭，看天也問天，硬是憋住眼底猛漲的洪水，不讓滄桑潰堤。

「我是自由的！」他再重複說了一遍。

是的，陸、海、空大戰開打後，才一個月多，中秋節的黑夜，他就徹底自由了。

那個中秋夜——無星無月、有風有雨。

松全他們八個人，已經來來回回飛了七趟任務了。第八次的起飛，再也沒有降落。是金門的料羅灣，天與海沸滾著濃稠的黑墨汁。他們載滿中秋物資的 C-46 運輸機，是在黑墨汁裡翻騰的「老母雞」。

咻！咻！咻！成千上萬的榴彈、燃燒彈射了過來，一條條全化成嘶嘶逦逦，滿天亂竄的火蛇。

轟！碰！他們開的老母雞被火蛇咬住了。

煌！翅膀、屁股全著火，爆成一團光燦燦的大火球。

轟隆！咻嗚～～咻嗚～～往下掉。掉，掉下去了！

八隻小雞變成了八團小火球，跟隨著大火球，前掉、後掉、前後左右掉！

掉！掉！掉下去了。

松全他也在掉，往下掉！咻嗚～～咻嗚～～大旋轉！天與海，顛倒過來，旋了又轉，轉了又旋……掉！往下掉，掉！向著無邊無際的黑暗宇宙。

墜了！落了！掉入大海了！

阿枝～～麗慧～～他大喊！

喊～～喊～～滋！入水了，大火團、小火團，一團團在熄、在滅。老母雞、一隻隻小雞，在沉、在墜落。往下沉，咕嚕嚕……沉！沉！沉下去……大串大把的水泡，往上冒、往上冒……。

阿枝～～阿枝～～麗慧呀！妳們怎麼辦？我怎麼辦？

咕嚕嚕！往下沉，往下沉～～大圓水泡、小圓水泡，長泡泡、扁泡泡，一串串往上冒、往上冒……。

沉！下沉！往下沉、沉下去……咕嚕嚕！

沉！已經沉到海底了嗎？

有多深？管它多淺多深！

兩腳曲彎、猛力一蹬、再一彈，反方向射上去。兩手筆直向上伸，像一支射出弓的箭。

箭！射往水面。

射！射上去！追水泡，追上去！追上大圓小圓長圓扁圓噗噗冒噗噗破的水泡，射上去、浮上去！

用力，噗！

嘩啦～～嘩啦啦～～頭冒出來了。

頭過！身就過！黑墨汁往肩膀兩邊溜滑，洩下來、流下來，不沾身了。

啊！上來、出來了。自由、自由了！小雞，八隻，八隻小雞全自由了……阿枝！我的妻～～我只見過女兒一面、抱過她一回……我把她取名為「麗慧」。她是我要的、我疼的、我們呂家的公主，一定美麗又聰慧。我不要，不要她變成罔腰、罔市、不纏、阿嫌、阿氣……。

阿枝！我自由了，我要回家去，去看妳看麗慧、去陪妳陪麗慧……。

自由了！是的，八隻小雞全都自由了。飛起來了，比被叫「空中棺材」的C-46老母雞飛得高、飛得好。

自由了！八隻小雞全自由了。沒說再見，分八個方向，飛！全飛走了……。

寫真

灰飛煙滅之後，松全是徹底自由了。可是，他的阿枝卻無時無刻不在苦苦尋他、覓他。

六十多年的傷痛太多、太沉了，怎堪撩起？

「相片呢？要不要拿出來比對？」不能撩起的，就轉移開、逃避掉——他用的是四兩撥千斤的功夫。

「沒帶！」阿枝眼笑、眉笑、鼻子嘴巴全在笑！八十二歲的老婦與十八歲的少女重疊了，巧妙合體了，就在老梅樹下。

「哼！騙我，那張照片明明就放在妳皮包裡面。第一層，左邊，用紅色絲絨布包得好好的。」自由真好，沒有人管得住松全的眼睛。

「好吧！讓你看。」開心呀！青春雖是老去，阿枝的雀躍聲，仍然如銀鈴響叮噹，追回了少女的清亮脆響。

阿枝打開皮包，翻開紅絨布的呵護。當年的一幀柔情，是今生今世的最大眷戀。

兩雙眼睛在影像上摩挲，在老梅樹比對；在大小石頭間、褐綠苔蘚上尋找。記憶深處的追念是有憑有證的，全部對焦在薄薄的一張相片上。

淚——不能再由它亂流了，兩個人都偷偷告誡自己。

「那時，你是故意的。你設計、你騙我，對不對？」

「就怕妳不願意和我拍照呀！」

是的，物資欠缺的時代，隨隨便便哪有甚麼照相機？拍一張照片是何等艱鉅的大事！松全早就規劃好了、也寫信聯絡好了；那個扛著笨重照相機、長腳架的人，也早就串通好的。

十八歲的阿枝，隱約看到他們暗暗在使眼色。那個人，專門替人拍照的人：矮胖個子，凸了個啤酒肚，好幾層下巴，葫蘆型的白胖大圓臉，活像一尊小號的彌勒佛。

小彌勒佛迎了上來，歡頭喜面到狗裡狗氣；嘴巴一開就咧到耳根去，還狂射連珠砲：

「哎呦～～呂、松、全？松全老弟呀！好久不見。怎麼？你也知道要來梅山嶺玩呀。今年梅花開得最旺、最美。來！來！來！好朋友既然來了，就一定要攝張相片當紀念。送的！當然是送的，不必花大錢。我們是打虎捉賊的好兄弟，哪有拿錢的道理？」

「這、這……我、我們……」松全面紅耳赤，舌頭打死結。哪有辦法呀！他沒彩排就上場了，當然表情僵、演技差囉！但又不能NG重來。

「別這個那個了……咦！這位是你的……」生意嘴也真的是胡累累。這尊小彌勒佛，若是換穿大紅裙子、搖起圓蒲扇子，臉頰嘴角再點一顆黑痣，黑痣上再長出兩三根汗毛，活脫脫也是「畫山畫水、騙人騙鬼」的媒人婆一個。

「她是我的、我的……」慘了！慘了！男主角要露馬腳了。

小彌勒佛趕緊救場：「哇！呂……喔！松全呀！你眼光有夠讚，這位好姑娘是今天梅花嶺最水噹噹的。來！來！來！不攝一張『寫真』怎麼可以？就在這棵老梅樹下。這裡攝像起來呀！男人比阿里山壯、姑娘比梅花嬌。」

就這樣，半推、半就、半強迫，阿枝與松全被擺了漂亮的情侶姿勢。然後，小彌勒佛的白胖圓臉，蒙進相機後面的大塊黑布，蓋住了，聲音也包住了，像悶哼的春雷：

「來！來！來！看鏡頭。要笑呀！笑一個。對對對，就這樣，真好看！簡直是金童玉女下凡來。我數到三，就要攝了。來！一、二、三！讚呀！」

「噗！」黑色的機器冒出一股白煙、閃了一道刺眼的亮光。

「來！來！來！再拍一次，一、二、三！……」又噗了噗！兩次。

松全硬是往小彌勒佛的口袋裡塞鈔票。仙佛雖然見錢眼開，但還算敬業，沒忘記繼續演戲：「不用，不用啦！自己人給甚麼錢？收了，就不算死忠兼換帖的好朋友了」。

但是，不管死不死忠，最後還是收下了錢。肥肥的佛手揮了揮，嘻嘻咧咧的丟下了幾句：「再見、再見！相片挑好、沖洗好，會按原先說好的住址寄去給你。呂松全，你放心！放一百個心！」

咦？這話怪怪的，好像穿幫了。松全滿臉尷尬。

但是，被捧在手掌心，又哄又疼是幸福的，阿枝一點也沒生氣。眼前面紅耳赤的差勁演員，讓她忍不住，噗嗤！一聲，笑了。

「這是我第一次攝像。真好！謝謝你。」十八歲柔媚宛轉的嗓音，好似黃鶯在歌唱，春天怎會遙遠？

雨夜花

記憶——有的苦如黃連、有的甜如蜂蜜。一個人時，阿枝總是千方百計的閃躲，怕只怕輕輕一觸，就陷入鋪天蓋地的哀傷。可現在不一樣呀！二十二歲的他，就在身旁。

走累了，腿瘦了，找個石板凳坐了下來。松全不忘先用大手掌為她拍掉灰塵，與六十多年前一模一樣。

「是我大嫂、二嫂先看中妳的。妳做的洋裝她們倆很滿意；也覺得妳伶俐又乖巧，會是個很好相處的妯娌。於是，就帶著阿母去做套裝。妳低頭彎腰，忙著量尺碼時，老人家就偷偷摸、靜靜看，確定妳不是骨頭嫩、腿腳軟，肩不能挑、手不能提的驕蠻女。」

「好呀！你們全家聯合起來設計我。」八十二歲的妻子，還是有十八歲的嬌嗔。她淺笑吟吟。

「對！就怕慢一步，妳被別家搶走。」松全嘴上笑著，心裡卻一酸——當年，是搶到了這個好女孩沒錯。但是，好女孩卻因為他，歷遍了人世間的苦楚。

「我們第一次見面，是和你的兄嫂去新化市的街上看電影。」阿枝眼角的皺紋舒展開，像活力滾滾的藤鬚，伸向縹緲的時空，一攀觸了記憶，就百轉千繞的纏上去，纏住了臉紅心跳的初戀、初次見面。

「是呀！我們全家事先就計劃好了：由二哥二嫂出面，邀請妳看電影。」絲絲的甘甜夾著陣陣苦澀，全湧了上來。松全排行第四，上有三兄、下有三弟，還有五個姐妹，足足十二個一整打。阿枝常納悶：呂家如此興旺，為何他卻福薄命短？走得這麼早、這麼急！

「那時，一起走進黑漆漆的電影院，才坐下來不到十分鐘，你的二嫂二哥就站起來說：『被前面的大塊頭擋到眼睛了，我們換別的位子去。』這一去，就不見人影了；散場時也沒再出現。」阿枝泛舟在記憶的大海，一撐篙、一划槳，都激起陣陣漣漪。

松全也告白：「那時候，坐在妳身邊，我好緊張，渾身冒汗，完全不知道電影在演甚麼。」還好，散步送她回家時，有聊到她的一點點身世；也訂下了兩個月後，冬日梅山嶺的約會。

「我也是，連電影叫甚麼名字都不知道。只記得從頭到尾一直唱那首歌：『雨夜花，雨夜花！受風雨，吹落地。……』」阿枝輕輕哼了幾句，眼眶一陣熱，哽咽了。

心碎的那一年，〈雨夜花〉變成了呂家的斷腸曲。二十二歲的松全，「花謝落土不再回」；雙十年華的阿枝，真的被無情風雨，引入了受難池。

「我們看的電影就叫『雨夜花』，是臺語第一部文藝愛情片，悲劇皇后：小雪；英俊小生：田清，兩人領銜主演的。導演名叫邵羅輝。那首歌是更久以前，名作曲家鄧雨賢譜的；後來，還曾經被改為日本軍歌〈榮譽的軍伕〉：『紅色彩帶，榮譽軍伕。多麼興奮，日本男兒……如要凋謝，必作櫻花……』

他愈哼愈小聲——知道這些有的、沒有的，又有甚麼用？惡運還不是來了，躲都躲不掉。有多少戰爭，就有多少雨夜花，一朵朵都哀訴無門！自己與阿枝，只是其中的一對而已。早知道如此的腐心蝕骨，當初又何必相識！松全哽咽了，淚湧了出來！

「你知道嗎？我從來不後悔看了那一部電影！」阿枝依舊仰頭向他，用不變的角度與弧線。對於命運，她早已從哀嚎問天，變成了逆來順受；甚至，從泥淖一片中，開出了花香幽幽。

對著認命卻不服輸的妻子，他千言萬語，只化為淚泉。

淚靜靜流了好久好久，他才低聲致謝：「阿枝！沒有妳這個四嫂，六弟進財哪有今天？白河鎮的大街上，又怎會開出眼鏡行、鐘錶行，兩個『美都』店號？」

「後來，進財也回報我了。他照顧我及麗慧很多！」點滴恩情，阿枝總是銘記在心。

「冷嗎？」寒風中，他為她扣上前襟的鈕釦。

「不，不冷！有陽光，一點點就很舒適了。」

進財

歇息夠了，兩人站起身來，依偎著行向前，行向寒風凜凜、落英繽紛的從前。

「進財人前人後常說：永遠見不到四哥了。好在，還有四嫂。」進財排行第六，是松全最親最疼的弟弟，小他四歲。

「阿爹阿母生了滿滿一打，十二個兄弟姊妹當中，六弟跟你長得最像。」阿枝總是在大家族的臉龐裡尋覓松全，一點點若有若無的相似，就引動她無窮無盡的疼惜。

「是妳這個四嫂，拿出教裁縫的私房錢，幫助他成家，他才有現在的子孫滿堂。」有妻如此，松全聯想到一句成語：「含笑九泉」。

「進財談戀愛一年多了。因為你，你這個四哥當兵沒回來……阿爸就堅持要他服完兵役，再娶妻生子，以防……以防萬一。進財愛得太深了，害怕變化，害怕失去……」阿枝重提當年，藏不住的滄桑，又紛紛跑了出來。

那些事，不思量，自難忘呀！

——當年，出事三年多了，中秋節失蹤的丈夫，終究沒出現、沒回家團圓。國共大軍隔著一彎淺淺的海峽，雖然變成一、三、五、七、九，奇數日互轟；二、四、六、八、零，偶數日停火的「單打雙不打」；卻依舊持續著：「金門廈門門對門，大砲小砲砲打砲」的烽火歲月。

那一天，丈夫的六弟，進到了大廳。俊俏的高個子，晶亮的黑眼睛，就站在阿枝的縫紉針車前面。滿屋子的女學徒，滿屋子在踩針車，搭、搭、搭……搭、搭、搭……。

阿枝知道，屋子裡的其中一個，也喊她老師的，就是六弟進財魂牽夢繫的好姑娘。也難怪他魂不守舍，一切沒憑沒證、沒訂親、沒拜堂，兩人愛得再怎麼死去活來都沒用。只要三叔公、四嬸婆，甚至路人甲、路人乙隨隨便便的一句閒話，就可以棒打鴛鴦。

縫紉針車搭、搭、搭……搭、搭、搭……。

阿枝看到快要被徵召入伍的大男孩，眼神淒惶惶！阿枝更看到低頭踩針車的那個姑娘，眼淚啪噠噠！

好吧！一個是亡夫的胞弟、一個是自己的女學生，就成全吧！要珍惜當下的，當下一沒有，就真的一片空無了。再怎麼不幸，怎麼殘酷！我阿枝還擁有一個女兒、擁有丈夫五個月的耳鬢廝磨，有了這一些，就足足可以度一生了！

同一天的傍晚，阿枝把一大疊鈔票遞給了進財：「去！拿去買戒指、辦禮品、送聘金，訂好婚，讓你及心愛的女孩都安安心心。」溫柔的春風，不只解了凍、溶了冰，還吹綠了大地：「萬一，萬一阿爹、阿母兩位老人家怪罪下來。放心！有四嫂，四嫂我，會替你全部擔起來。」

進財滿眼熱淚：「四嫂，當完兵，我一定還。」

「當然，一定要還——還我女學生一個丈夫、還我公婆一個兒子、還你四哥一個弟弟。聽到沒？一定要平平安安回家來。不能、千萬不能像你四哥……」一大串叮嚀，顫抖在阿枝的喉嚨，擠呀擠！擠不出口來。

上天還算仁慈，沒有再次收走呂家的兒子。進財有服完兵役，有好好的回家來。

接下來，要面對的是謀生與創業了。

長年以來，大家族的農地已有兩三個兄弟在耕作，「土水師」的建築業也有人繼承；剛退役回家的男人，實在已插不上手。而父母健在，想要分產分家，就是不孝不敬；偏偏赤手空拳的，又很難出門打天下。進財夫妻抱著紅嫩嫩的小嬰仔，沒有喜氣，只有迷惘。

一切，四嫂都看在眼裡、擱在心底。某天傍晚，又遞出更大一疊的新臺幣給小夫妻。

這一次，阿枝就淚眼汪汪了。不是吝惜，是那一筆錢有著太多的記憶。

「四嫂，我、我不能拿。」進財一雙手掌往外推拒，兩個膝蓋幾乎往地下跪。小夫妻知道這筆錢的意義與分量。就因為知道，更不忍心拿。

「拿去當你的『起家金』。」才二十七八歲的阿枝，早已是「長嫂如母」了。

「可是，那、那是四哥殉國的撫卹金。」

「你們四哥若還在，也一定會拿出來幫你……。」

三張臉掛滿了清淚，思念同一個人，一個消失好久好久的親人。六隻手把堆疊著愛情、命運、試煉的紙鈔推過來又推過去。

最後，是進財夫妻抱著小小紅嬰仔，跪了下去！

有喜

「六弟呀！他天生好命，又取了個好名字，有妳這個四嫂來給他『進財』。妳給的『起家金』，讓他有機會去買白河鎮的好土地；後來，才有能力開了兩個『美都』店號。」松全笑笑的說，卻仰頭看天，閉氣，以防淚水潰堤。那神情哪有變？完完全全是從前的。

阿枝看痴了，這男人！

那天——六十多年前，洞房花燭後的第三天。

十九歲的新嫁娘，粉紅衣裳粉紅鞋，一團喜氣；由丈夫陪著，儷影雙雙入大廳。她伸出手，揭開了光豔豔的紅絨布，一臺「勝家」名牌的縫紉針車就現身了。那是她從十二歲起，就賺錢養家，養母所回報的重禮，也是她最得意的嫁妝。而幸運的新郎知道：踩動針車的女子，不只宜室宜家，還可以開班授徒，縫出一件件新衣裳，讓新化地區的大人小孩都光鮮亮麗。

夜裡，大地蒙上了黑色的絲絨布；天頂勾掛著一抹月牙，像新娘子彎彎的眉。窗外，紫藤花低垂著，滿開一串串。晚香玉、百合、曇花也一朵朵、一簇簇，噴著、蓬著濃濃的烈香。南臺灣的和風像醇酒，一聞，就醉了。

新娘子把一大疊新臺幣，放進丈夫的手掌。

男人不一定是天。女人會把私房錢交出來，純粹因為愛。

松全一手接了；另一手卻打開抽屜，拿出更厚的一疊，合在一起，重新放入她的手心：「阿枝，這些是我的，添給妳。明天拿去郵局辦定存。用妳的名字，全部給妳，都是妳的。」

可是，這樣的纏綿才持續五個月。五個月後，他接到紅色的兵單——入伍通知。

民國四十七年，國民黨政府敗走臺灣才十年，海峽兩岸還在兇殘廝殺。「光復大陸，解救同胞」、「攻取金門馬祖，解放臺灣」兩種恫嚇，在金門、廈門的巨無霸廣播喇叭中，日夜對嗆。

怎能不擔心呀？尤其是丈夫接到紅兵單的同一天，阿枝也剛好確定自己懷了身孕。

男人當兵前，大家族的長輩們會擺幾桌「平安宴」來歡送。一起打鬧長大的堂表兄弟們，更會拉出門去，痛痛快快的喝他幾杯。

那個保守的年代，女人「有喜」總是羞人答答的，不好意思親口告訴丈夫。所以，阿枝拐彎抹角，告訴了堂嫂，堂嫂再告訴堂哥。一向溫和的堂哥，那天卻喝得半醉，站上「平安宴」的大圓桌，紅著一張關公臉，當眾就撕開喉嚨，大吼大嚷：

「松全呀！你去當兵，不必等到退伍，阿枝就會抱個紅嬰仔去軍營『面會』囉！」

一股強大的電流，從松全的頭毛尖奔竄到腳趾頭。玻璃酒杯從手中直直掉落了，高粱酒噴濺了一地。連半句「失陪了」都忘了講，他丟下一大群長輩、平輩，拔腿就狂衝。

衝呀衝！衝過大街、奔過小巷，直直衝進他們倆的新房。他緊緊摟住阿枝，大氣呼、小氣喘，心臟蹦蹦跳，嘴巴也不停：

「阿枝，生個女兒，替我生個小公主。讓她留長頭髮，綁漂亮的辮子，穿妳親手縫的白紗蓬蓬裙。讓她去彈鋼琴、拉小提琴、踮起腳尖跳芭蕾舞……」即將成為人父的狂喜，讓松全俊秀的臉更加有稜有線了。每一條稜線，都交織成可以遮風擋雨、保護妻兒的網。

「萬一生出來是兒子，怎麼辦？」阿枝笑靨如花。

「就再生，一直生！生到有小公主為止。」他很堅定的宣誓。投胎當女兒的苦楚，妻子已經嚐盡了、受夠了。那樣子的顛沛坎坷，身為丈夫的他，來不及參與、也改變不了。所以，他要生個女兒來救贖、來補償。他要心愛的妻子，從粉妝玉琢的小女嬰身上，感受到人世間所有的疼愛。

一輩子

阿枝果然為他生了個女兒。

海峽兩岸敵對的時期，兵營像密閉的監牢。軍人的生與死都交給了國家，哪還有甚麼私人權利？松全先在屏東接受傘兵訓練幾個月；接著，移師去臺中的清泉崗駐防。妻子的預產期到了，他也沒有理由可以請假。

阿枝生產的那天，他有了心電感應。

半夜，軍舍的大通鋪床上，雷鼾四起。他起身，虔誠跪地，伏拜了窗外的皇天與后土。他知道母女均安；他知道女兒延續了愛情與血脈，他祈求女兒美麗又聰慧。

對！就取名為「麗慧」。他與阿枝生的小公主一定會美麗又聰慧。

一坐完月子，阿枝真的就抱了紅嫩嫩的小嬰仔，去軍營「面會」了。

按規定：任何人一穿起軍裝就不准抱小孩。

大會客室中，杵著一個黑臉大老粗——連隊長，奉上級的命令，嚴格監管人世間的團圓。

可那大老粗也是個人——當過父親的男人。

他故意避出去門外，點根菸吸吸。他嘟著兩片厚嘴唇，噴吐著一圈又一圈的迷煙白霧。清楚的暗示：裡面的人呀！你們要抱兒子、要親女兒，可就趁現在。大爺我，現在眼珠子被煙薰著、矇著，啥都沒瞧見！

但是，這個大老粗的心可也軟著哪！他惦念著留在山東老家的婆娘；也想瘋了婆娘給他生的大栓子、二柱子、大毛丫、小棉襖……何時才能再抱抱這幾隻小崽子、親一親他們？何時才能再聽到蜜糖糖、甜滋滋的一聲「爹」？

喜盈盈的阿枝，把女兒抱給了丈夫。

第一次擁抱親骨肉，夢寐以求的女娃兒，呂松全高興到說不出話來。端起女兒的小手掌，一隻隻指頭都細細的看；看完，換瞧十隻小腳趾，一根一根輕輕揉：「我的麗慧、我的小麗慧，阿爸要一輩子疼妳、照顧妳……」

分奶

一輩子，是甚麼？是悠悠長長的廝守？是纏纏綿綿的眷戀？

一家三口，在軍營中的「面會」，是唯一的一次團圓。

「面會」之後，不到一個月，臺海八二三戰役就大爆發了。

數十萬發砲彈，日夜轟在海峽的上空，落在金門、廈門的土地。炸傷炸死的，全都是黃皮膚、黑眼珠，自稱是黃帝、炎帝的神聖後裔，同血同脈的子孫。

九月底，風雨中秋節，團圓夢粉碎了。十月中旬，是同一位黑臉連隊長來報失蹤。

失蹤就等於死亡嗎？丈夫會不會是被救？被抓？被關？還活在天涯的某個角落？

阿枝一遍遍問蒼天、問鬼神、問一個個老長輩。但是，蒼天無語，鬼神沒應；公公、婆婆、生母、養母也無人有答案。她日夜抱著女兒哭，哭到全身的肉幾乎落盡，乳汁也枯竭了，動不動就暈倒，裁縫班也停了。偏偏喝慣母奶的小孤女又拒絕牛奶，只願吃點稀稀的米漿，營養嚴重不良，都快瘦成小皮猴了。

小皮猴終究生病了！高溫焚烤著小小身軀，是——肺炎。

住院很多天，醫生說：「呂太太，我們很努力了。但是……唉！」

呂家祠堂裡，微弱的燭火在風中搖曳，忽明又忽暗。阿枝抱著小紅嬰仔，雙膝跪落，聲淚俱下的懇求。懇求祖公、祖嬤庇護松全留下來的一點骨血。

跌跌頓頓出了祠堂，阿枝撲在硬冷的石階上，一下一下的磕頭：「蒼天呀蒼天！讓麗慧長大，請讓麗慧長大！請把我的壽命移送給伊，全部移送給伊……。」

黑暗中，一雙長滿厚繭的手伸了過來，把阿枝穩穩扶住；兩腿一彎，也順勢坐了下來；解開衣襟的鈕釦：「麗慧乖！來！吃一口，吃一口奶。火土阿姆的奶最香、最甘甜，分給妳吃。吃了奶，妳就有力氣，病就會好，就會平安長大。來！麗慧乖！吃！乖乖吃，吃火土阿姆的奶，平平安安長大……」

那是餵養過五個小孩的豐碩乳房。乳頭沒有玫瑰花瓣的粉嫩，只有溫厚強韌的褐黑，滑來溜去的，就抵在麗慧的小嘴巴及鼻子間。半昏迷中的麗慧，本能的張開嘴巴含住，開始吮吸了。生命的源泉汩汩冒出來，很豐沛。火土姆還用衣袖去擦拭麗慧的嘴角：「別急，我家的小阿秋吃飽了，不會來搶奶。麗慧乖，慢慢吃呦！」

幾天後，麗慧的病竟然踩煞車，有了起色。緊接著，隔壁的清水嫂也加入了分奶的行列。住同村的兩位母親，主動來、輪流來，哺乳著失去父親、生重病的小孤女。不需任何理由、不拿任何酬勞；僅有的，只是一片疼惜。

生命荒谷

「我在，我都知道。但是，我……我使不上力。」往事引動了松全無窮的內疚。戰爭與命運，讓身為人父、人夫的承諾，完全落空了。只因為鴻濛宇宙，孤魂一縷，既無權也無力呀！

「我也想像你在。沒有你，我們母女也度不過。」阿枝掏出自己的繡花小手帕，遞給丈夫擦淚。

「火土嫂、清水嫂的恩情大如天。」

「是呀！麗慧也很懂得感恩。現在，兩個救命恩人都九十多歲了，麗慧三不五時，就去巡巡走走，盡點孝心。」

「是妳把女兒教得很好……啊！當然，我的遺傳也很優良。」

「欸！欸！別想獨佔，一半是我的。」

「她眼睛、眉毛、嘴巴、鼻子都像我，是用我的模子印出來的。妳搶得去嗎？」

「好！好！都像你！都像阿爸。我不爭、不搶！可以了吧？」
兩人都笑了，用強顏歡笑來壓制椎心的悲涼。
怎能不悲涼？
他停在二十二歲的生命，是一輪火燄燄的旭日。可是，才剛剛浮出山尖，就驟然墜跌。從此，熄了光、滅了火，東昇無望。而她，沒錯！夫妻本是同林鳥，大限來時各自飛，但是，失伴迷航的她，飛入最陰深、最黑暗的生命荒谷。從此，失去了日照、沒有了春光。
親生父母悲切切的來找阿枝，想要好好補償她，帶她回去娘家。
面對只生沒養，把她「換花」掉的兩老，阿枝心中早已無怨無恨。但是，少了相處就缺乏親膩；橫在中間的，難免只剩下敬重與陌生。何況，她怎能丟下麗慧，讓沒了阿爸的小孤女，又失去了親媽？
養母也哭啼啼來家裡，幫助女兒承受生命的凌遲。小麗慧的肺炎痊癒了，難關算度過了一個。但是，往前方看去，茫茫渺渺的未來，難關不知還有多少？孤女寡母度得過嗎？
「阿枝，我三十歲帶著妳們三姊妹改嫁。妳、妳現在才二十，未來的路，比我還長、還遠、還艱苦。妳要斟酌想一想呀！」

命運的宰割很殘暴，養母是過來人。她捨不得女兒被孤獨啃噬一生；她更不要女兒比她歹命。何況，「烈女不事二夫」，只是吃人的禮教，早就過時了、沒人敢大聲嚷嚷了。守寡的女子再找個穩當的肩膀來倚靠，絕對是天經地義的。

阿枝蹲在浴室，正在替小麗慧洗頭洗澡。紅嬰仔生命力旺盛，大病才剛好，就變成一尾小野龍。浸在木頭澡盆中，笑呀笑格格！用力划著小胳膊，兩隻腳丫子又踢又蹬，撲打出一朵朵水花。阿枝熟練的用一隻手掌，穩穩托住女兒幼嫩的頸子及小腦袋瓜；拇指與小手指，順勢遮擋住兩邊的耳洞，一滴水也淌不進去。另一隻手在綿細的黑髮絲上，輕輕揉起白泡沫，那手勢與神情，是萬般的堅定與慈柔。

「阿母，放心吧！我有一把裁縫的好工夫，過日子絕對沒問題。麗慧有親阿公、親阿嬤，六個伯父叔父、五個親阿姑，一大群堂表兄弟姊妹。她會被大家族惜命命，您不必操煩啦！」

「阿枝！要多為自己的將來想一想，要……」想到自己的再嫁，造成三個女兒變成「流浪天涯三姊妹」，養母猛然住口了。

她確定：即使說破了嘴，強韌的女兒也絕對不會改嫁。阿枝怎麼可能帶著麗慧，走進一個沒有血緣的家族？怎麼可能把母女倆的命運，交給一個陌生的男人？阿枝那麼愛松全、那麼死心眼，她一定會心甘情願的守寡。而且，守一輩子的寡，絕對不是因為名節、因為禮教！

一萬八

一陰一陽，相隔相絕，熙來攘往的人間，松全只能旁觀。可妻子當年才只有二十歲呀！青春照眼，風華正茂，他怎麼忍心！

「阿枝，妳知道嗎？後來，我也放下私情，期望有人代替我，好好愛妳、照顧妳們母女。」他立住腳，俯頭向她。

阿枝「哼！」了一聲，眉毛往上揚，嘟起嘴巴，狠狠瞪他一眼。這種愛嬌與瞋怒，只有在深愛的戀人面前，才會偷跑出來；就算到了髮白蒼蒼、皺紋滿臉的年紀，也阻擋不住的。

「那時候，好多人想娶妳，藉口做衣服、改衣服來接近妳；甚至，帶著妹妹、姪女來拜師學藝。」

那時，妻子已是無主的名花，又開得那麼鮮美，怎可能不引來蝶亂蜂喧？一個個流連在裁縫廳外的男人，在渴望些甚麼，大家都心知肚明。

「所以，我就乾脆不做男服了。拜師的事，也請大嫂出面處理。」阿枝的聲量抬高了幾度，顯然對六十多年前的騷擾，不勝其煩。

「其實，我暗中觀察了很久，那些男人沒有惡意，也全是身家清白的好子弟。妳、妳……其實可以的。」他痛惜妻子荒蕪掉的青春。

「傻呀！你真是傻！」阿枝取回繡花手帕，為他拭淚。

「那時，阿爹還扣住遲發的撫卹金。」

「別怪阿爹！你失蹤不見了，生你養你的阿爹、阿母，兩個老人家的痛苦，絕對不輸給當媳婦的我！」

「我知，怎會不知！夜裡，我偷偷回家來。看到阿母睡不著覺，從五斗櫃翻出我小時候穿過的衣服，摀在心頭，忍哭，忍到嘴唇咬出紅血，全身顫抖。我跪下，跪在他們床前磕頭，一下又一下。可是阿母阿爹……他們看不見！」他的淚越拭越多了。

「政府給的、加上民間捐募的，合起來的陣亡撫卹金才一萬八千元，妳們孤女寡母，要怎麼過？」

「艱困的時代，只有含著淚、和著血，咬緊牙根撐下來。有哪一家的遺族埋怨過？上街抗議過？好在，養女的困苦歲月，讓我學會了裁縫，可以把日子過了下來。」阿枝一句句的安慰，全是經年累月的強韌。

「上頭公家的，也真是無情。大吹大擂說：會撫卹八二三陣亡烈士遺族二十年。結果，一年三節，一共只給八百塊錢。二十年全部加起來，不到四萬元。埋在太武山下、刻在墓碑上的，都是活生生的命！一條條生命，既是人生父母養的，很多又是有妻有兒的！」

「別氣、別恨！都過去了，過去了……我和女兒不都也好好的嗎？」嘴上安撫著，心裡卻是斧頭在劈砍、尖刀在戳刺。她的男人失蹤了，從天地間消失了，消失得徹徹底底、乾乾淨淨，連一壟墳、一塊墓碑都沒有。她連清明節都沒有墓可掃。

「阿爹，他扣留住那一萬八，不給妳……」

「不能怪老人家。那時，我才二十歲，阿爹怎知道我已經鐵了心要守寡？何況，麗慧那麼小，紅紅幼幼的小嬰仔，未來的養育、教育，都需要花大錢、花心力。阿爹他又擔心我胡亂去求神問卜。昧著良心的神棍、專門坑咬遺孀的蟑螂及狐狸，又是那麼多、那麼歹毒！」阿枝急急申辯，生怕別人冤枉親爸爸似的。

「**阿枝！阿枝！……**」他還是低低喚，揪心疼。當時，才二十歲的小小女子，怎麼承擔那麼多、那麼沉重！

後來，是阿爹看到阿枝拒絕做男服，斷絕蜂蝶的騷擾；又拿出自己的私房錢，讓進財去訂婚送聘。老人家深深被感動，再也不擔心了，才把兒子一萬八千的「生命錢」拿出來，雙手捧給了守寡的媳婦，連本帶利，一毛不減。

沒想到，進財退伍回家了。身為四嫂的阿枝，又把那一筆堆疊著愛情、命運、試煉的金錢領出來，送給亡夫的胞弟，讓他去「起家」、去「旺家」。

「**我們呂家欠妳太多了！**」每一個字都出自松全的肺腑。

呂家欠阿枝太多了——絕對是事實。

阿爹老了，是阿枝推著輪椅去曬太陽。阿母病了，是阿枝服侍病榻，一匙一匙的餵飯、一粒一粒的餵藥。別的兒女當然也會盡孝；但是，阿枝更得兩老的歡心。疼阿枝，就是疼早逝的兒子；享受阿枝的貼心，也可以稍稍彌補失去兒子的傷心。

「**最後，也是妳為兩位老人家換服、送終、守孝、四時祭拜。妳完全代替我，代替我盡了孝道！**」松全哀哀痛哭了。

阿枝拍撫著他的手背——一甲子多的歲月都過去了，老夫老妻的，還謝甚麼謝？

小公主

近中午了，梅山嶺在藍天白雲下，梅幹更遒勁、梅花更晶瑩了。

夫妻倆有一搭沒一搭的聊著，穿梭在過往與現在，竟也把梅山嶺遶了大半圈。八十二歲的心臟不亂跳、大氣不必喘；腳步雖然緩慢些，但是非常穩健。

「蒼天庇佑呀！」妻子健康，他怎能不感恩？

「麗慧夫妻倆、孫女孫兒都很孝順；兩個寶貝曾孫子，你今早也看到了，多可愛呀！」阿枝很開懷，眉梢嘴角的皺紋全都在跳舞。

「是呀！我全知道。」松全當然知道，知道阿枝是：你給她一斛真情水，她就可以藏著、戀著、滋養著，把一粒粒種子都灌溉成大樹的女人。

「麗慧是你心心念念的公主，我多怕讓你失望！她有學鋼琴、拉小提琴、跳芭蕾舞，有讀大學。現在，是公立高中的好職員，也是個優秀的舞蹈老師。」

「這一路，妳辛苦了！」

是辛苦了！淒風苦雨來時路，出征良人不歸時。

——麗慧五歲不到，放學前，阿枝從裁縫針車起身，急匆匆奔去幼兒園接她。一大群的爺爺、奶奶、爸爸、媽媽，也等在大門口，臉上開著一朵朵笑花，各自等著自己家的小心肝。

清脆的下課鐘，噹！噹！噹！響了，一大群小鳥吵喳喳飛出籠子了。

麗慧穿著潔白的圍兜兜，紮兩條烏溜溜的辮子，辮子尾梢是一對粉紅色的蝴蝶，飛來又舞去。她左腳蹦、右腳跳，跳出大門口：「媽媽！媽媽！」

奔向阿枝的小小臉蛋，精緻又美麗，是斷裂生命的黏著與接續。血脈滾滾匯流著，完整複製自松全。是嶄新的、細膩的、小一號的，女版的他。

阿枝蹲下身，張開雙臂等著。她知道女兒會撲過來，摟住她的脖子；小腿棍會彎翹起來，跳離開地，緊緊夾住她的腰。整個小身軀攀掛到媽媽身上，像隻小無尾熊。她還會靠在媽媽耳朵邊，把今天天大地大、芝麻綠豆的事兒，全都嘰哩呱啦講一遍。

「麗慧！麗慧！媽媽在這裡。」

聽到母親的呼喚，小臉蛋笑得好甜；小腳丫一開拔，真的就飛撲過來。但是，只衝了幾步就慢住了，停下來了；黑亮亮的大眼睛，看向斜前方，被大磁鐵吸住似的。

阿枝詫異，也順著女兒的目光，斜轉了方向。

啊！看到了。

心一震，好一幅父女天倫圖呀！

——那一位小朋友纖纖弱弱的，可能才讀小班吧？不知是受了甚麼委屈，正抽抽搭搭在哭泣。爸爸蹲矮了身子，捧著小臉龐，呢呢噥噥忙安撫；兩隻大拇指滑動著，抹去女兒臉頰上的滾滾淚珠。接著，爸爸摟她入懷抱。那是好大、好寬、又好厚實的懷抱。娃兒真的就變成小不點兒，被護進心肝去了。最後，爸爸的大手掌架起了小女娃，直接抬上了肩膀：

「坐好，抱著爸爸的頭。爸爸扛妳回家……啥？要爸爸唱歌喔！唱甚麼呢？好、好！就唱〈小毛驢〉：『我有一隻小毛驢，從來也不騎。有一天，我心血來潮，騎著去趕集……』」

唱作俱佳的爸爸，真的變成了小毛驢。牠會噴鼻子、踢腳蹄、仰起脖子嘶叫，駝著肩膀上笑格格的小主人，向前方走去了。

怎能不呆呆的看、痴痴的瞧？

那一切——兩代母女今生今世都無緣！

牽起女兒的手，阿枝的腳步好沉！好重！麗慧是呂家的小公主沒錯。但是，父親缺席了，生命就缺角了，又怎可能補得齊、替得了？

「麗慧，今天老師有教唱歌嗎？」

「有！」

「唱給媽媽聽好不好？」

「好！」

稚嫩的童音真的就唱起來了：「哥哥爸爸真偉大，名譽照我家。為國去打仗，當兵笑哈哈。走吧！走吧！哥哥爸爸，家事不用您牽掛，只要我長大，只要我長大……」

唱完，小腦袋瓜仰起來：「爸爸為國去打仗，當兵有笑哈哈嗎？只要我長大了，爸爸是不是就可以回來，把我也扛在肩膀上？」

進了家，牆上掛的爸爸，似乎也含淚了。

阿枝把女兒攬在懷裡，一字一句說著：「麗慧，妳雖然沒有爸爸。但是，媽媽發誓，一定要讓妳比有爸爸的人更好命、更幸福。」

一直都在

妻子細數從前，松全沉默了。二十二歲的身軀，也承載了超過一甲子的煎熬。

阿枝卻問了最想問的一句話：「你有放心嗎？這麼多年來，我真的努力想讓麗慧『好命』。」

「妳不只是努力，是盡了全力。」

松全知道：國語文競賽、音樂比賽、舞蹈大賽，女兒麗慧永遠有好成績。臺南的迎神廟會上，小小的她，常扮演觀世音菩薩、媽祖娘娘。她善良又甜美，是慈心巧手的工匠，全心全力雕琢出來的玲瓏美玉。

「她是你的公主！」是這位公主給了阿枝勇度死蔭幽谷的能量。

「我在，我都看見了。咱們的公主出嫁，是六位伯父叔父，護著她坐進新娘禮車；是親祖父挽著她的手，送上紅地毯的。」人世間一縷縷情義，沖淡了戰爭的殘酷，化為疼惜的溫柔。

「是呀！咱們的兩個男孫子，一個在對岸、一個在歐洲，都發展得不錯。」她欣慰子孫們不必再登上「空中棺材」、「老母雞」，不須隔著海峽互轟砲彈。交流取代了殺戮，野心家煽惑的仇恨冷卻了，人世間才有靜好的歲月。

「咱們孫女還嫁了一位外國『阿啄仔』，把我們倆的血脈開枝散葉到西班牙。」

「也可以算好命了！」與命運搏鬥一輩子，阿枝為自己下了結論。

好命不再是鏡花水月了。但是，開枝散葉，子孫滿堂，抵得過寂寂黃昏後，青春老盡時？他看了看自己老不去的身軀，再凝視髮白如雪的妻子，心還是一慟！真想揮拳，質問那默不作聲的蒼天。

「現在，日子過得平平順順，就別多想多問了。那個老天爺呀！眼睛耳朵有時不靈光，就別去吵祂、煩祂了。」阿枝笑瞇了眼睛，彷彿用橡皮擦輕輕一擦，一生的悲愴，就不留痕跡了。

然而，一輩子的風刀霜劍，還是在她臉上劈砍下了皺紋。一條條滄桑，編織成細緻的網，穩穩托住一個巢，再孵育出一隻隻振翅高飛的雛鳥。

「有妻如此，足以含笑九泉。」心底再湧出這句話時，松全已不再悲涼。

「鈴……鈴……」是皮包內的手機響起。阿枝遲疑了，不伸手掏，任它一直響去，那種半路被丟下的惶恐又回來了。

「我在！一直都在。從沒離開。」他摟緊妻子的肩。

「媽！您在哪裡呀？麗慧很擔心，我們去接您。」不接不行了。電話中，是女婿焦急的聲音。

「喔！不，不必，我在梅山公園。過一會兒就回去。」

「甚麼？您在梅山呀！要換好幾趟車子，很不方便。我開車四五十幾分鐘就到，就去公園大門口接您。」

「不，不必，真的不必。我有伴，不是一個人。」

「跟誰呀？我們就一起接！」

「不！不！不方便，也不會有事。我要掛電話了。放心！」

六十多年才求來的一次相聚，分分秒秒都像珍珠，閃爍著柔潤的虹光。她可是要一顆一顆串起來，捧在手心、搗在胸口，伴她走過歲暮餘生的。

「我們按原路回去吧！免得你的小公主擔心。」阿枝滿心歡喜，挽緊了他的手臂。

走過了過去，迎來的是未來。

未來？還會有他嗎？

「下次，我們搭火車去臺北玩。坐山線去，一路看山景；回來時，換搭海線，看著大海，一起回家。」六十多年了，來不及兌現的「山盟海誓」，他再一句句重提。

「是的，你說過的。我也一直等著的！」

「我在！一直都在。」

「我知道！真的，都知道。」

是的，六十多年來，他在，一直都在。未來，也將緊緊相守，不會離開。

阿枝知道，也完全相信。

她微笑著、依偎著，緊緊依偎著！

▲一九五七年，二十一歲的呂松全、十九歲的呂陳氣結婚照。

▲一九五六年，呂松全、呂陳氣初遊梅山公園，合影於老梅樹下。

▲一九五七年，呂松全、呂陳氣結婚時的家族大合照。

呂戰士　松全遺像

▶一九五八年中秋節，呂松全陣亡於金門料羅灣上空。

▲八十二歲的呂陳氣捧著六十多年前的結婚照。

▲母女倆思念著同一個人，一個消失好久好久的人。

▲二〇二〇年，呂陳氣女士與女兒麗慧重遊梅山公園。

▲呂陳氣女士在昔日的老梅樹下回憶往事。

▲二〇一九年，作者王瓊玲採訪呂陳氣女士。

▲二〇二〇年，作者王瓊玲參加呂陳氣女士外孫的結婚喜宴。

▲《待宵花》、《春閨夢》作者王瓊玲獻花給呂陳氣、曾張秀麗兩位八二三陣亡烈士的遺孀。

阿罵與小猴兒

不管是平順、是挫敗，
阿罵——她最親愛的阿罵，
都會在開滿紅菓、白蓮花的池塘邊，
不斷的發功運氣。

阿罵

關於自己的名字——對甚麼都很有意見的她，怎麼可能沒意見？

「很不滿意喔？沒關係，可以去改呀！」爸爸的眼睛，沿著報紙密麻麻的黑字往上提，提到了最頂端。咕咚！翻過了紙牆，咻！滑下來。啵啵亮的兩束芒光，抖呀閃的，似笑又非笑。

「哇？酷！真的？真的可以改嗎？」

還是小小不點的她，竟然大樂起來，連續飆了一個驚歎號、三個大問號，全身細胞都癢嗦嗦的。腦袋瓜的直流電、交流電，立馬旋轉了好幾萬圈，努力在她認識的方塊字大海裡，撈了撈、挑了挑、又磨又敲的。

「當然囉！根據臺灣的法令，一輩子大概可以改三次，沒問題。」爸爸的眼睛還是啵兒啵兒亮，芒光跳得更閃、更逗了。

「才三次喲？為甚麼？名字是我的，又不是臺灣的。是我被喊的時候，要轉過頭、舉起手，大聲回答：『ㄧㄡˋ』的。只能改三次？為甚麼？」

從小，她的「為甚麼？」就特別多。阿罵、爸媽、甚至左鄰右舍，常指著她的鼻子說她很「番」，一天到晚「番啊番屁啪！」是個討人嫌的「小番婆」。

咦！「阿罵」？

是的，打從咿咿牙牙開始，她就喊爸爸的阿母：「阿ㄇㄚˋ」，用的是標準的臺灣腔、正港的臺南調。

讀小一時，她寫造句：「我的阿ㄇㄚˋ……」。老師用紅筆把注音符號圈起來，換成了方塊字：「嬤」。

小二時，她考試卷上寫的「阿嬤」，卻被紅筆打了個大叉叉，改成：「阿媽」，狠狠扣掉了兩分。老師還特別加註：「最好叫：『奶奶』」。

「『奶奶』個屁啦？叫奶奶！阿ㄇㄚˋ一定笑到歪腰，罵我三八、不正經。」

想起被扣掉的兩分，她更氣噗噗，像隻小貓在炸毛：「到底要讀哪一個音：ㄇㄚ？ㄇㄚˊ？ㄇㄚˇ？ㄇㄚˋ？要寫哪一個字：嘛？嗎？媽？嬤？……我的老天鵝！真是—他—媽—的！」

小女生管不住暴走的舌頭，飆了粗話，當然要付出代價的——她被處罰：當了三天的值日生，掃三天廁所、擦三天黑板。

從此以後，她更是吃了秤砣鐵了心，嘴巴喊：「阿ㄇㄚˋ」，筆下寫：「阿罵」。不爽的人愛扣分就去扣吧！

針對她被叫「小番婆」、被罵「番啊番屁啪！」這件事，她也懶得搭理。最多，嘴角往下撇、瞪個大白眼拋出去。當然，偶爾也會鬧彆扭，抬高下巴殼、皺起兩個鼻孔，用力「哼！哼！」，像倔驢子在噴氣。

後來，她找到了好理由，就挑眉叉腰，用頂天立地的架勢，嗆罵回去：「書上說：『番』這個字，歧視原住民，是噁心巴啦、不道德的行為！」噁心巴啦是她自己加的，她覺得這樣才能夠把敵人打趴。

「所以咧？關於改名字，妳說，要怎麼辦？」爸爸還是持續逗她。女兒是前世的情人、今生的冤家，錯不了的！

「嗯！讓我想想：應該是——想改，就可以改。不喜歡，就去改；一高興，也可以改。」她的聲音是春風裡的小鈴鐺，叮叮噹噹，搖蕩著可人的清亮。

「好！來！來對阿罵講：妳想改幾遍？」換人好奇了。伸過來的手掌很有勁，骨嶙嶙的，但是一摟、一提、又一蹦，她就坐上了阿罵的膝蓋，穩當當。

「嗯……一天改三遍！四五次也可以。」

「哈！這隻死查某鬼的『番』，遺傳誰人的？」阿罵問的聲音很高亢。

媽媽立刻酸了爸爸一眼；爸爸順勢瞅了阿罵一下。

阿罵哈哈大笑了！一整張臉的皺紋都在跳探戈、蹦恰恰；也雜著一些華爾滋、阿哥哥、吉魯巴。快節奏、慢拍子全都舞上場了。扭呀扭、踢呀踢、大迴旋、小兜圈……悠揚又忙碌！

「死查某鬼仔咧！想改名，哪有那麼簡單！妳的阿公莫名其妙被別人改了，一直改不回來；就算改回來，也沒啥意義了！」

阿公——阿爸的阿爸，阿罵的老公？

她可從來沒見過本尊！

聽說——爸爸自從五歲以後，也沒見過了！

阿罵還是笑瞇瞇，不過，臉上的皺紋似乎找不到回家的路，纏緊了，糾成一團團的結。

四周突然變得很安靜。她聽見窩在椅子下的肥橘貓，咕嚕咕嚕在打鼻鼾。

那個時候的她當然不知道：自己小小的手指頭，已經碰觸到頭頂巨大的黑網——罩住他們曾家好幾十年的大黑網。只要再往上一戳，不必拿尖刀、也不需太用力，那些往事——像濃稠黑墨汁的往事，就會沖出來，嘩啦啦往下灌，淹成大洪水。

一切都在狀況外，小小不點的她有些驚嚇。因為氣氛很緊繃，好像她闖下大禍、該被處罰。

「啊～～現在咧，是怎樣？我又沒怎樣！」她大大委屈了，眼眶一紅，嘴巴再一癟，直接變成鴕鳥，把小腦袋瓜埋進阿罵的胸口。

還好！掛在阿罵心窩的懷錶，還是滴！答！滴！答！那種走路的聲音，絕對可以安魂定魄的。

——每天夜裡，她和阿罵一起躺著。古老的紅木眠床，鑲嵌著潔白的貝殼鈿片：一朵朵的雲飄飛著、金龍金鳳正在拜堂、五彩的鴛鴦在玩水。空氣裡，有大池塘飄過來的泥巴味，混合了桂花蕊的幽香。懷錶滴！答！滴！答！變成了阿罵的心跳。滴！答！滴！答！……伴奏著〈蛇郎君〉、〈虎姑婆〉的故事。滴！答！滴！答！唱成了「一暝大一寸」的催眠曲。

現在，小不點變成的鴕鳥，在滴！答！滴！答！聲中逃避災難。好一會兒，爸爸、媽媽才開了嘴，用一種彆扭、誇張的聲調，岔開了改名字的話題，開始嘲笑她黏阿罵、愛撒嬌，怕黑、怕魔神仔、怕嘎嘎叫會啄人屁股的大白鵝……。

「哼！那些都是大魔鬼、小魔鬼，誰不怕呀？」她抬起腦袋瓜，狠狠的罵回去。

她最怕的，當然是那幾隻大白鵝，光是「嘎～咘～嘎～咘～」的叫聲，就夠魔音穿腦，會把全身的雞皮疙瘩都嚇得立正起來。

鵝大爺、鵝大嬸們，最喜歡在池塘邊拉幫結派、橫行霸道，撲殺無辜的小孩。牠們斜斜撐開大翅膀，黃腳蹼又蹬又跳，既助跑又暴衝；搖來擺去的白屁股，一團肥過一團，尾巴尖翹翹；邊跑、邊飛、邊痾出稀稀水水的臭黑屎；彎長的脖子像鐮刀；扁硬的黃嘴喙又啄又咬，像一把把變形的老虎鉗子。

只要老虎鉗子一夾住了小孩屁股，黃腳蹼還會彈起來、蹦跳起來，一整隻胖大的白色惡魔，就吊在小屁股後面，搖來晃去。老虎鉗子還會使出洪荒之力，向左擰、向右扭……紅紫瘀青就像蓋印章一樣，一戳一戳，蓋到小嫩肉上。

每次，都是救苦救難的阿罵追過來，抓起竹掃帚，左揮右打，橫掃千軍萬馬，才從田埂下或稻草垛子裡，把哇哇大哭的小孫女拯救出來。

「嗯！有阿罵真好！」忍不住想親她一下。

小不點抬起頭來，卻瞧見阿罵的嘴角在抽搐、眼眶裡抖著水滴。啊！不管了！親了再說。「**啵啾！**」啄了一大下，阿罵的皺紋瞬間解套，又跳起探戈、恰恰、華爾滋了。

那一年，她好像才八歲。

或許——七歲、九歲，也說不定。

曉荷、小猴

接下來，發生的每一件事，無論是幾年、幾月，甚至幾日、幾時，她就都記得清清楚楚了。

爸爸常說她是怪胎。她當然頂回去：「**你生的！**」

很多事情她看不慣，但不一定會發作；反倒是芝麻綠豆、歪瓜裂棗的屁事，一踩到她的底線，就會點燃文攻與武嚇。她說話大剌剌的，玻璃窗卻一塵不染；洗臉檯、馬桶蓋也光不溜丟，照得出人影來。

後來，小不點長大了，去臺北讀大學，學的是阿罵口中：「**看攏無！**」、「**會餓死人！**」的表演藝術。需要家裡補寄東西的時候，她能用 E-mail 正確指引爸爸的眼睛、媽媽的手指——某文件是放在書桌的第幾個抽屜，用甚麼袋子裝著；某套洋裝是在五斗櫃的第幾層，靠左或靠右的第幾疊、第幾件，上下分別是甚麼衣物。

「按部就班」與「瞬息萬變」是對立的；「跟著感覺走」和「計劃妥、安排好」是會互相砍殺的。沒想到，小妮子總是化干戈為玉帛，讓敵人你儂我儂起來。

俏麗的短頭髮；潮型的棉布衫、寬麻褲；舞蹈人習慣性的飄飛步伐，讓她渾身上下灑滿了文青味。一開口，她又能隨意切換臺語、英語、國語，甚至一些法語。三四種聲帶、三四個喉嚨，除了精準做到「表情達意」之外，連洋人不好笑的笑話、炒不熱的冷幽默，她也能夠逗得大家樂呵呵。

常嚷著要換名字。其實，她的本名並不難聽，有飄飄然的詩情畫意。

媽媽說，那是讀過大學、念過研究所的爸爸，用紫微斗數算了老半天；又翻了幾本姓名學、失眠了很多夜，總共費了九條水牛、兩隻老虎、外加三四頭大象的力氣，才想出來的。

媽媽講這一大串形容詞時，眨著一雙眼珠子，長吁又短歎，一副需要頒贈榮譽狀的樣子。爸爸呢？他微禿的頭頂閃著汗光；得意的笑花朵朵開在臉頰；全身上下，億萬個毛細孔都張大了嘴巴，等著被灌溉讚美。照這樣子看來，那個承受大恩大惠的女兒，若是沒有當場下跪，叩頭大喊：謝主隆恩！就是大大的不孝了。

可是，她偏不要，撇一撇嘴角，瞇瞇笑的眼神邪得很：「哈！現在呀！入學指考考了個位分數，都有大學可以念；夜市裡，掉下一塊招牌，也會砸到擺地攤的碩博士。念過大學、讀個研究所，哪有多了不起呀？」

「死查某鬼仔咧！那一年，咱白河鎮考上大學的，總呀共呀，加一加算起來，也無幾個人。你阿爸是其中一個ㄋㄟ～～」

那一聲ㄋㄟ拉得長又有力，拖向爸爸那邊去了。這一回，阿罵不仗義，陣前大倒戈。

「對呀！是阿罵『儉腸虐肚』，給你爸爸上臺北讀大學的。」一向中立的媽媽，竟然也見風轉舵。

「啥？不會吧！那麼大的白河鎮，沒幾個人考上大學？哇咧～～庄腳人，真正有夠戇呆、有夠憨慢。見笑呦！莫怪有人嘲笑咱白河鎮是白痴鎮！」已經孤立無援的她，還不顧死活，單槍匹馬，直奔敵營去罵陣。

沒辦法！她天生最愛踩阿罵的地雷。

阿罵果然爆炸了。

「啪！」一記鐵沙掌，夾風帶雨，橫空掃出，直接命中她的屁股。她筆直跳了起來。

逃呵！拔腳急閃身，嘴巴卻還是賣乖，唱起了電視歌仔戲的【逃命調】：「緊來走啊～～咿～～咿～～今日遇著女魔頭，若無逃走、若無逃走，小命難留……」

女魔頭？敢罵阿罵女魔頭！這下更嚴重了。

阿罵繞著客廳追，抓起雞毛撢子就家暴。當然，對空揮了幾下，意思到了，就失手掉地了：「也好！免用這一支，阻腳礙手的。今日，我若沒把這隻死查某鬼仔，打到做狗爬，就不是妳阿罵！」

在農田裡打滾了一輩子，阿罵的身手絕對不是呼嚨人的。幾回攻防之後，女魔頭一把就鉗住小不點的胳膊。接著，霹靂啪啦連環揍，招招都是虎虎生風、漂亮到極點的「降孫十八掌」。

「哎～～呦！哎～～呦！足疼的……阿罵，你有夠粗殘，良心早就被咱飼的畜牲『烏系（うし，日語：牛）』，吞吃落腹了！」

這顆地雷的殺傷力更大。大烏系、小烏系，不管水牛或黃牛，公牛或母牛，凡是被曾家養、耕曾家的水田、拉曾家牛車的，都叫烏系。牠們絕對是人——家人、親人，曾家的恩人，怎麼會是畜牲！

於是，怒火攻心的阿罵，更是氣噗噗、罵咧咧，追打得更狂暴了！

「……哎呦喂！好呀啦！阿罵，好、好、好！咱白河鎮無白痴，攏總是好人、巧人、大善人……喔～～哎呦！足疼的！阿罵，您打得有夠本了啦！……是、是、是！我失禮、我黑白亂講話。對、對、對！您罵得對：我臭嘴、我是『六月蛤，開嘴臭』。是！我知！『烏系』是人，不是大戇牛，是我要第一尊敬的長輩。我會乖乖叫『烏系』老祖公、老祖婆……」

一連串的哀嚎兼討饒，戰火才緩緩熄、慢慢滅。看來，今天的運動量也足夠了。白髮婆婆與頑皮少女都一樣，一樣在大呼大喘，翻白眼，瞪對方。不過，沒幾秒鐘，祖孫倆又都撐不住，噗嗤！噴笑了。這一笑就崩天裂地，不可收拾。阿罵笑到捶桌子、搗肚子；孫女直接滾到地上去，顫手又抖腳，樂到發癲！

爸媽呢？嘿！大戰一開打，他們倆就搖搖頭，閃到一邊去納涼了。

凡是這一類型，誇張又帶點兒暴力的戲碼，祖孫倆都很愛演、很會演、又演不累。活脫脫是一老一少、臺灣版的卓別林。

至於，要不要改名字的老戲碼，也一直很難落幕。只因為演員們都捨不得殺青。一直綁架於公務體系、被女兒嘲笑老古板的爸爸，還是問個沒完沒了：「不是很不滿意嗎？怎麼這麼多年過去了，還不去改呀？」

她按照慣例，回送了一個皺鼻子、歪嘴巴：「哼！雖然不滿意，勉強還可以接受啦！凡事忍一忍，湊合湊合，就都阿彌陀佛了。」

一向都這樣，雲也淡、風也輕，沒啥大不了的。然而，那一次，卻莫名其妙歪樓了、起浪了：

那是十八歲，高三那年的春末。

無聊的教科書、大考前的焦慮，逼得人抓狂。狀況外的老爸，還在那裡叩叩問！不耐煩的她才扮完了鬼臉，一股突發性的無厘頭卻大山崩，崩成了土石流——她回收了瞪出去的白眼球，換成一抹賊兮兮的詭笑。

就那樣，在爸爸的詫異中，她徐徐的，低下眉合起掌，用風飄棉絮、柳擺柔枝的婀娜，坐下地來；盤起了練過芭蕾的兩條勁腿；再扳弄起手指頭，比出一個佛門的柔媚手印。

眼觀鼻呀鼻觀心！半閉半睜，遮蓋住精光四射的頑皮，造假出一片安詳的慈悲。她幽幽然，像是俯看塵俗、開示眾生；還自動加入抑揚頓挫的Echo：

「生命本空～～無～～，切莫執～～念～～呀！呀！呀！」

只因為，爸爸最近常常打坐冥想，一種誤進，喔、不！悟盡紅塵的模樣。

爸爸當場哭也不是、笑也不得，只好歎了一口氣：唉！怎麼這幾年參的禪、悟的道，都對付不了這個鬼丫頭？

「阿罵！阿罵！」她瞬間換回搞笑的嘴臉，朝著內房大喊。

「按怎樣？按怎樣？齁！死查某鬼仔咧，妳又在耍啥把戲？變啥猴弄？」老人家趿著拖鞋，速速衝過來。

「阿罵，來喔！趕緊來，您就全部看；款款來，您只看一半。」

一喊完，立馬又變臉回來，繼續進行精彩的"Cosplay"。

她立起身來，姿容依舊婀娜，造假著冒牌的觀世音菩薩。一身的輕盈，一臉的慈柔。接著，纖手端起了桌上的小花瓶，踮著赤腳丫，步步挪向前。嫣然迴眸，巧笑出一個瑰麗的大千世界。再抽出細柳枝，揚起了甘露水，灑向凡夫俗子——爸爸光亮的額頭：

「一切有為法，如夢幻泡影。如露亦如電，應作如是觀！善哉！善哉！阿彌陀佛……」

阿罵的眼皮不停的眨巴眨巴，老臉畫滿了大問號、小問號。

山寨版的觀世音，腎上腺素異常分泌，亢奮到不得了！她來個三百六十度的急旋轉——「咻嗚～～砰！煌！」口中展特效，爆出煙火聲，來個閃電般的大改造。所有ㄍㄧㄥ出來的莊嚴與慈悲，馬上大落漆，粉渣渣掉落一地。

她把小花瓶往空中一拋，嬌俏的身子，又來個大迴旋，單手穩穩接住。俐落呀！這一拋又一接，簡直是奧運韻律體操的水準了。

小小磁瓶被倒過來握著，變成了麥克風。她的無名指微微彎、翹起了尾指尖；側轉了青春無敵的小蠻腰，膝蓋微微下蹲，凹凸出妖嬈的S曲線。脖子往上仰，仰向穹蒼；張開的手掌，像綿軟的海草，往自己的臉蛋、胸口、臀、腿，緩緩纏裹下去。眼神勾魂又懾魄，撩撥四周的空氣、搜索靈與肉的饑渴……。

突然，手掌抓向觀眾：「喝！」五根手指頭再一隻一隻慢慢收攏。緊緊的。抓住了！抓住場內與場外、詆毀與崇拜、尖叫與吶喊。

女體？女靈？痴狂？魅惑？來自天堂？竄往地獄？

媚眼如絲、朱唇微張！狂野的Pose，完美的巨星登場。

彷彿間，一陣陣的霹靂雷電，橫空劈砍下來。野火狂燒，燒向人間的愛與恨、痴與嗔……。

她！扭起了水蛇腰，擠眉弄眼又嘟嘴，裙子往大腿慢慢撩、緩緩放。撩！放！開嗓！

是天搖地蕩的節拍，還不忘加上重金屬的伴奏、大陣仗的合音：

“I made it through the wilderness.（我穿越了風狂雨暴）
Somehow I made it through.（我撐過了一切）
Didn’t know how lost I was.（記不清楚我有多麼迷失）
Until I found you.（直到遇見了你）
I was beat incomplete.（我曾經被打成了殘廢）
I’d been had, I was sad and blue.（曾經重傷、憂鬱）
But you made me feel（但是，你讓我感受）
But you made me feel（但是，你讓我感受）
Shiny and new.（我閃亮又簇新）……”

阿罵當然聽不懂西洋番的東西；更不知道把這首歌唱瘋地球的，前有瑪丹娜、後有Lady GaGa。

她只知道死查某鬼又故意在踩地雷。她當然要完美配合——又追又打、罵罵咧咧的。

只是，罵到最後，也歪樓了，颱風尾掃到兒子身上：

「駒！讀啥大學？愈讀愈憨直、無識三與四。把自己查某囡仔的名，叫作啥米『曉荷』？哼！『曉荷』，笑破人的嘴！臺語叫不出聲，國語聽起來明明就是『小猴』。莫怪喔！莫怪一個好好、婧婧的查某囡仔，會變作噗噗跳、吱吱叫，番番癲癲、無正無經、三八哩囉葛的猴猻仔啦！」

那一次以後——她就改好名字了。

原來的「曾曉荷」三個字，就只出現在正式的證件上。

她心甘情願讓「小猴」、「小猴兒」永遠標籤她。不管是在海角或天涯；不管是從自己的嘴巴冒出來、他人的喉嚨喊出來，她都會在心底，或者轉過頭、舉起手，大大的回應一聲：「ㄧㄡˋ」！

面會

小猴兒永遠不會忘記，她與阿公第一次的「面會」，是在一九九九年的海島——金門。

那一年，她更小，還是個十二歲的鬼靈精，有著「天塌下來了，大人要替我去頂著」的驕蠻。

從寒冬到盛夏，大人們好像都忙翻了。白河老三合院的矮紅磚房，進進出出很多人：男的穿西裝、女的蹬高跟鞋的，好像是同一幫；嚼檳榔、腳趾頭露出來納涼的，應該是另一掛。兩大幫派相處得還算和氣，沒有豎鼻子瞪眼睛；有時還會笑嘻嘻，互拍肩膀幾下。

兩幫派常常囉哩囉唆的開會，開開合合的嘴巴、黃黃白白的牙齒縫，常常飆出三個字——三個阿拉伯數字。聲調不高也不低，音質卻有點沙啞，像一粒酸不溜丟的醃橄欖，哽在喉嚨裡，既吞不下去、也吐不出來。

這一次，小猴兒完完全全沒興趣了；更拒絕當「囝仔人，有耳無嘴」的笨瓜。她意識到：剛剛走出小學大門，還沒被塞進中學的這個暑假，是她最後一段無憂無愁的歲月。天高皇帝遠的太平日子，多難得呀！怎麼可以白白浪費？

八月時節，太陽還是一顆大火球，赤焱焱、閃煌煌，每天從東滾到西、從南曬到北，就想烤焦人類的頭毛。

荷花也跟人類一樣，既怕烤又怕熱。凌晨，才四點多，天還黑噗噗的，它們就噙著露珠，開給蒼天看、香給土地聞。大紅、嫩綠、鵝黃、粉白、豔紫……有的大朵大朵、怕寂寞似的搶成一片花海；有的羞著半個身影，藏在大綠葉子底下，等風一吹、水一漾，就露出萬種風情；有的從爛泥巴裡，孤挺出腰桿子，一心想和南風爭王爭霸；也有一身懶骨頭似的，軟趴趴躺在水漣漪上，哈欠連天打。

白河一向被歌頌為「蓮鄉」、「荷鎮」。現在，花朵們一池池、一田田，響天動地、嘩啦啦的綻放，呼應了這亮堂堂的名號。

不過，也才十點鐘左右，大火球還沒滾到天頂的正中央。本就一家親的荷花、蓮花，卻一朵接一朵萎了、荏了、閉合了，帶著一種沒得商量的決絕。

遠遠望過去，一畦畦的荷花田、一條條的田埂路，徘徊著一群又一群的都市呆瓜。小猴兒覺得好笑：「起不了早床，還想來賞荷花？省省吧！真是笨！」

從不賴床，起得特早——小猴兒一向以此自豪。然而，阿罵起得更早，跟荷花一樣。幫阿罵抓菜蟲餵八哥；趕一大群鴨子下水塘；咕嚕！咕嚕！咯、咯、咯……呼喚到處蹲巢下蛋的老母雞，都是小猴兒愛玩的遊戲。她長高長大了許多，大白鵝只好放過她。和平雖然來得有點晚，但相處得還算融洽。

誰說男孩子才會蓋樹屋？穿裙子的女生不能爬樹？這些在曾家都是笑話。一溜煙就攀上大相思樹的她，真的像隻小潑猴。一隻手就可以把樹枝吊成單槓，晃悠晃悠的，嚇得阿罵不敢看，驚叫連連。

藏在大樹上躲烈日，嘴巴當然不能太清閒。她口袋裡裝著大把大把的葵花子。嗑完的瓜子皮，直接往池塘裡丟，自然會有大頭鰱、紅面鴨、呆頭鵝，游過來嗅一嗅，張口就吞掉了。

就那一天，很特別的一天。

午後，全世界都懶洋洋的。小猴兒窩在樹屋裡看漫畫。樹底下響起了嘎嘎嘎的腳步，一股衝天的憤怒，直接噴爆上來：

「沒有錢？經費太龐大？只能搭船？虧你們講得出口。多謝呀多謝！請回吧！甚麼都不必再談了。」

小猴兒一嚇，歪過脖子，從樹葉的縫隙瞧下去：滿地搖曳的白光圈、綠影子，一向好脾好氣的爸爸像吃了炸藥，正和幾個西裝皮鞋人對幹對嗆：

「那些有頭有臉的大人物，年年花大把大把的鈔票，免費招待村長、里長、鄉鎮民

代，舒舒服服坐飛機，去別人賣性命、拼生死的小島觀光；一箱又一箱的高粱酒，怎麼搬也不手軟。現在，怎麼了？不是要選舉、沒有要巴結樁腳，就立馬沒錢、沒預算，連飛機也沒得坐了！」

「曾會長，上面……上面要我們先向您報告、溝通，就是希望您能全力支持。」

「哈！真的是很有誠意、很有良心！請回去告訴你們『上面』的，我曾某人『絕—不—支—持』！開記者會時，大家走著瞧。」

「這、那、……那要怎麼辦？」

「很簡單、很好辦！請轉告『上面』的：要我們一來一回都搭海輪可以。但懇請你們，務必要在船上，多準備幾個『榮譽袋』。」

「啥？曾會長，為甚麼要準備屍袋？喔！不！榮譽袋。」

「是呀！多準備一些放著，或許會用得著。」

「啥？會長，您在開啥玩笑？生氣歸生氣，別鬧了！」

「是誰在鬧？誰在開玩笑？聽清楚：多預備幾個『榮譽袋』擺著，好讓那些死了兒子的老人、沒了丈夫的寡婦、失去爸爸的孤兒們，在大海上顛客輪，被十八九個鐘頭的大風大浪，折騰到連膽汁都嘔出來。等人一死掉，就把榮譽袋一套，直接丟進大海去餵鯨、餵鯊、餵魚蝦。要省錢，這樣子最省，連棺材都免了。」

「啊……會長，您千萬別這麼說。『上面』完全是好意，是精心安排，要招待大家去旅遊的！」

「旅遊？招待？嘿嘿嘿……真是功德無量呀！」

「這次的觀光，你們吃、住全都被招待，不必花一毛錢，沒錯呀！」

「對、對、對！沒錯，沒錯！一定要好好感謝『上面』的。四十多年都過去了，才『終於』想起來還有我們這一群人；也才『招待』我們去至親戰死的地方『旅遊』、『觀光』。」

「啊！曾會長，請別這麼說……」

「那要怎麼說？是呀，我們一定會開開心心，到處拍照比『耶！』；還會上車睡覺、下車尿尿？哈哈哈……『上面』的好意，真的是比山高、比海深！我們這一群鰥、寡、孤、獨，要不要跪下來叩頭謝恩呀？」

那幾個西裝皮鞋人，好像很尷尬，很想打圓場。但亂哄哄當中，還是夾著尾巴，被爸爸轟走了。

酷呀！猛！勇！帥！太崇拜了！

原來爸爸的口才這麼溜，說話像掃機關槍，臺灣國語的威力不輸原子彈。小猴兒真想跳下樹來，直接跪倒膜拜了。

然而，爸爸不理樹上的她，一扭頭就走了。

就在他扭頭轉身的那一秒，小猴兒一點二的好視力，清清楚楚看到爸爸的脖子上，凸暴一條條青筋，像一窩憤怒的蛇在吐信。

樹上的小猴兒很震撼、也有點兒悲傷。她腦海裡浮出了三個數字——八二三。深沉的阿拉伯數字，串成了一條暗黑的鎖鏈。

她也想起了五個多月前，三月二十七日，在一個很特別的場合，她被安排——以「烈士遺族代表」的身分，走上講臺，用字正腔圓的國語，宣讀了戽斗老總統、國字臉副總統傳來的「賀電」。

從那一天開始，「八二三戰役陣亡烈士遺族勵進會」正式創立了。一聲聲的「曾會長」，讓爸爸所剩不多的頭髮，更加稀疏了。

八月二十三日，小猴兒全家與其他三百多位遺族，搭的是中華航空的班機，不是顛風顛浪的海輪。

看來，爸爸在相思樹下的大震怒、在協調會上的差點掀桌子，都打勝仗了。

小猴兒唯一遺憾的是：這是她人生中，第一次坐飛機。飛機飛得太快，屁股都還沒坐熱，金門就到了，一點兒都不過癮。

還有另一項大遺憾，她從來不敢對人說——十二歲的她，好想看看「榮譽袋」長甚麼樣子？是厚？是薄？甚麼顏色？哪一種材質？拉鍊拉得密不密實？

因為——四十一年前，阿公就是被套進榮譽袋的。

一連串的迎賓活動、長官致詞；參觀了很多很多坑道、壕溝、軌條砦、碉堡、紀念公園；親手摸到了大喇叭、坦克車、轟天雷巨砲；也被贈送了很多盒的花生貢糖、日曬麵線、一條根藥膏……小猴兒只覺得天氣好熱，熱到頭皮發麻、眼窩兒脹疼，手和腳都癱軟了。偏偏軍方的解說員還一遍遍說：「今天，我們『慶祝』八二三臺海戰役四十一週年……」

慶祝？慶祝戰爭？

殺人或被殺，是可以慶祝的嗎？要不要放鞭炮、拍拍手，豎起大拇指，大喊幾聲「讚」？

小猴兒覺得生氣，很想嗆罵回去。

但是，瞄一眼四周黑鴉鴉的「阿叔們」、「阿伯們」、「阿姑們」：有人搖搖頭、歎了一口長氣；有人苦著臉在偷笑，彼此的眼神都在打暗號，串聯一個密謀：

「唉！四十多年過去了，甚麼都忍下來，也就不差這一項了。」

「啊！算了！算了！沒甚麼好計較的，別害這個年輕人被判軍法。不管是關禁閉或丟飯碗，都是夠他受了的。」

咦！阿叔們、阿伯們、阿姑們？到底有多少個「們」呀？

爸爸曾經估計過：少說也有好幾百個。

其實，小猴兒的親阿伯、親阿叔一共才兩個。親阿叔在她出生前就走了，也是二十九歲，跟阿公同年齡。阿罵沒生女兒，所以，她半個親阿姑也沒有。

但是，就在半年前，「烈士遺族勵進會」創立的那一天。她才宣讀完正、副總統的「賀電」，就換一位白頭毛、白鬍鬚的老阿祖，拄著四腳拐杖，手抖、腳抖、全身抖，抖上臺去講話了：

「我姓李，今年八十八歲。只有一個孤子，四十一年前，戰死在金門。我聽活著回臺灣的充員兵說：民國四十七年八月二十三日，臺海戰役一爆發，金門的大小島嶼，海

面、陸地、天空都在挨砲彈，每天被轟好幾萬顆。連續四十四天，死傷一大堆。

開戰還不到七天，金門火葬場唯一的焚化爐就被轟掉了。戰死的弟兄們，完全沒辦法處理。偏偏老天爺在中元節、中秋節，又連續颳了兩次大颱風。殉國戰士的遺體被風吹雨打又日曬的，淒慘到像地獄。在萬不得已的狀況下，軍方只好下令，把烈士們先用『榮譽袋』套起來，就地草草掩埋。等砲火稍微變小的空檔，再一具具挖出來，二十具堆疊在一起，放在乾柴堆上，淋上汽油，點一把火……就把我的兒子、你們的親人全燒了……燒完了，再把骨灰分成二十等份，送回臺灣來埋葬。

所以！我和你們接回來、領回家、天天哭喊、年年祭拜的，只有二十分之一是自己真正的親骨肉。

但是，沒有關係！四十多年過去了，『遺族勵進會』創立了，我們這些傷心人也見到面了。大家千萬不要忘記：我兒子的骨灰中，有你們的至親；你們至親的骨灰中，有我的兒子。

既然再怎麼喊，也喊不回最親最愛的人了。倒不如，大家就湊合湊合，湊成一家人。

我希望：從今天開始，沒父親的第二代，碰了面，就按年紀，互相稱呼兄弟姐妹。沒了祖父的第三代，就要喊上一輩：阿伯、阿叔、阿姑……。

我的老牽手死去二十多年了；我喪子又無孫，一個人很孤單；我也希望——希望從今天以後，能夠活得比較像人一些。」

從頭到尾，那個老阿祖沒有掉一滴淚。反而是臺下的啜泣聲、擤鼻涕聲，響成了一大片。

後來，是一位臉小身子小的漢子，上臺去攙扶老人家，大聲喊他：「阿爸！」那個瘦黑的漢子對著麥克風，哭到一張臉都歪扭了：「我姓劉，阿爸戰死、阿母改嫁；讀中學時，阿公阿嬤也都過身了。這麼大的天地，就只剩下我一個人。我住在南投的竹山，為了活下去，只好去替人拖竹子——從溪谷或山坡，把工人砍倒的竹子，拖七八百公尺，拖到馬路上的大卡車邊。拖一支，賺一塊錢。就這樣，我把自己養活、養大……。」

接著，阿叔們、阿伯們、阿姑們，一個一個走上臺，像是在自我介紹，也像在挖心剖肝。每個人都說得很簡短，一邊說、一邊哭：

「我是阿慧，爸爸是傘兵。飛機被炸爛了，他死在料羅灣上空。沒有骨灰、沒有墳墓……媽媽只好埋葬一套爸爸穿過的衣服，年年帶著我去哭拜衣冠塚。」

「我叫陳小美，民國四十七年八月二十三日早上，在雲林出生。當天晚上，爸爸在金門被炸死……我出生、爸爸死。我們父女在人世間的緣分，不到十二小時！」

「四十一年前，我二十歲，大肚子七個月，二十多歲的丈夫就在金門戰死了。我生下唯一的後生，還沒做完月子，為了生活，就去鐵工廠做車床工。全廠就我一個女的。幾年後，左手的四隻手指頭，被大塊鋼板壓碎，碎成了肉糜，只好截掉。好不容易，後生長大成人，要娶媳婦了，卻在結婚前一個月，被車子撞死。我的一生都是『失去』——失去丈夫、失去手指、失去兒子……」

那天中午，異父異母的「親兄弟姊妹們」大聚餐。香噴噴的菜一道一道端上來，沒多少人動筷子。一包包的餐巾紙沒用來擦嘴，都拿去擦眼淚了！

在金門，所謂的「旅遊觀光」活動持續著，大陣仗、大排場的走馬看花。用完晚餐後，三百多位遺族住進了旅館。

十二歲的小猴兒與大伯的女兒睡同一間客房。大床上，兩個小女生嘰嘰喳喳，興奮極了。

「阿姊！妳甚麼時候知道的？」

「甚麼知道甚麼？」堂姊才大她兩歲，但在小猴兒眼裡，已擁有一張成熟與長大的臉。

「就那個八二三呀！」小猴兒習慣性壓低了嗓子。那三個數字是全家族的封印，不能隨便揭開的。

「喔！大概讀小學三四年級吧！」堂姊正在抹蘆薈乳液，混著海風的味道，有一股清涼的草香。

「剛剛知道的時候，有甚麼感覺？」小猴兒把草香接過來，抹了抹臉頰和手臂。金門真的太焦燥了，需要一些滋潤。

「其實——我老實告訴妳，真的沒甚麼特別的感覺。現在嘛！嗯……也一樣。」聲音壓得更低了，變成了小姊妹的大秘密。

「對呀！阿公住在玻璃相框裡、掛在牆壁上，我們都沒真的見過他。」小猴兒也很誠實。

「千萬不能把『沒感覺』說出來喔！大人們會生氣、阿罵會傷心。」姊妹倆是同一國的，當然要互相提醒。

「嗯！我知道。」

「今天，大人們都好嚴肅喔！在那一大塊『八二三戰役國軍將士忠烈錄』的紀念碑前，一大群人都哭到淅瀝嘩啦。妳爸爸、我爸爸找到阿公的名字時，也都垂下頭，哭到肩膀一聳一聳的。」堂姊果然成熟，觀察得這麼仔細。

「可是，阿罵就沒哭；還罵妳爸爸、我爸爸：『別哭！人過身四十一年了，軍方還是把名字刻錯。……不准哭！要哭，回家再哭。』」下午，在大石碑前，小猴兒緊緊揑著阿罵，也聽得一字不漏。

「難怪喔！晚上菜那麼多，一盤接一盤的，阿罵卻一口也沒吃。才不是因為甚麼天氣熱，吃不下咧！說不定，她現在正躲在隔壁的浴室，故意打開水龍頭，用嘩啦啦的水聲，蓋掉她的哭聲呢！」

「妳媽媽、我媽媽陪阿罵住同一房間，應該會注意到吧？」

「笨喔！就算注意到了，也只能假裝不知道。懂嗎？」

「懂！可是，阿姊，那個……」

「哪個？說呀！」

……

「嗯！就那個……阿公死在金門，今晚，會不會跑來安慰阿罵？」

「不知道。或許會吧！」

「阿公安慰阿罵四十一年了，會不會覺得很煩？」

「妳才有夠煩咧！在金門不可以亂說話。聽說大陸阿飄、臺灣阿飄，都在這島上飄來飄去，很可怕！」

「哪來的那麼多阿飄？別嚇我！」

「齁！我告訴妳！四十一年前有『八二三』；五十一年前有『古寧頭大戰』。古寧頭那一次，短短三天兩夜，阿共那邊的、我們這邊的，死掉的阿兵哥全部加起來，大約就快兩萬人，全部都變成了金門的阿飄。」

「真的嗎？歷史課本怎麼沒說？」

「嘿嘿！大人們都說：編歷史的人，只能寫萬惡共匪竊據大陸，不能寫國民政府敗逃臺灣！」

「可是……阿公是阿飄嗎？這次來金門，我們不就是要『面會』阿公嗎？」

「阿公早就不在了，不能真的『面會』的啦！笨蛋！」

「阿飄」有些嚇人、「面會」的話題也相當累人，所以一下子就收尾了。電視節目也很無聊，只引誘出一個接一個的大哈欠。

「阿姊、阿姊！咦！妳……睡著了？嗯！好吧！我也睏了。關燈了喔！晚安。」小猴兒伸出手指，按掉了床頭邊的開關。

「噠！」整個房間暗了下來，一片安詳的黑甜世界。

「阿公！不管您是不是阿飄，也要晚安喔！」臉頰貼著軟軟的棉花枕頭，小猴兒也睏了。

「啪！」一聲，突然，所有的燈一跳一閃，全部亮了！

亮了！是透裡、透外、透全屋子的明亮。

「哇！酷！阿公，是您嗎？您來看我了？」小猴兒直直彈跳起來。

沒有驚嚇，真的沒有，完完全全沒有，只有中了第一特獎似的開心！

小猴兒仰起頭，睜開、閉上；閉上、睜開。再閉緊一些、睜大一點。用力！再用力……眼皮上、眼珠子裡，全是亮匝匝、白晃晃的燈光。很實在、很清楚，絕對不是幻覺、不是做夢。小猴兒的嘴角向上揚，笑了！

過了好一會兒，她才慢慢伸出手指頭，再一次，按掉了開關：

「我知道了。阿公！您也去睡吧！晚安！」

料羅灣的浪很平、風很靜。天空掛著一彎眉月，月光是銀的，月暈是紅黃的，旁邊飄著幾朵潔白的雲，像棉絮。

小猴兒在金門安心的睡著了。

夢中，她依稀聽到熟悉的滴！答！滴！答！聲。她看到一位瘦瘦高高的男人，從三合院牆上的相框裡走了出來。

沒錯，是個英俊的帥哥，頭髮很黑、很濃密。他對著小猴兒微笑，眼珠子裡閃著啵啵亮的芒光。那朵微笑、那張臉龐，超級超級像爸爸——十一年前，頭髮還很多的爸爸。

是的，又高又瘦的爸爸，曲彎著腿、俯下腰，身子正在倒退嚕；兩隻手向前伸，牽著、握著、導引著，催促著才周歲、咯咯笑的女兒踏著顛顛倒倒的小腳丫，一腳一腳跨出來：

「來！來！一步，再一步，正腳，好！換左腳……對對對！就這樣。哇！曉荷棒！曉荷最棒！曉荷會行了，會行路了！」

那年倒退嚕的爸爸、現在微微笑的阿公，兩張臉、兩個身子慢慢重疊，笑得更深、眼睛更迷濛了……他們額頭的光很輕、很柔、很溫暖。鵝黃色小小的相思樹花蕊，像雨一樣，細細的飄灑，還沒落到地上，就被一陣陣的風揚起來。飄呀！旋呀！飛呀！飛去黏在阿公及爸爸的眉毛間、嘴唇上。小猴兒笑得好開心、好舒服。她一腳丫、一腳丫，踏向一片柔和的亮光：

「……阿公、阿公！您是『曾得義』，不是『曾德義』。那些胡里胡塗的人，把您的名字搞錯了，四十多年都改不回來。但是，不管哪一個『ㄉㄜˊ』都一樣，一樣都是我爸爸的爸爸、我親愛又陌生的阿公……」。

虹光裡

後來，即使到了現在，爸爸還是很霸道，抿著嘴巴、繃著一張撲克臉，下很討人嫌的結論——「是那一間旅館太老舊，電燈的開關鬆掉了、線路接觸不良，才會暗了又亮。沒啥好大驚小怪的！」

阿罵更斬釘截鐵的說：「若真正是妳的阿公來了，不會只找妳一個人。」

「阿罵！金門的那一晚，阿公沒去找您喔？」小猴兒竟然有些得意。她直覺是阿公偏心，只對她偏，偏很大。

她抬頭看——那個相框裡的男人，已經回到了老三合院的牆壁上。永遠不會老去的大帥哥，彷彿還對著她眨了眨眼睛、歪嘮了一下鼻子，一副就只有「妳知、我知」的親膩樣。

「欸！又不是在玩『掩咯雞』（捉迷藏）！分離開那麼多年了，陰和陽、生和死，要面會哪有那麼簡單？我看喔！就等我去找他囉！」阿罵還是笑嘻嘻，風吹日曬的皺紋，既糾纏又舒張。

看著阿罵的笑，小猴兒突然有點兒想哭。還好，幾秒鐘就淡掉了。畢竟，外面的世界太大了；她出生之前的事，又太古老了。

國中、高中的六年，全家還是很忙：爸爸忙會務、忙工作；小猴兒忙考試、忙長大；阿罵則在荷花香、泥土味裡，也忙著再老去一些。

六年後的九月，小猴兒長成「十八姑娘一朵花」了。她喜孜孜的通過大考，要進入藝術大學、念她從小就醉心的戲劇表演了。

鬼靈精怪的她，從小時候起，人緣就好到爆。一大票狐群狗黨，無論半生的、熟透的，全都約好了：開學前，要上臺北去闖蕩，先瘋他個幾天。於是，興沖沖、喜洋洋的小猴兒，變身做一隻啾啾叫、噗噗跳，拍動翅膀，急著要飛出巢的小鳥。

但是，喜新又戀舊的少女，離家的前一天晚上，還是擠在老三合院的紅木眠床上，死皮賴臉的懇求阿罵哼幾回「一暝大一寸」；又糾纏著上下眼皮直打架的老人，再講一遍〈蛇郎君〉、〈虎姑婆〉。

顛三倒四講了講，阿罵還是睡著了，只剩下滴！答！滴！答！的懷錶在走路。

小猴兒突然有些不忍心了——少了死查某鬼在身邊亂，阿罵白天會不會太寂寞？晚上會不會睡不著？而缺了這滴！答！滴！答！的機械聲，上臺北的女孩，人生的發條會不會鬆掉？會不會搞得亂七八糟？

黑暗中，她伸出胳臂，隔著棉被去摟阿罵；臉頰挪過去，貼靠著蓬鬆如雪的白髮。「無患子」的天然皂香，一絲絲沁入了她的鼻腔。

熟睡的老人，習慣性拍了拍孫女的手背，嘟囔著：「**趕緊睏！若無乖乖睏，大隻老鼠會來咬妳的尻撐**（屁股）**、貍貓也會來啃妳的手指頭喔！**」

小猴兒慢慢的也睏了。朦朧中，阿罵又揮舞起竹掃把，替她驅趕那幾隻又撲又叫，像轟炸機一樣的大白鵝。

隔天一透早，小猴兒幽幽醒來，半瞇半睜著眼珠子。

天光是絲帛，一束束、一縷縷，從天井、窗戶斜斜垂曳下來。空氣裡飄浮的塵灰，在光束裡面游泳，閃熠著七彩的虹光。

阿罵——坐在虹光的懷裡。相框裡的男人——摟在阿罵的懷裡。

哇！阿公、阿罵在對唱戀歌呢！怎麼可以打擾？小猴兒選擇繼續裝睡。

阿罵垂低了額頭，幾綹白髮在虹光裡霧化了，飄呀抖的。原本直挺挺的背脊，有點兒撐不住，微微佝僂了。

她的手指頭撫摸著相框的玻璃，無聲無息，一筆一畫在描摹。被描摩的男人，有溫柔的眼睛和眉毛、有俏皮多情的嘴角；筆挺的襯衫內，也有過一顆灼熱的、噗噗跳的心臟。

「你離開，也已經四十七年冬囉！放我一個人，孤孤單單活著……你看：你永遠勿會老，永遠停在二十九歲。我卻是一日一日變老囉！」

「不、不會的！阿罵，您不會老！有我一直亂、一直吵，您哪有時間變老？我雖然要出外去讀冊，但是，我保證每兩個禮拜就回來一次，把您鬧到氣噗噗，把我轟出門。」

小猴兒整顆心揪緊了，也把承諾說在心底。

「這一間，是你我兩人成親時的洞房。彼時陣，你才二十歲、我十九，有夠青春呀！」

「哇咧～阿罵，您十九歲就出嫁喔！才大我一歲耶！我的老天鵝！細細漢的查某囡仔，就去當大家族的媳婦，天天煮飯、洗衫、駛牛耕土、播田又拉車的，真正是有夠恐怖喔！」小猴兒咬住下嘴唇，避免大嘴巴嗚哩哇喵鬼叫起來。

「咱兩人先訂婚兩年。彼時陣，面皮薄，怕見笑，雖然是住在隔壁庄頭，也不敢約會，見一下面……。就連我張家的大門口，你都要繞路閃開，不敢行經過。」

「哇咧！阿罵、阿公，您們兩個還停留在古早古早的舊石器時代嗎？偷偷約一個會、牽一下小手，甚至親個小嘴嘴，又會怎樣？真是有夠笨喔！」小猴兒悶在棉被裡偷笑。

「我自五六歲起，就愛挑針刺繡、做手工藝；也有去拜師傅、學做裁縫。所以，咱拜堂完婚時，我穿的紅色洋裝、蓋在頭頂的大紅喜巾；甚至，你西裝裡面穿的『シャツ（襯衫）』、『スーツベスト（西裝背心）』，攏總是我親手做的。」阿罵的聲音很輕、很溫柔，像玫瑰花瓣上抖呀抖的露珠。

「可是！阿罵，您沒見過阿公，怎知道阿公的高矮胖瘦？他的襯衫、西裝背心要怎樣做？」大考之後，小猴兒迷上了偵探電影。此時此刻，小腦袋瓜也千迴百轉，學起了福爾摩斯。

「我阿弟見過你，講你的『漢草』（體格）比他好，高半粒頭。我就量阿弟的腰身、放大寸尺，來做西洋衫。好里佳在，你穿起來有合身，真好看。」

「崇拜！崇拜！阿罵，您也太神了，請收下我的兩個膝蓋。但是，奇怪咧！您這種好本領，怎麼沒遺傳給我？」

「出嫁那一天，扛花轎的、吹鼓吹八音的、扛大紅晟禮盒的，故意在兩個庄頭多旋了兩三遍，大大展覽我阿爸、阿母送的好嫁妝！」

「嘿！原來阿罵做新娘子時，是這麼『暢鬚』（張狂）喔！」小猴兒樂乎乎，也替阿罵得意起來。

「若知道，咱倆人的緣分會斷在金門的八二三砲戰，當初、當初就不應該……不應該白白浪費訂婚的那兩年。」阿罵的聲音，從輕柔轉為沙沙的。

「對！您們應該出去約會，去逛大街、去看電影、去海誓山盟；管他甚麼該做不該做，全都大膽去做。」裝睡的小猴兒鼻子酸了，眼皮底下翻湧著一波波的熱浪。

「還有，你受過日本教育，有讀完咱『內角公學校』與『新營初農高等科』。大家都講我好命，嫁了一位能拿筆、又能拿鋤頭的好夫婿。」

「阿罵，我知道了：後來，就算農事再怎麼艱苦、怎麼欠人手，您也要三個兒子都升學、都讀書，不准丟我阿公的臉！」

「你去當兵，不只替營區的弟兄們寫家書，也會寄批信給阿爸、阿母。雖然，只是在批信的最後尾，順便問一下孩子們乖不乖？長高了多少？但是，阿爸唸給我聽的時候，我還是非常快樂的。」

「阿公怎麼不直接寫情書給阿罵？喔～～因為阿罵不識字、阿公臉皮薄？」

「在這間新娘房，咱們做了九年的夫妻；在這一座紅眠床上，我生下你的三個後生……」阿罵的聲音飄呀飄，飄入了半圓弧的彩虹，有紅、橙、黃、綠、藍、靛、紫的瑰麗浪漫；也混雜了柴、米、油、鹽、醬、醋、茶的人間平凡。

「你要被派去金門了。彼時，大船停在左營海港。半暝一、二點，你竟然偷偷趕回來。」

「天呀！在沒高鐵、沒高速公路的年代，阿公是用甚麼辦法，半夜偷跑回白河的？」

「我永遠記得你滿身重汗、滿面笑容，抱著咱出世還未滿一歲的後生阿坤，一直親、一直親……」

「小阿叔……唉！」

「你一直想要再留一晚。阿爸阿母煩惱大船會開走；我也怕你太慢回去會被判軍法，所以，一直催、一直趕，叫你趕緊離開。想不到，那一晚，竟然是咱全家最後的團圓、也是你最後一次睡在這頂紅眠床。」

熱呼呼的淚水，漫出了小猴兒的防波堤。她終於明白：掛在紅木眠床前，那兩大片舊床帳，原來已經超過五十歲了。大棉布上印著大綠葉子、大紅牡丹，不只俗又有力，又褪色走樣了。可是，不管小猴兒怎麼嘲笑、爸媽怎麼懇求，阿罵說不換就是不換。

「這一座梳妝臺、五斗櫃，是我的嫁妝。床頂所刻的雙喜字、鴛鴦水鴨，雖然已經舊了，無再金熠熠，我還是顧牢牢、惜命命，一點都無缺角、無落漆。唉！當初……當初，若不是那一群土匪仔兵，我梳妝臺好好的屜仔，也不會被撬壞去！」

啥？土匪仔兵？

臺灣怎麼會有土匪？土匪怎麼能當兵？

好奇的小猴兒立馬在記憶的大海裡撒網，一網又一網，努力的撈捕真相。

啊！網到了！

——去年，她高二，參加嘉義女中的話劇社。放學後，大夥湊在一起排演《蘭陵王》。常常搞到八九點，回到白河就更晚了。可是，無論多晚，阿罵總是在公車站牌下等她。

最晚一班車了，車上很幽暗，亮度不到五燭光。

快到站了，小猴兒穿著白衣黑裙，揹著印「嘉女」兩個大字的書包，站立起身子，按了下車鈴，單隻手拉著吊環，努力對抗鄉間公路的顛簸。

從車上看下去：彎溜溜的柏油路畫了雙黃線；兩旁的路燈是一圈又一圈蒼白的光。荷田、稻田、一田接一田，田田相連到天邊。黑水映白光，白光照黑水。哥倆好的水和光，手牽手，一起往後方倒退。

遠遠的，本就瘦小的阿罵，在黑水白光下，更是只有一丁點兒大。

站牌靠近了，公車減速了，模糊的一丁點阿罵變大變白了。越靠越近，就越大越白。越白越近，就越膨脹……脹成了特寫鏡頭。

路燈、車燈全部收聚了光，射向了唯一的焦點——阿罵。

阿罵一直在伸脖子、探腦袋瓜。她踮腳尖、瞇眼皮、眨巴眨巴眼珠子、端起手心遮擋汽車的強光……這樣子的等候與眺望，使出了洪荒之力。

而從遠而近，只要公車一出現，阿罵的兩隻腳立刻蹦跳起來，胳臂舉得半天高，不停的交叉揮動，大招又大舞，變成了動漫裡「螳臂擋車」的真人版。

公車的遠燈切換成近燈了，特寫鏡頭慢慢縮小，阿罵變具體又真實了。

車門一打開。枯瘦的手掌立刻伸過來，穩穩托住了小猴兒的臂彎，防她滑跤；下大雨小雨時，換成一把撐開的傘。

「多謝！多謝！運將先生，勞力您了，感恩呵！」——引擎聲再怎麼吵，也掩蓋不掉阿罵一大串的致謝。

小猴兒越是捨不得，越愛鬧彆扭：「阿罵！您嘛拜託咧！勿要來等我啦！」

「按怎？已經暗暝十點囉！還不准我來？」

「您一個人憨呆呆站著，用兩隻腳飼蚊子，我怎敢和同學去夜市吃蜜豆冰？」

「好心被雷親！原來是嫌我雞婆。」

「阿罵，您真番ㄋㄟ！咱庄頭無歹人、公車牌子離咱的厝也不遠，才幾百公尺而已，我跑幾步就到了。毋知您是在煩惱啥！」

「煩惱啥？哼！毋知煩惱，才是大煩惱喔！」

於是，為了說服小孫女，那一夜，紅木眠床上就重現了驚心動魄的陳年往事。

土匪仔兵

——發生那件事，距離阿公在金門殉難還不足兩年。二十八歲就變成寡婦的阿罵，生命已完全褪去了華彩。七歲、五歲、兩歲多就變孤兒的小囝子，是她活下去的負擔與希望。

曾家的老一輩是勤奮的；分家、分田產是絕對公平的。然而，兒子戰死了，這一房的頂樑柱硬生生折斷了，孤兒寡婦要用肉手掌去撐、用肩胛骨去頂，屋瓦才不會一塊塊掉下來，砸死明天。

他們住的白河鎮「內角里」，有一座大軍營。日治時期，拘禁過不少金頭毛、鷹勾鼻、碧綠眼珠子，二次大戰的盟軍俘虜。終戰後，軍營荒廢了好一陣子。一九四九年，敗逃的蔣氏政權把臺灣當成反攻大陸的跳板，於是，內角又變回重兵駐紮的營地。

當年的軍事營地，軍紀卻是鬆垮垮。假日，出軍營到處遊蕩的士兵，五湖四海、三教九流，甚麼腳色都有。其中，不少是「三隻手」的慣竊。他們結合了各地的樑上君子，手腦並用，就飛天鑽地起來，把取貨與銷贓，連鎖成「一條鞭」的企業。於是，無本的生意大放異彩，造就了嘉義市某些街道集結成「賊仔市」的臭名。

「秀才遇了兵，有理說不清」，兵荒馬亂的年代，小老百姓既不是甚麼秀才，偏偏遇上的是：嘴巴南腔北調、手腳不乾不淨的大頭兵。這要怎麼辦？最好的辦法就是——噤聲。因為，動不動就敢拚死鬥活的「護國戰士」，誰敢惹？誰惹得起？就算惹贏了，卻讓已經飽受戰火蹂躪、流落在異鄉的苦命人，被判處嚴厲的軍法，小老百姓又怎麼忍心！

那一天，曬暈人的紅太陽跳下山坳了。小猴兒年輕的、才三十歲的阿罵，搓完了田裡的野草，揹著竹籮筐，走在春風翻稻浪的田邊。或許是她的身材太窈窕了？或許是她脫下斗笠搧風的面容太清秀了？大樟樹下，兩個男人鬼鬼崇崇跟了過來：

「我那親親的俏妞兒、美丢丢的好姑娘呦！天都要黑了，上哪兒去呀？俺跟著妳走唄！」

「我說，是怎的咧？妳家男人野到哪兒去了？丢妳一個人在田裡幹粗活兒，多累呀！大爺我呀，盯了妳一整個下午囉！」

阿罵聽不懂外省腔的調情，只聞到油嘴滑舌裡，噴爆一陣陣的大蒜口臭。呀！眼前站的一定不是人，是地獄竄出來的牛頭馬面。她倒抽一口氣，閃開了伸出來的魔爪，拔腿就跑！而且，捨馬路，抄近路，竄上縱橫交錯的窄田埂。

才三十公分寬的水田埂、荷田埂，凹凹凸凸、坑坑疤疤，兩旁又全是爛泥窪，哪裡撒得開步伐？但是，阿罵是農家女，履險境如平地，衝得像飛的一樣，一邊跑還一邊呼救，尖叫貫雲霄：

「救人喔～～賊仔脯！土匪仔兵喔！救人喔～～」

很快的，里民們拿鋤頭、帶木棍，從四面八方包抄過來。才兩三下子，就把摔進泥塘，正在豬吃屎、驢打滾的兩隻畜牲，抓了上來。

「連一起打共匪的同袍、殉國烈士的遺孀，你們也敢妄想、也要欺負？良心何在？被野狗生吞入腹了嗎？就不怕被雷公活活劈死？」白頭毛、白鬍鬚的老里長，氣到全身瑟瑟抖。

兩隻畜牲也許是怕雷公劈、也許是怕軍法罰，一瞬間，就人模人樣起來，既懂得辯解，也知道要圓謊、哈腰了：

「對不住、對不住！俺沒起啥壞心眼；俺只是想替嫂子揹那個沉甸甸的竹籮筐哩！」

「啊！失敬！失敬！原來是咱們殉國弟兄的夫人，嚇著您了。俺不是故意的。俺自己掌嘴、俺跪下來磕頭……求求老大爺，別五花大綁送咱哥兒倆回軍營，會砍腦袋瓜、吃鐵子彈的呀！」

白河的父老們真的很善良，輕輕鬆鬆就放走了兩隻畜牲。

但是，從那一天開始，荷花田、水稻田環繞的村落裡，有個年輕貌美、又是八二三寡婦的消息，就悄悄在內角軍營裡渲染開了。

再隔了一兩個星期。沒有事先通知、沒有長官陪同，十來個沒穿草綠色軍服的「同袍同澤」，就來曾家吊唁烈士及遺族了。

大白天，田裡永遠有幹不完的農事，阿罵絕不可能在家。

小猴兒的老阿祖、老祖婆，滿眶淚水、滿心感激，看著一群戰士們，恭恭敬敬的向兒子的遺像行軍禮、上香、默哀。

之後，老人家切了芭樂、端上了蓮子甜湯，掏心掏肺的款待了兒子的弟兄們。

「當兵，同樣都是在拼生拼死。只是，我的後生曾得義，伊歹命又歹運，永遠離不開金門、無法活著回來臺灣了。」老阿祖緊握賓客的一雙雙手掌，心臟痛到都快碎裂了。

告別的時候，有個年輕的小夥子，還摟著痛哭流涕的祖婆，用奇腔怪調的外省臺語，喊了好幾聲：「阿母！」就淅瀝呼嚕大哭起來：「您要保重，要好好保重！阿母！我的阿母呀！……」

「阿罵！後來呢？」膩在被窩裡聽講古的高二少女，也被這一幕感動了，淌了一腮的清淚。

阿罵歎息了：「黃昏時，我返回來厝內。一進入房間就發現怪怪的——啊！我怎麼這樣粗線條？五斗櫃開大嘴，像在對人哈哈笑。再詳細一看：慘了！原本疊得整整齊齊的衫褲，被掀來攪去亂糟糟；你阿公的『シャツ』（襯衫）、『スーツベスト』（西裝背心）、我的紅洋裝，全部無影無蹤。更淒慘的是：梳妝臺的鎖匙孔被挖壞，屜子被撬開了。我訂婚、結婚的戒指、項鍊、金手環；三個後生滿月時，娘家送的長命鎖、公婆打的富貴牌，全部都被偷光光了。」

袍澤情義怎麼變成了賊星來襲？

小猴兒急了、也矇了：「阿罵，怎會這樣？怎會這樣？」好像胡椒、辣油、鹹醬、酸醋一起倒進心窩，攪成了亂七八糟的滋味。

「你阿祖氣噗噗，立刻就要去軍營抓賊。我死命攔住他：『阿爸，破財消災，財去人平安！全家好好的，佛祖、菩薩就已經有保庇了。』妳的祖婆也說：『軍營那麼闊、幾千幾百個阿兵哥，查不出誰是賊仔脯的，勿要白白去，無路用啦！』」

「阿罵，有效嗎？我阿祖聽得進去嗎？」

「當然嘛聽不入耳！」

「所以咧，阿祖去軍營了？」

「是呀！但是，去到軍營大門口，又倒轉回來。而且，從此不再提起了。」

「哇咧！哪有可能？」小猴兒的眼睛瞪得比門環還要大。

「妳的祖婆，一路擋、一直勸。妳阿祖聽都不聽，拼了老命向軍營衝。兩個老翁婆，拉拉扯扯，來到了大門口。妳的老祖婆突然撒開手，放聲哭：『拜託你勿要入去，勿要入去啦！因為，最少……最少那個外省兵仔——還細細漢的嬰仔兵，有叫我幾聲「阿母！」』……你原先氣噗噗的老阿祖，腳步突然定住了，仰起頭、看蒼天，目眶赤紅了。慢慢的，就轉過身，不進去兵營了。」

「阿罵！那些人真的有夠夭壽，有夠無良心。我知道了：一定是十幾個死賊仔脯、土匪兵，全部串通好，採用『分進合擊』的戰術：有人在客廳裡纏住了我阿祖；有人進去房間，偷了阿罵您值錢的物件；有人又假哭假啼，欺騙了老祖婆的感情。嘿！這麼厲害的賊仔兵團，怎麼會輸掉大陸？真是想不通。」

「黑白亂想亂臆！賊仔兵來偷拿金子是真的。不過，其他也不完全是假的。」

「阿罵！您講啥碗糕？我鴨子聽雷——霧沙沙，完全聽無啦！」小猴兒媲美九官鳥，把阿罵常用的語氣，模仿得有滋有味。

「唉！後來，妳的老祖婆時常對人講：『那個歹命的、有夠可憐的細漢阿兵哥，看起來，比我戰死的後生還要減六七歲。伊將我摟牢牢，哭到全身軀一直顫、一直顫。伊大聲叫我「阿母」、哀求我要保重……可憐喲！這個憨直的少年家，一定是被人抓「軍佚」，抓來咱臺灣，回不去大陸、見不到親阿母，才會哭到那麼悲慘。伊叫我阿母是真心真意的，不是假的、絕對不是假的！』」

往事一幕幕，像電影又像連續劇，想不完，也說不完。

這個房間、這張紅眠床，累積了曲曲折折的往事，沉澱了太多太多的悲歡了。原本裝睡的小猴兒，側著臉，看著生死兩相依的阿公與阿罵，淚靜靜流下來了。

她也明白了——為何這麼多年來，阿罵既不戴戒指、又不佩項鍊。不管爸爸再怎麼給、媽媽再怎麼勸，阿罵總是一臉的倔強：「**戴那些有的無的，阻腳又礙手，不方便割稻、拿鋤頭啦！**」一定是所有愛的證物，全被偷光光了，再沒甚麼可再眷戀。而那隻懷錶，天天被戴去農田幹活，逃過了一劫。從此，分針與時針就永遠在阿罵的胸口繞圈圈了。

晨曦再亮了些，七彩的虹光慢慢渙散，只剩下空虛的亮白。

坐在床沿的阿罵，手指頭仍在玻璃相框上滑動。溚！溚！溚！溚！眼淚一滴一滴墜下來。靜謐中，響著誇大的、碎裂的清脆。怎麼滴，都滴不完。

小猴兒不急著奔出巢了。

她一直拖一直拖，拖到開學的前一天，才離開三合院。

走向春天

小猴兒很守信用——讀戲劇系的那四年，再怎麼忙，每兩個星期就一定坐捷運、換火車、搭公車，滴溜溜的兜兜轉！轉了六七個小時，回白河家去。

一下了公車，她就用驚天動地的聲勢，奔向稻田、荷花田中央的老三合院。

「阿公，我回來了！親一個！嗯啊……咻……」對著掛在牆上、永不老的帥哥，她打聲招呼，送個大飛吻。

接著，屋前屋後，呼喚半個月不見的阿罵。誇張版的女猴王，鬧起天宮、水晶殿，絕對搞到雞飛、狗叫、鵝亂跳，沒完又沒了。

隔天，全家都累垮了。尤其是阿罵，當然被折騰到腰桿痠了、腿骨疼了，女潑猴才被轟出門，搭車上臺北。

不過，她不會孤單的被驅逐出境。罵罵咧咧的老人家，一定提著大包小包吃的、用的，陪著小猴兒等候在公車牌下。大白天的，阿罵照樣上演著踮腳尖、伸脖子、探腦袋瓜、大揮大招——正宗又原味的「螳臂擋車」。

四年後，孫女要穿上黑色的藝術學士袍、戴上黃色流蘇穗子的方型帽了。這麼重要的時刻，阿罵怎麼可能缺席？

她超前佈署了一兩個星期——先把滿頭銀白的髮絲，既燙蜷曲又挑蓬鬆，Set得光鮮亮眼。當天，再穿上米黃色的套裝、矮跟的白皮鞋。

在校門口迎接的小猴兒，嘴巴是哄死人不償命的甜：

「爸、媽，您們看阿罵。她穿得這麼正式，好像不是來參加、是來主持我畢業典禮的。若再搽點胭脂、撲一些蜜粉，就可以上臺去演柴契爾夫人了。」

「妳講啥米碗糕？『財去胡夫人』是誰？伊打麻將，被人詐胡，騙到輸輸去，妳還叫我演她？」

「唉呦！阿罵！您無在看電視喔？柴契爾夫人做過英國的宰相，是世界級的查某人啦！」

「妳的阿罵經營咱曾家的快樂農場；現在，又是白河鎮『長青手工藝班』的班長兼藝師。每一日，騎著五十CC的機車趴趴走，比日理萬機的柴契爾夫人還要忙哩！」有其女必有其母，媽媽話裡的甜度也相當高，惹得袖手旁觀的爸爸哈哈大笑。

「來！臺灣的柴契爾夫人，咱們入來去大禮堂！」小猴兒伸出一隻手，環摟著阿罵的肩膀。她長大了，高過阿罵快一個頭；學士袍的袖子很寬很大，像張開的翅膀。阿罵瞬間變成了被呵護的小女孩。

禮堂內、大舞臺上，校長、院長、系主任穿著稀奇古怪、五顏六色的博士袍，彷彿是怪誕的時裝秀。貴賓們的致詞囉哩巴唆；各學院、各系所的撥穗典禮也慢吞吞。

從頭到尾，阿罵沒有漏失一次鼓掌、一次歡呼。

小猴兒的爸爸低下頭拭淚——是為了上臺代表畢業生致詞的女兒嗎？或是想到了當年？

當年呀當年！五歲就喪父的孤兒長大了，讀完大學，戴上了學士帽，準備走向更大的人生舞臺。那時候，瘦小的寡母，也在臺下偷偷的拭淚。

畢業典禮結束後，小猴兒沒有回白河的老家。

《走向春天的下午》——文學、表演、藝術三跨界的定幕劇。從二〇一〇年的耶誕夜開始，到隔年的二二八紀念日為止，要在臺北的「華山藝文中心」，連續演出一百零五場。

小猴兒拿起鋼筆，開心又鄭重的簽下了這齣「音樂魔幻劇」的合約。她要扮演一隻能唱能跳、精靈逗趣、貫穿全劇的小兔子。

一條戲劇之路，可能又寬又直、也可能又窄又彎，就開展在面前。她毫不猶豫的踏上去，拔足狂奔，奔向她從小就瘋魔的夢想。

開演了。聚光燈下，小猴兒化身的小兔子，經歷了一場又一場的出走、追尋、幻滅與重生。總共擠進來了好幾萬的觀賞人次。臺上臺下、幕前幕後都很拚命，拚著要完成臺灣戲劇的新使命。

每次鞠躬謝幕之後，小猴兒都激動到狂吼狂叫。大擁抱、擊掌、親臉頰是一定要的。演出稍稍凸槌了，彼此捧肩膀、打屁股是在加油；演得太好、太得意了，夥伴們也會學這隻瘋兔子，直接滾到地上，扭手又顫腳，樂翻天！

拚命兩個月，心血、汗水、淚水匯流了六十一天，演到了第九十場。老天爺卻選擇在這個時候，開了小兔子，不！小猴兒，一個大到不可收拾的玩笑。

小猴兒清清楚楚記得：二〇一一年的二月二十二日，她的世界突然日全蝕、大雪崩。

那天下午，太陽「咚！」一下，就跳入了觀音山、淡水河。路燈啪！啪！啪！線連線全亮了。接下來，霓虹燈接棒，快速起跑，燃燒起整個大臺北。一盞盞大小車燈，拉出一條條交纏的流光，紅、綠、黃、白、金……拖曳又抖顫。

離開了沸騰的劇場，小猴兒跨上了摩托車，要騎回宿舍鑽被窩、尋夢鄉。不冷。二月的風，用來冷卻戲劇人滾燙的身心是最恰當的。

騎過興隆路的十字路口。紅燈，她停下來等候，順便看一下手錶：六點五十分。嗯！還早，還可以煮一碗泡麵、打顆雞蛋、加幾葉青江菜，祭拜一下五臟廟。今天演出的兩場都很棒，大人小孩都被逗到哭啼啼又笑嗨嗨。

好！綠燈亮，可以過馬路了。

吱～～吱～～碰！

來不及任何反應——任何反應也來不及！

一輛酒駕、闖紅燈的轎車，直直撞上了小猴兒。

麻醉劑在發功、小猴兒在對抗。似醒非醒的幻境，像灌下烈酒的恍惚。但是，不是她、喝酒的絕對不是她。

掛在三合院牆壁上的帥哥，緩步走了下來。靠近些，再靠近些！撮起溫柔的嘴唇，在她的左腿吹氣：「呼！呼！……呼！呼！」

阿公？是阿公！

您怎麼來了？從金門？從白河？或是從走向春天的舞臺？

這裡是哪裡？小兔子的表演砸鍋了嗎？牠要一直蹦一直跳、又唱又笑的。

阿公！您的眼睛為甚麼灌滿了悲傷？閃呀閃的淚光，折射出東倒西歪的街景。啊！那是甚麼？阿公！十字路口扭曲成廢鐵的，是我騎的摩托車嗎？擋風玻璃碎裂成蜘蛛網的，是誰開的轎車？

阿公！是誰？誰把我的春天撞得稀巴爛？

啊！痛！好痛！鮮血漫流出來，從我的腿、我的手、我的全身，我的牛仔褲濕透了一大片。

「咿嗡……咿嗡……咿嗡……」救護車在飛馳，擔架被用力甩出來。

誰？誰在綁我、架我？要把我抬去哪裡？

阿公！我是戴高帽子、拿彎頭紳士拐杖、穿吊帶褲的白兔先生嗎？我負責帶愛麗絲小姐，跳進籬笆底下的深洞，開始夢遊仙境嗎？

啊！不！我不在格林的童話書、不在迪士尼的卡通。阿公！您知道的，我是在色彩斑斕的繪本裡、在音樂魔幻劇的舞臺上。

是的！阿公，我記起來了——我是那一隻逃離文具店的小兔子。我要擺脫束縛、遠離綁架，開開心心走向春天的下午。阿公，再過六天、再演十五場，我們就創下很驕傲的臺灣記錄了。

嗯！真好！阿公，您的手掌好大、好厚、好清涼。對！就貼緊我的臉頰。不要、千萬不要移開。貼著，我的額頭就不火燒火烤、全身也不那麼疼痛了。

阿公、阿公！偷偷跟您說：自從模模糊糊知道您那件事以後，我就常常在想，想——想那個大清早，那顆砲彈，從海的對岸，射過來金門的那顆鐵砲彈。它、它爆炸了，炸爛了您乘坐的軍用卡車……那個時候，您會不會很痛？

是的，阿公！我時常在想——那是甚麼狀況？甚麼感覺？那千分之一、萬分之一秒，您的心在想甚麼？想阿罵？想老阿祖、老祖婆？或是想七歲、五歲、三歲不到的兒子？不對？阿公！

阿公！那個時候，您一定很痛、很痛！比我現在更痛，痛一千萬倍、一億萬倍，對不對？阿公！

從前，我東想西想，忍不住就哭了。阿罵走過來哄我，問我哭啥碗糕？是被爸爸揍了？媽媽罵了？或芭比娃娃不見了？我一直搖頭、一直搖頭，搖得像一支旋來旋去的博浪鼓。阿罵越問，我就越哭；阿罵越哄，我就越止不住！

果然，阿罵又戳著我的額頭罵：「**死查某鬼仔咧，番啊番屁啪！**」但是，阿公！我不是故意要番的。我知道有些事不許問、不能說，一說一問，痛苦就會變成火燒山，熄不了！

阿公！阿公！您怎麼也哭了？淚水一滴滴跌下來，濕了我的臉頰，是熱的，燙乎乎的……阿公，我不問您痛不痛了，您別哭、別掉淚呀！但是，我也不要哄您，怕您跟我一樣，越哄越愛哭！

好啦！阿公！不哭、不哭了！咱們祖孫倆又多了一個小秘密。我不會告訴爸爸的，他很固執，只會談科學、講證據，只會潑人家冷水。我也不會告訴阿罵的，若是知道您哭了，她一定會哭到捶心肝的。

阿公！您一定知道，為了演《走向春天的下午》，我留在臺北已經三個多月了，連過年都不能回家、不能見阿罵。我真的好想念好想念她！

不過，沒關係，阿公！我老早就打定了主意——再過六天，演完第一百零五場。瘋狂的慶功宴一結束，無論多晚多累，我都要搭夜車回白河。我不會事先通知阿罵，我不要她站在黑漆漆的站牌下餵蚊子。我下了巴士，就要一路跑，一路跑。阿公，您看著我長大，您一定知道我的腿學過芭蕾、練過田徑、打過籃球校隊，我跑起來像十級強陣風。我會一直喊、一直喊：「阿罵！阿罵！……」把天都喊到亮起來！

「阿罵！阿罵！……阿罵！」

「曉荷！別動。不能亂動！曉荷！……」

夢與醒、真與幻的交界，那位淚流滿面的帥阿公，慢慢細成灰、散成煙，化去了，離開了。

他是不是又回去三合院的牆上？

空氣裡有藥水味，專屬於醫院才有的濃烈與嗆鼻。

「曉荷、曉荷！醒來了嗎？沒事，沒啥大事，不要怕……」撫摸在臉頰上的大手掌是爸爸的，力道重了些，透著焦慮與擔憂。他的眼睛也汪著兩潭淚水，漾呀閃的，和夢裡的阿公一樣，一模一樣！

「阿公！不哭了……都過去，那鐵砲彈、那疼痛，都過去了……阿公，不痛，不再痛了！」小猴兒痴痴望著那兩潭淚水，想要出聲安慰著。但，日光燈很刺、很亮、很扎眼！麻醉劑破功了——她飆了一個高嗓門，拔尖了哀號：

「哎呦喂！疼、疼、疼！疼死人了，我的媽呀！」

「媽在這裡，在這裡！曉荷，不怕。沒事了，沒事了。」耳邊是媽媽的哭腔。

「咦！這……是怎麼了？哎呦喂！痛！唉呀！痛痛痛痛痛！啊～現在咧！是甚麼狀況？」

「妳被一個酒駕、闖紅燈的傢伙撞到。人噴飛出去，昏迷了一整夜。還好，順利動完了初步的手術。」爸爸又回復到科學與冷靜。

「一整夜？我的老天鵝，現在幾點了？下午有兩場演出，我要回劇場。小兔子不出現，整齣戲就砸鍋了。」

「妳！給我乖乖躺著！」媽媽的哽咽，變成了蠻橫的阻擋，出手的力道還真不小。

蹦蹦跳的小潑猴，要被鎖在白色巨塔？囚在身體的牢籠？

這怎麼可以！她掙扎著要起床，仰直脖子、挺起了上半身，赫然發現左腿吊高高，打滿了又硬又厚的石膏；其他的三肢也裹著一層層紗布，很像米其林輪胎寶寶，更像埃及木乃伊。

「聽話！別胡鬧！醫生說，妳全身多處挫傷。不過，還算小事啦！年紀輕、皮肉傷，好得很快，沒啥大不了。」爸爸轉述病情了，但很明顯在謊報。

這些繃帶、石膏是小事！那——甚麼才算大事？

小猴兒心一寒，尖叫起來：「鏡子，我要鏡子！」

媽媽慌慌張張從皮包裡撈出了小粉鏡。小猴兒左瞧右照，順便嘟嘟嘴、瞇眼皮、瞪眼珠、皺幾下鼻子；再撮尖嘴唇，裝了個無敵天真的兔子臉：「嘿！好里佳在！我有戴全罩式的安全帽。鼻子沒撞凹、臉沒割花，神經也都沒斷掉。阿彌陀佛！善哉！善哉！還可以演戲，謝天謝地！」

可是，這高高吊起來的左腳呢？怎麼一回事？小猴兒側過臉，用眼神追問。

爸爸答題了：「嗯！主治大夫說，妳左小腿的骨折及挫傷，已完成清創及固定。先住院幾天，應該不礙事的。」

「一次，請一次講完。」小猴兒從爸媽打死結的眉頭，發覺事態沒那麼輕鬆。

「這……唉！好吧。妳腦震盪、左腿骨折、膝蓋塌陷了。還有……膝關節錯開了○．五公分，需要墊鋼片，打、打幾支鋼釘，固定回來。」老爸再怎麼鎮定，聲音還是吞吞吐吐了。

「所以咧？」小猴兒表情很鎮靜，像法庭上，大尾流氓等著被宣判刑期。

「所以——就先住院，觀察兼治療個七八天。至於大手術嘛！就轉去大型教學醫院的骨科處理。」

「還有咧？」

「喔！想拆掉石膏，需要六十天。拄拐杖、坐輪椅，至少要持續三個月以上。打入膝蓋的鋼片、鋼釘，一年多以後，再開一次刀，取出來。」

小猴兒閉嘴了。沉下來的臉、黯下來的眼睛，全都在問：「那——我的演出怎麼辦？」

像是回答她的問題，病房門被推開了，一群舞臺上的夥伴，又呼又叫、又摔又跳的擠了進來。

年輕就是年輕，最害怕眼淚汪汪、最受不了肉麻兮兮。所有的關心與擔憂，全部用嘻笑怒罵來處理：

「小兔兔，妳逃離文具店，怎麼就衝進了醫院？」
「酷呀！瞧妳這一身的舞臺妝。我看我們改演《走向金字塔的木乃伊》好了！」
「嘿！兔子腿腫成了德國豬腳，若是下油鍋，喳～～滋滋滋……炸得酥酥脆脆，再進烤箱烤一烤，配上了黃芥末、醃酸菜。哇塞！人間美味，齒頰留香呀！」
「別那麼洋鬼子好不好！我偏愛臺灣的古早味：『豬腳ㄎㄡ呀，滾爛爛，飫鬼囝仔，流嘴涎。』」……

小猴兒被青春的無厘頭包圍著，又揉又掐又巴頭。每個人都裝得喜孜孜，刻意把探病變成了嘉年華。從頭到尾，沒有一個人講正經話。那個外號「賊婆」的排演助理，還冒出沖天的怨氣，指著小猴兒的鼻子開罵：

「曾小猴，妳給我聽清楚：我這個『排助』真的是倒了八輩子的大楣。平常忙都忙死了，從今天起，還要上臺去救火，演妳這隻瘋癲的兔子。我鄭重的警告妳！最後那一場，妳非給我回來不可。」
「遵命！我用爬的滾的，冒死也會回去看妳演出、替妳鼓掌。可以了吧？」
「看啥看？誰要妳看！最後一場，姑娘我就是拒演，妳自己去收拾那隻死兔子。」
「我？上場？演？喂喂喂！死賊婆，我這一腿石膏少說也有千斤重，要怎麼演？」

「哈！說妳笨，還死不承認。算我繼續倒大楣吧！我用輪椅推；妳大剌剌坐著唱、瘋著演！怎樣？」

「好！好！好！誰說兔子就不能瘸腿、破相、醜八怪喔！」大家跟著起鬨。

「嘴巴這麼毒，遲早會下拔舌地獄。」罵歸罵，小猴兒的眼睛「啪！」火炬點燃了、燒旺了，所有的疼痛也都離身了。

吵完、鬧完，這群胡天胡地的傢伙，還在小猴兒的石膏腿上亂七八糟的簽名塗鴉。

「我們會天天來吵妳、餵妳，讓瘦皮猴胖成豬八戒。伯父伯母‥bye-bye 囉！明天見。」

小猴兒的臉不再蒼白了，二月天裡也紅噗噗。爸爸媽媽互望一眼、各自搖頭，再歪脖子，聳一下肩，歎了口長氣，超有默契的。

「阿罵呢？駒～你們倆個大人很不孝ㄋㄟ，丟她一個人在白河。」

「昨晚，警察打來的電話，是妳阿罵接的。」

「哇咧……慘了！」

「妳阿罵很冷靜，還問清楚發生在甚麼地方、送哪一家醫院，叫我們立刻出門處理。還好，我們有趕上最後一班高鐵。」

「阿罵，伊……」

「伊一整夜沒睡覺，前前後後打了十幾通電話來問。……好、好啦！別急，我打手機，妳自己向她報平安。」

小猴兒接過爸爸的手機，喊了一聲「阿罵！」所有的傷、痛、惶恐、委屈，全部大爆發。她抽抽噎噎，哭到淅瀝嘩啦。

震

小猴兒的病房像劇場，人來又人往，演著熱情的喜鬧劇。鮮花、玩偶、零食與笑話，打敗了她周身的疼痛。編劇與導演稍稍修改了劇情。二月二十八日，向醫院請半天假的小猴兒，真的就坐上輪椅，翹著胖大的石膏腿，上臺去追趕差點拋棄她的春天。

那個賊婆，手塗黑、臉抹黑、黑頭套、全黑緊身衣，黑得像一截大木炭。為了徹底隱形，甚至連牙齒也全塗黑了。

多盡責的輪椅推手呀！小白兔對著她傻笑，眼淚撲簌簌掉了下來。

舞臺上，汗水像西北雨。還好，春天沒有跑太遠，有被抓住了尾巴尖。大人、小孩用手掌拍出了鞭炮聲，被小白兔逗到哭啼啼又嗨翻天。

最難忘的一次，也是最後的一回了。

人群逐漸散去，劇場的美術燈一盞盞在熄滅。隨著每一聲「啪！」就灌進一些黑暗。黑暗——伸出一記又一記的悶拳，打在小猴兒心窩。

所有的繁華與燦爛全在崩落！大幕何時能再開啟？人生的舞臺還能再度點亮嗎？誰都不知道。

豎著大兔耳朵的小猴兒、只剩眼白沒塗黑的賊婆，都不急著卸妝，痴痴看著一大群劇場苦力（Crew）在快速的拆解舞臺。各種鬆螺絲、撬木頭、搬道具的聲音，吱吱嘎嘎……砰砰乓乓……把一百零五場的美麗夢幻，拆解得支離破碎。

兩個小妮子不得不拔高嗓門，用抬槓打屁的方式，來道別刻骨銘心的日子、紀念走味變調的青春。

「早知道推輪椅走位是這麼累，我就自己演。」賊婆在討拍拍嗎？她明明知道只會討來大鐵鎚。

「別以為我都蒙在鼓裡，妳老早就想幹掉我了。說！怎麼找到那個殺手的？」小猴兒果然歪過頭，一拳就捶過去。

「哈！妳不算笨嘛！只可惜我所託非人。這個該死的殺手不夠狠，毀了我的篡位陰謀！」

「哼！算老天有眼。說！俺用那個殺手，花了妳多少錢？」

「欸！我又沒啥錢。既然無以為報，只好以身相許了。」

「屁啦！死賊婆，妳是蕾絲邊嗎？為這個人轉性，犧牲也未免太大了！」

「甚麼？是個女的？」

「齁！妳都以身相許了，還不知道？」

「哇！酷！女殺手。」

「還是個單親媽媽咧！在八大行業上班，獨自養兩個小孩。出事的那天，被客人灌了半瓶威士忌，人都迷迷糊糊了，還開車上路，才會闖紅燈，對著我直撞。」

「哇咧！妳有夠衰！那醫藥費、賠償金，怎麼辦？」

「看起來——要錢，沒有；要命，三條！」

「阿娘喂～～就這樣算了喔？她可撞掉妳剛起步的舞臺生命耶！」

「咦！不是妳俺來的嗎？冤有頭、債有主，從今天起，罰妳包養我。」

一邊看拆臺、一邊拆彼此的臺。拆來拆去，兩個女生拆出了一大串笑聲與眼淚。

兩天後，小猴兒出院了——出小醫院、進大醫院，接受鋼釘穿骨的酷刑。

再過好幾天，死黨們進行了尖叫、歡呼兼擁抱，用類似走紅地毯、穿鮮花拱門的歡樂儀式，送小猴兒上車，被爸媽載回去老家休養。

白河的老三合院。第一眼看到拄著兩隻大拐杖、彎縮著石膏腿，一蹬又一蹬，跳進客廳的孫女兒，阿罵再怎麼堅強，也愣了好幾秒鐘。接著，小猴兒再怎麼逗、怎麼搞笑，也鬆不開老人家的眉頭了。

恢復罵罵咧咧、打打鬧鬧，大約是三四天以後，阿罵確定小猴兒不會一輩子跛腳丫，變成「五不全」時。

伯父全家已住在外縣市；爸爸媽媽要上班。白髮蒼蒼的老阿罵，就辭去老人會的義工，變成了小孫女的看護。

有了石膏腿當擋箭牌，小猴兒更是卯起來刁蠻：一跛一蹭，單腳蹦著跳，她照樣橫行三合院、大逛荷花田；偶爾，還要老阿罵用輪椅推著她上大街。祖孫倆一人拿一個霜淇淋，舔到甜蜜蜜、笑瞇瞇。

養傷的日子真的無憂無慮嗎？怎麼可能！

每打開一次E-mail、接一通電話，就是被轟一記焦雷。沒錯！兩三齣已簽好的戲約，換別人演了。那個「要錢，沒有；要命，三條」的單親媽媽，果然掏不出醫藥費來。挫敗、失望、沮喪一刀刀砍殺，殺得小猴兒慘兮兮。那種疼痛——勝過鋼釘扎在膝蓋裡。

一老一少還是睡在同一張紅木眠床上。石膏是枷鎖，困鎖住心事與行動。小猴兒只能讓眼睛放風，飄出去窗外蹓躂。

窗外的月很圓很大。天光、月光、水光鋪灑著一層又一層的銀白。然而，她的世界卻被拉黑了。

銀白的夜晚一點也不浪漫，因為疼痛很徹底：有千萬支細針在戳肉、大把小把的鐵鋸子在鋸骨頭。她常懷疑挨不挨得到天亮？

身旁的阿罵卻睡得很香甜。勻稱的呼吸，吸得很深、吐得很長。冬天的被窩像一個大襁褓。阿罵抿嘴囁嚅的樣子，是十足的人間赤子。小猴兒望著老人家舒展的眉心、橫來切去的長短皺紋：唉！顛風顛浪的人生，怎會如此的風清月明？

好一會兒，阿罵翻過身去，一整個後腦杓的銀白髮絲，正對著孫女的眼睛。天然「無患子」的青澀皂香，絲絲裊裊飄過來。小猴兒更納悶了：百味雜陳的人間，怎還有這種不摻雜質的純淨？

房間的牆上，掛著半個世紀前，國家元首、行政院院長合頒的「旌忠狀」——「茲有陸軍第十師第二九團一營營部連一等兵曾德義　於民國四十七年九月十三日　在福建金門陣亡　忠貞為國殊堪旌揚　特頒此狀永垂式範」。

正楷體俊秀的黑字，沒有標點符號的制式公文。泛黃的紙張，記錄著泛黃的往事。五燭光的夜燈下，小猴兒一遍又一遍讀著，主動加上了逗點、句點來斷開句子。國語讀完，換臺語。

「旌忠狀」在中間，左右還有二護法：一邊是民國四十七年，阿公殉國時，國防部長頒的追晉令：「追晉故員曾德義為陸軍上等兵。」一邊是民國六十七年，省主席讚美阿罵守節撫孤已二十年的匾額：「室穴盟堅」。

五十多年過去了，沒念過書的阿罵，是用甚麼心情，面對這一串串方塊字？

小燈泡的光是溫暖的橙黃色。熟睡的阿罵頭髮很濃很密，燙成捲來捲去的波濤，髮質很強韌、從來不染色，變成了一頂銀白的頭盔。小猴兒覺得手無寸鐵的阿罵，就是頂著這個頭盔，衝鋒陷陣在人生的沙場。

這一切，牆上的阿公可會心疼？陰與陽的隔絕、生與死的差別，阿公會不會只能乾著急？小猴兒伸出手指，輕輕捲繞阿罵的髮絲，淚水溢出來，亂七八糟流到鬢邊。

……咦！怎麼了？

欸！不對！怎麼？……怎麼有點兒頭暈？

哇！怎麼搞的？還暈得厲害！

是長夜失眠的暈眩？或是懷古傷今的恍惚？

不！不對！全不對！天啊！燈泡在搖晃，牆上的匾額也撸來撞去！砰砰噹噹！咿咿歪歪的！整座三合院在呻吟、在哮喘。

「哇咧！阿罵！地震、是地震！大地震啦！」

熟睡的阿罵立馬醒轉、來個急翻身，一把就摟小猴兒入懷：「免驚！免驚！有阿罵在這！有阿罵在這！」

搖了幾大下之後，力道變弱了。老屋子的呻吟與哮喘，又吞回喉嚨、嚥下肚子去了。

「停了……已經停了。喔！好里佳在！觀世音菩薩、媽祖婆、帝爺公、三元大帝、土地公伯……攏總有保庇。感恩！阿彌陀佛！」阿罵一一唱名，拜謝了宇宙眾神。

「啊！曉荷，妳有驚著否？」再摟緊些，阿罵的下巴抵著小猴兒的天靈蓋。

「有喔！阿罵，有夠恐怖，會活活驚死！會驚死！」

地震對臺灣人來說，哪有甚麼大不了的？可是，小猴兒好久沒當鴕鳥了，身心俱疲的當下，阿罵的胸口很安全、很溫暖；何況，臉上的淚漬，也不想被瞧見。

「哈哈哈！惡人無膽！有啥可驚惶的？安啦！」

嘴裡笑罵著，老人家的一隻手卻是拍呀拍的，拍在孫女的後背。每一記，都是疼惜的力道。胸口的懷錶，也滴！答！滴！答！走著安魂定魄的腳步。

「阿罵，您免笑！老厝頂若是破一大坑，厝瓦就會嘩啦啦陷落來。我現在跛腳爬不起床；就算是爬起床，也只有一隻腳蹄，用跳、用蹌的，也逃不出去。」

「死查某鬼咧！三更半夜練啥痟話？天還未光，趕緊睏，勿要黑白講、飫飽吵！」

拍在小猴兒背脊的勁道很厚實，每一下都是母雞保護小雞的堅定。

幾分鐘之後，拍撫的力道弱了，變成有一下沒一下的。老人家慢慢矇了，把自己哄睡了。

懷中的孫女才輕輕扭動一下，老人慌忙再拍、再哄，帶點愧疚似的。朦朧中，咿咿喔喔哼起了：「嬰呀嬰嬰睏，一暝大一寸……嬰呀嬰嬰惜，一暝大一尺……」

小猴兒確信，地震若是再搖久一點、晃大一些，一百五十公分不到、四十公斤不足的阿罵，就算用拖的、拽的、抱的、揹的，也會把半殘障的孫女，弄出去安全的地方——就像當年那樣。

當年？是的，當年！

當年：西元一九九九，民國八十八年——全臺灣山河破碎、天搖地動的那一年！

小猴兒後來常常想：十二歲是她的本命年，是不是註定要用一件件的刻骨銘心來揮別童年？

那一天——九月二十一日，距離去金門與阿公的「面會」，還不到一個月。

那時候，她才剛剛換穿白色的短袖上衣、藍色的摺子裙，一個人騎鐵馬去上學。

讀國中的少女，青春痘最愛鬧彆扭，冷不防就從鼻尖上冒出來。紅潤潤的，又凸又油亮，真是氣死人！長長的辮子被剪掉了，多了一些俐落，卻沒少掉半點兒桀驁。

大剌剌的個性、心細如髮的堅持、熱呼呼的好人緣，讓她成為新學校、新班級的班長。可不知怎麼搞的？該總務股長去收的班費、該學藝股長燒腦子的海報，都變成了她的沙場。手下缺強將的元帥，常常搞到三更半夜，才迷迷糊糊爬上床。

後腦杓一黏上了枕頭，排山倒海的疲累就全壓下來，那一場世紀大災難還算得了甚麼？像晃個小搖籃而已。

阿罵是英才——山河碎裂的世紀大地震，來自她白描兼彩繪的轉述。

小猴兒嫌她太誇張：「阿罵，您真正是『烏魯木齊』亂亂講。哪有可能整間厝，都被吊起來搖了，我還睡得像死豬仔！」

「嘿！那一隻豬仔，被算被扛去刣，也還在『嬰嬰睏，一暝大一寸』，睏到流嘴涎，淹眠床喔！」

「哼！我才不信。」

「不信？妳聽我講……」

阿罵是不容人質疑的！一被質疑，立馬從「口述文學」變成了「現場直播」，媲美了電視SNG的實況報導。她的描述很具像化，又特別善長比喻法、引申術；而且從來不跳針、不吃螺絲：

——九二一那天凌晨。黑暗中，人類的求生本能，讓阿罵先驚醒了。她聽到土地公嗯～～嗯～～嗚嗚……大哭了，好像是對蒼天苦苦相求、對神明哀哀告饒。但是，沒被接受呀！接著，地獄開始啪！啪！啪！閃射可怕的強光；呼轟！呼轟！喀嚕隆隆！發悶響又大嚎叫。

土地撐不住了，裂開大溝、破出巨窟窿。沉睡了一百多年的野牛，拴不住、綁不牢，猛衝猛頂，全部竄了出來。

哞！哞！哞！……地牛發瘋又抓狂，張開大嘴巴、仰向天空，沒命的吼叫；噌！噌！噌！……撐大鼻孔噴白煙、射怒氣。牠們躺到泥漿裡翻滾，暖好了一身的筋肉，勁道就上來了、爆炸了。四條腿一撐一蹬、膝蓋一使勁，龐大的身子就爬了起來。千百隻牛蹄，一下子跑東、一下子衝北，毫不留情的踐踏人間。牛尾巴活像大鐵鎚，甩到哪裡，哪裡就破大洞；敲到哪裡，哪裡就爛糊糊。

幾秒鐘不到，瘋牛更癲更狂了。牛眼珠變得紅吱吱、直勾勾，滴得出血來。尖銳的牛角，往地球猛力一扠，倒楣的臺灣島就被扠了起來。像耍彩球一樣，這隻拋出去、那隻甩過來。其他的蠻牛生氣了、不服了，撒開粗腳蹄猛衝，卯足勁來搶！你衝撞、我就回牴，全都往死裡頭拚命。

轟隆隆……砰！……蕃薯島被狠狠丟下來。摔裂了、迸開了。重重的牛蹄又踩上去，一腳接一腳，砰！砰！砰！……沒完沒了的糟蹋與踐踏。島上的人、厝、花、樹、稻穗、雞鴨畜牲，全被踩得稀巴爛。好端端的青山，禿成了癩痢頭。大石塊夾帶爛泥沙，滾滾騰騰大崩落！

崩了、塌了、全毀了，草嶺大走山。清水溪被土石流攔腰堵住，堵成了一大潭惡水。惡水湖一撐不住，就漫出來、沖下去。沖下去！下面可是有二三十個村庄呢！

「好了啦～～阿罵。拜託咧！講－重－點－！請您講重點。」才讀國一的小猴兒不耐煩了。她只想聽：睡死了的小豬崽，是怎麼被抬出房間的？

「我怕老厝倒去，厝頂會全部塌落來，硬扣扣的厝瓦若砸到頭殼、大樑大柱若壓著身軀，一百個妳也不夠死。所以……」

「所以，所以怎樣？」

「啊！無法度了！就直接把妳這隻睡死了的豬仔，扛上肩胛頭，衝出去逃命呀！」

「阿罵，我是肥料包、抑是布袋米？您把我扛著衝？」

「管妳是雞屎肥、或是粗糠米。叫不醒！就只有扛起來逃命。」

「結果咧？」

「才踏出門，就看到妳阿爸也衝過來救人了！」

「我老爸把我接過去扛？」

「換人扛？哪需要那麼麻煩？而且，我看到他手上已經摟著……」

「摟著啥？」

「摟妳阿公的相片呀！那是妳阿爸的習慣。」

「習慣？阿罵，您嘛愛說笑！這怎有可能是習慣？」

「我哪有黑白亂亂講！民國五十三年一月，發生可怕的『白河大地震』，是淺土層的，六點三級。地震引起大火災。嘉義最鬧熱的市區：中山路、國華街、文化路、中正路……攏總在火燒厝。五六條大火龍，一直燒、一直燒，燒到天色都赤煌煌！」

「哎喲喂～～驚死人！」

「彼當時，地震發生在晚上八點。咱全厝內的人，大大小小都衝出來曬穀埕。我一直喊，一直喊，喊不來你阿爸的人影，只好再衝入去老厝內找。一入去大廳，即看到妳還未十足歲的阿爸——細細漢的囝仔子，搬桌子、疊椅子，爬高高，正在搶救妳掛在壁頂的阿公。」

小猴兒心一酸。原來，阿爸從小就有一顆柔軟的心，只是，習慣藏在理性的背後。

最後，阿罵描述的內容，變得非常寫實、又超級魔幻。

她說：無論是白河大地震、九二一大地震，都是天也搖、地也動，餘震持續快一個月，沒完又沒了。

能怎麼辦？家裡沒有帳篷，只好把小孩趕進牛寮窩著。因為，不管是土埆厝、磚瓦屋、甚至鐵筋水泥的大樓，天搖地動時，不僅不牢靠，反而有壓死人的危險。所以，就算有天大的膽子，也沒人敢進房子去睡覺。而牛寮的牆壁是竹篾編的、是稻草稈混牛屎的爛泥巴塗的，勉勉強強還擋得住強風；覆蓋茅草的屋頂，就算塌陷下來，也壓不死人。

搖得最大力的那一夜，大人們紛紛赤著腳，密實的踏在泥土上；拿著趕牛的鞭子，一下又一下，輕輕捶地面，又拍又撫的；再扯開喉嚨大喊：「ㄠˇ～～ㄨ～～，ㄠˇ～～ㄨ～～」——那是千古以來，人與牛對話的音頻。平時，可以安撫突然躁動的耕牛；災難來時，也可以鎮定抓狂的地牛。

而且，最不可思議的是：白河、九二一兩次世紀大地震，曾家的「烏系」——兩隻相隔三十五年的水牛，竟然都自動走出了牛寮，對著正在撕扯崩裂的大地，曲彎了兩隻前腳，趴跪下來，頭緊緊貼著土地，張開嘴巴：「哞欸～～」、「哞欸～～」聲聲哀吼。

阿罵下的總結論是——因為人類都盡全力安撫了、連「烏系」都跪下來懇求了，所以，地牛們終於被感動，乖乖的回地底下去睡覺，大地震才停了！結束了。

心經

每半個月，小猴兒都要回臺北複診一次。她是大夥惦記的淘氣鬼，所以，每次的北上都像開Party。

劇場人的強項，不是熱鬥冷戰，是心手相連。舞臺上的較勁，只是在飆戲；舞臺下的拉胳膊、扯後腿，則是在遊戲。夥伴們可以互相巴頭、踹腳、耍毒舌；也可以包專車、推輪椅，又揹又抱的，把小猴兒送上宜蘭太平山看日出。

但是，眾聲再怎麼喧嘩，終歸要慢慢寂寥的。

夥伴們一個個各奔前程：有的演上了劇院的舞臺、有的擠進了大小螢幕。不管是站在第幾線上，即使是小小的龍套，也都有光有景、希望無窮。只有小猴兒孤伶伶的，人生被按下了暫停鍵。白天捱日落、黑夜等天光，苦苦盼著拆石膏、拔鋼釘。

那一天，她那不識字的阿罵，花了好幾個月的心血，繡好了一大塊黃綢布，上面是密麻麻的《心經》，準備獻到三百多年的古廟——大仙寺去。這是老人家的年度大事，從來沒中斷過。

曾家的神龕前，每天的日出前、日落後，阿罵都會恭恭敬敬，為歷代祖先及阿公，敬上三杯茶、三炷香。而每年那個特別的日子，神龕的側邊，會多擺出一個小茶杯、多燒了一炷清香：

「今天，是妳小阿叔的忌日。伊才二十九歲，和他的親生阿爸同年紀，就永遠走了。」

情緒正陷入低潮的小猴兒，撫著黃綢布，輕誦經文：「觀自在菩薩，行深般若波羅蜜多時。照見五蘊皆空，度一切苦厄。……」

二百六十個方塊字，端端秀秀，畢恭畢敬的，出自阿罵一針一線的堅持——堅持活人所積累的功德，可以迴向給縹緲的靈魂、不可知的輪迴。

「阿罵，那個時候，您度得過嗎？」小猴兒壓不住翻湧的感傷，頭低了，聲音低了，一切都低到塵埃裡去。

「真艱苦，差一點點就度不過。」

「您不是……不是一直都那麼勇敢嗎？」

「我也是人、普普通通的查某人，哪有氣力一直和命運大車拼！」

「您有軟弱過？」

「當然嘛有。妳阿爸的小弟阿坤——妳的親阿叔……」

「嗯！他跟阿公同一樣，我都沒見過……」

「阿坤真歹命。出世兩個月，伊的阿爸就入軍營去做兵；未滿三足歲，阿爸就戰死在金門。我把伊從紅紅幼幼晟養到長大成人，幫伊娶妻生子。伊卻在二十九歲，就重病過身，留下一個未二歲、一個五個月大的幼嬰。」

「寡婦喪子」——怎樣崩天裂地的哀慟？小猴兒抬起淚眼看阿罵，懷疑她是怎麼活過來的。

「本來，我也是度不過。但是，我怕我的媳婦，帶著兩個幼嬰，會比我更度不過。」

「那……要按怎辦？按怎做才好？」

「我也茫茫渺渺，不知不曉。只好咬緊了牙根，照常落田去撒肥、去搓草；照常吃、照常穿、照常過日子；照常幫忙哄兩個幼嬰……我一步也不踏入靈堂、一聲也不去哭自己的後生。慢慢的，日子一久，就哭不出來、也撐過來了。」

「假久了，就變成真的？」小猴兒苦笑。她愛讀《紅樓夢》，聯想起「假作真時真亦假，無為有處有還無」的書中境界。

「妳的阿嬸一直很悲傷。二十八歲！跟我當年一樣，才二十八歲就守寡！」

「溪水顛倒流，白髮送黑頭！」小猴兒喃喃唸著。她老早就聽過這句俚語，只是不了解其中的悲愴；更沒想到，是屢屢發生在她們家的慘傷。

「妳小阿叔的棺材要抬出家門時，老長輩三叔公遞給我一隻藤拐杖，要我在棺木上輕輕打一下。我握著拐杖，全身瑟瑟顫，死也打不下去。」

「這算甚麼？甚麼跟甚麼嘛！」小猴兒抗議的聲音也在顫抖。

「三叔公流著淚解說：在世的父母親打了棺材一下，往生的子女才會心安、才會無罣無礙，再去投胎。」

「阿罵……」小猴兒哭了，她不忍想像那個畫面。

「我身軀一直顫、一直顫……我的目睭直直看，看我的後生躺的棺材；看我的媳婦一身白，跪在大廳口，一手牽著兩歲大的、另外一手摟著五個月小的；兩個孫女也披麻帶孝。我……我……」

「阿罵……」

「我心一橫，把那一隻拐杖，對著大門口用力丟出去。我勿要哭，也哭不出來。我只是全身瑟瑟顫，顫抖著對所有的人講：『我的阿坤，無做差錯！無人願意這樣……』」

阿罵老了，多年前自我禁制的眼淚，現在卻是源泉滾滾。

她的哭也很像小嬰孩，眼皮會先浮出些微的紅暈，鼻尖跟著潤紅起來；接著，嘴角癟了一兩下，眼淚便擋不住，「唰！」衝滾下來。當然，不管面對誰，她都會很不好意思，會不停的眨眼皮、吸鼻子，甚至咧嘴、傻笑、轉移話題，企圖止住眼淚。但是，愈是阻擋，愈是滔滔如河。

午後，阿罵抱著親手繡的《心經》；小猴兒支起拐杖，縮著石膏腿，沿著一級一級的階梯，單隻腳噗蹬噗蹬跳上去。進了大仙寺的山門，入了大雄寶殿。

白髮皤皤的阿罵，三跪九叩，禮敬了釋迦牟尼佛。出大殿之後，再把供奉過的《心經》，送入金爐火化。

火光閃閃騰騰，燃燒著母親對亡兒的思念。

阿罵閉著眼睛，雙掌合十、喃喃祝禱。

黃色的綢布、絲絲線線繡成的經文，在金爐裡蜷曲了，燒成了炭、化成了灰燼。烘烘呼呼的風與火、嘶嘶剝剝的脆裂聲，小阿叔的名字，是眾聲中唯一的清晰：「**阿坤呀阿坤！這是阿母我繡給你的第二十九幅《心經》……**」

「無苦集滅道，無智亦無得……無罣礙故，無有恐怖，遠離顛倒夢想……」小猴兒也在心底默誦著。

古久的老佛寺，栽植著一大欉一大欉孟宗竹。青蒼的竹莖，濺灑著孝子的斑斑淚痕。阿罵的老膝蓋、小猴兒的石膏腿全都累了、瘦了。竹林下的石凳，是不錯的歇息處。

呼嘯旋盪的風，一陣又一陣，捲動今與昔不同的殘酷：五十四年前的戰爭、二十九年前的疾病、幾個月前的車禍，同時蹂躪著這個家族。

「妳阿叔過身以後，我四年沒哭。一滴淚都哭不出來！」

「有笑過嗎？」

「好像也無！」

「後來呢？是怎樣才哭出來、笑出來的？」小猴兒問得很悲摧。她也好想對著蒼天，狂笑一場、痛哭一回。

阿罵又伸手去拍撫她的背，厚實又溫暖，像紅眠床上的力道。往事如海潮，昇上來、湧過來！一浪接一浪：

——父與子，同在二十九歲過世；婆與媳，都在二十八歲守寡。悲劇在複製，兩代同孤寡。這一切，情何以堪？

但是，再怎麼不堪，日子總是要過下去、兩個紅嬰仔也要長大。所以，小兒子亡故後，從不掉淚的婆婆，伸出了雙手：一手擁抱一個囡仔，對哀哀欲絕的媳婦說：**「孫子我來帶；妳經營的簳仔店，要繼續開。」**

阿罵口中的「簳仔店」，其實是小規模的生鮮超市，位在軍營旁的大街上，供應著人們的蔬果、米、油、醬、醋、茶。於是，守節多年的婆婆、喪夫新寡的媳婦，與家人相倚相靠，進行著生命的災後重建。

「我就不相信，天公伯會那麼絕情！」是阿罵說在嘴裡、嵌在心肝底的重話。

天公伯果然沒有那麼絕情！

祂派來了一個人——一個憨憨厚厚，老實巴拉的小夥子，就在生鮮超市的隔壁，開了一家軍事用品店，供應著阿兵哥的鋼杯、鞋襪、S 腰帶……。

小夥子方臉大耳，頭好壯壯；一雙有筋有肉的手掌，主動替隔壁的女人家，卸下一箱箱的罐頭奶粉、搬運一袋袋的蓬萊米。兩個沒了親爹的小囡仔，也逐漸爬到他肩頭、撒野到他膝腿上。

阿罵偷偷觀察了很久，確定那傢伙不是陰毒的狐狸、兇殘的老虎，反倒像顧家的大象、耐操的水牛。阿罵雪亮的眼睛，更看到小夥子「舉手之勞」的款款真情、瞧見了媳婦天人交戰的苦苦掙扎。

於是，阿罵找個好機會，拋給了憨厚的傻小子：「我那兩個孫囡仔有夠吵，把我凌遲到腰酸背痛。來來來！你查甫人（男人）有氣力，帶她們去關子嶺𨑨迌，去看『水火同源』。趴趴走一大圈，看會不會乖一點。去啦！無要緊，我來替你顧店。每一項物件，都有貼標價，不會賠錢賣的啦。」

接著，她轉到隔壁對媳婦說：「去去去！妳沒跟著去，我怎麼能放心？兩個囡仔才差一歲，這個要走東、那個偏要往西，一個人怎可能顧得好？若丟掉了一個，代誌就大條了。」

而她自己則變成了大掌櫃，守著兩臺收銀機，把兩家店的賬目，搞得一清二楚，生意比平時還興旺。

慢慢的，近水樓臺的兩鄰居，真的唱起了〈關子嶺戀歌〉。只不過，一直是偷偷哼，不敢公開唱。壓低了的嗓音，隱藏著對禮教的憂懼、對未來的遲疑。

身為男人，還是要先主動的。

小夥子找到了阿罵，紅著有稜有角的臉，囁嚅兩片厚嘴唇，半天吭不出一句話來。但是，兩個眨巴眨巴的眼睛，如同關子嶺的「水火同源」，在閃閃搖搖的火苗裡，道盡了千言萬語。

阿罵靜靜的等，等得很有耐心。她知道：只有等小夥子開了口，一切才有了底氣。

「阿姆！我會疼惜您的兩個孫子。我、我是真心的！我要娶您的媳婦，一定要名正言順的娶伊。不管您們全家答不答應。」憋了一兩年，此時此刻的他，有很多的假想敵。

「我媳婦可有點頭？」

「還無……伊考慮東、煩惱西。伊……伊不敢！」

「那是你的問題囉！趕緊拼性命去追呀！還在這裡囉哩囉唆，浪費青春？」

半年後，小夥子領著大隊人馬來了。來到了老三合院，要娶走阿罵的媳婦。

阿罵嫁媳婦的婚禮，辦得相當隆重。她穿上一身的大紅大喜，親手替新娘子蓋上了頭紗、親口講了很多四句聯的吉祥話。當然，兩個孫女也風風光光，當了小花童，打扮得像公主一樣。

四年了！兒子往生後四年，既哭不出淚、又笑不出聲的阿罵，在送媳婦嫁出門時，終於熱淚滿臉、笑聲呵呵了。

呼喚遠方

事實證明，阿罵的眼光是對的——兩個小女孩被含在嘴裡、捧在手心、疼到骨子裡去。老天爺也仁慈的再加碼：賞給她們兩個可愛又聰明的弟弟。

當年精壯的小夥子，即使變成了中年大叔，也都謹守著承諾，沒辜負任何人。偶而，過年過節的聚會，血肉相連的兩家，也都歡笑連連。阿罵生命中崩缺的那一大塊，雖然沒辦法完全縫補，但是，至少有稍微療傷、止住了大出血。

「不可逆的現實要承擔、未來的人生要追求」——小猴兒從大仙寺回家後，就把這兩句話，用毛筆謄寫好，慎重的壓在書桌的玻璃墊下。慢慢的，她的黑夜不再那麼難挨、失眠的次數在遞減。當然，腿骨還是會劇痛、心情偶爾也會低潮。但淚水沖一沖，也就撐過去了。

俗話說：「傷筋動骨一百天」。其實，何止一百天！

好在年輕的骨頭很頑強，熬呀熬的，硬石膏就拆掉了；輪椅、兩隻拐杖也可捐出去了。左腳還有幾分尷尬，但已歸還了身體的自由。

那個賊婆去英國留學，攻讀劇場管理。一封又一封的E-mail、一張又一張的照片、一次又一次的視訊，不管是分享、炫耀、慫恿或訴苦，都讓困在荷花田的小猴兒，嗅到了熱情與希望。遠方——遙遠的異鄉，似乎在高歌、在低喚，一生才閃亮一次的青春，怎可耗盡在盼日出、等日落的空無與自憐？

於是，小猴兒拿起了法文書，憑著修過幾個學分的基礎，就反覆練習起彈簧舌、鸚鵡嘴。重傷後的療癒，必須一步步慢慢挪，凝聚力量來助跑、來起飛。

腳傷才好了一些些，她就堅持出門去打工：從7-11的超商店員做起，再跛呀跳的，跳到英文家教、作文班導師。狀況更好、更穩定時，她重返了久違的舞臺，跟著爆紅的「全民大劇團」到海峽對岸，短期內，瘋狂巡演了十五個大城市。

未來——遙遠又龐大、虛空又具體。小猴兒赤手空拳，慢慢在積攢。

爸爸把一切看在眼裡，不忍心了！他不要上輩子的情人太操勞；他捨不得「番呀番屁啪」的女兒，喪失了追夢的優勢。

「別再去打零工，出國念書是需要好好準備的！」他把一張銀行提款卡，塞進了女兒的手掌心。

「**我成年了，不應該……**」她早就過了天塌下來，別人要去替她頂的年紀。

「**出去看看，多學一些，其他的不用操心。**」爸爸的眼睛還是啵啵兒亮，閃熠著芒光。

小猴兒專心一意的準備未來了。鎖定藝術人尋夢的天堂：巴黎。

靈活的歐洲、繃緊的亞洲，是不是有大差距？一點都不浪漫的現實，跟風裡吹雲裡飄的夢想，會不會大撕咬？賊婆捎回來的訊息，又能提供多少參考？

於是，她上網查詢名校名師；一項項記錄對方的要求、自己的需求；一封封信件寄出去探路。詢問、備件、等候、考慮、取消、重起爐灶……反反又覆覆，小猴兒好忙，忙著敲打鍵盤，彈奏未來鏗鏘的希望。

長漫漫的煎熬過去了。釘在膝蓋骨、刺在靈魂裡的鋼釘，也終於拔除了。斷腿之後，她更想飛，想衝破生命暗黑的蔭谷，飛向開闊的大西洋，斂翅在曾經文藝復興的遠方。

終於，巴黎近郊的艾唐普（Etampes），專門教表演藝術的學院：Ecole Philippe Gaulier寄來了入學通知。

一年多了，阿罵的眉頭皺了又開、開了又皺；一顆心臟七上八下，直咚咚的撞：「我呀！上一世人，一定欠妳這隻死查某鬼一大堆人情冤、金錢債。這一世，才會逐日替妳擔心到皮皮剉！」

「對！沒錯！阿罵，您前幾世人，一定是無良心的大土匪，搶我的銀兩、奪我的糧草、霸佔我的江山。所以，這一世人，才要一直替我操心扒腹、受苦拖磨。」

當然，姑娘家亂謅亂放的野話、風涼話，不必講到完，雞毛撢子又被阿罵抓起來揮舞了。曾家客廳裡，久違的罵罵咧咧與哀號求饒，又掀翻屋瓦了。

照見

出國的大小事很雜又很多，但慢慢的也全部被搞定，就只等著上飛機了。

等待的空檔，小猴兒讀起了歐洲的文化史、近代史。她認真的用鉛筆、紅藍原子筆在書上畫重點、寫眉批。拜網路科技的便利，她查了許多圖像來加強記憶、印證事實。

孫女一點一滴在匯積遠行前的知識。閒不住的阿罵有些無聊，捧著一杯蓮花茶，在小猴兒身後旋來又繞去。東探探、西嗅嗅，腳步很輕、很謹慎，像隻好奇卻不煩人的貓咪。

小猴兒偷偷笑，直接大喊：「阿罵！免假仙，過來啦！趕緊來，就全部看；款款來，只看一半。」

想不到老人家竟然扭捏起來：「啊～～免！免看啦！我目睭花花，瓠仔看做菜瓜；目睭霧霧，芭樂看做蓮霧。」

「齁～～阿罵！飫鬼免假細膩！坐偎近來，就對了。」老人和小孩子一樣，都需要一點點鼓勵、外加一些些強迫的。

「四四角角的漢文，我都無識悉了；阿啄仔的西洋字，一隻一隻，像田溝內的『肚乖仔（蝌蚪）』，咻咻顫、黑白鑽，我是青瞑牛，一定看無的啦！」

阿罵的嘴巴在推拖拉，全身卻唱反調——她眼珠子炯炯發亮，腳丫子步步挪近；一隻手拉過凳子、一屁股就坐了下來；白蒼蒼的腦袋瓜，也湊到螢幕前：

「啊！這一臺叫作啥米碗糕？」

「Computer 啦！」

「『看皮攸特』？啊～到底是看有或看無？妳呀！自透早看到透晚，看到兩蕊目睭紅吱吱，十隻指頭又一直喀、喀、喀……按來按去，到底是在變啥把戲？」

「齁！阿罵，這一臺是千里眼、順風耳。有伊，咱們就免去爬火燄山、去借芭蕉扇，簡簡單單就可以環遊世界，去西天取經囉！」

「伊會變魔術喔？」

「嘿！變魔術算啥米？伊老早就贏過孫悟空、牛魔王、虎姑婆、蛇郎君……」紅眠床上呢喃的故事，倒著流回去，流向阿罵的耳朵。祖孫倆都開心極了。

於是，整個歐洲被端了起來，端進了白河的老三合院。電腦的圖像很具體、小猴兒的講解很有趣、阿罵的演繹則是天馬行空。

一輩子綁架於家事、農事的阿罵，對世界是陌生的，她有她直觀的解釋、獨到的意見。她指著巴黎的大地標：艾菲爾鐵塔，一臉氣憤：「把這麼危險的高壓電塔放在市中心，不驚會漏電？電死人，誰來賠？」她也替威尼斯人操八百個心：「可憐喲！全城市攏總浸在水中央喔？慘囉！那厝內厝外的石頭牆、紅毛土壁，一定會生霉菇、發青苔，是要怎樣清洗才好？還有，濕氣重，厚病痛！他們會不會有風濕症、關節炎、腰骨酸痛？真正是淒慘落魄喔！」她也覺得荷蘭的木頭鞋子很可愛；但是，好看不一定好穿，穿一久，腳趾頭肯定會起水疱；走起路來也會跟日本人一樣：女人，小內八；男人，大外八。

典藏在各大藝術館的世界名作，更讓阿罵操心了。她心疼「斷臂的維納斯」：「唉！

有夠可憐，兩隻手骨為何都斷斷去？伊是不是也遇著恐怖的戰爭？無手，伊是要怎樣拿鋤頭？怎樣犁田割稻子？伊有生囝仔嗎？一家大大小小是要怎樣活落去？」

阿罵一點也不在意蒙娜麗莎為了啥事在微笑？她只納悶：「這個查某人，兩條目眉怎麼會禿光光？手還腫歪歪，膨得像炊出籠的紅麵龜。伊是不是腰子（腎臟）破病了？還不趕緊去看醫生！」

阿罵最大的疑惑是：阿啄仔的囝仔，為何都愛在噴水池裡放尿？大人也都不打不罵，真是沒家教！還有，不管教小孩也就罷了，大人們也都不愛穿衣服。不管查甫、查某，赤身露體的就跑出來展覽。那些只用幾片樹葉遮著的，是不是窮到沒錢買布料？

最後，阿罵用食指戳小猴兒的額頭，咬牙切齒的下結論：「妳出國去讀冊，若好的不學，壞的學一大堆回來，我就把妳打到做狗爬！」

演習所

等待的日子總是慢吞吞、嬉鬧的日子卻是風火輪。快與慢相互切換，祖孫倆有焦慮、也有享受。

離出國沒剩幾天了。兩人的焦慮與享受都在放大，用加倍的速度、也用聚焦的強度。那天，黃昏一點也不溫柔：夕陽像一塊炙紅的烙鐵，先去煮沸大海、再來薰紅白雲；接著，從海天的盡頭燒過來，把人間烤得紅通通。

祖孫倆繞著稻田、荷花田散步，一圈又一圈。泥巴味混著荷花、桂花香，是最熟悉的味道，但沁著、薰著，就充滿了離別的不捨。

「啊！妳要去的那個歐洲，咱們已經看過西部、中部、南部、北部，只剩東部還沒看。妳勿要懶懶，多找幾張相片來給我看，一項一項解說給我聽。」阿罵的聲音還是很高亢，帶著好奇與眷戀。

小猴兒的眼睛，從遠方燦爛的晚霞，移到了點點如星的老人瘢。她的心窩隱隱抽疼了。

是呀！是那個該死的時代，把所有大大小小的機會，都摁死在男尊女卑上；接著，可恨的人禍、可哀的命運，再把女人們往陰溝裡踹、往地獄裡推。有的人就徹底死心了、沉寂了，任憑火裡燒、水裡淹，連唉痛一聲也放棄了；有人卻往上冒，拚命的在狂流裡掙扎，看能不能吞吐到一點自由的空氣。

「阿罵！您若是慢五六十年才出世，跟我同一般年紀，您會想要做啥？」小猴兒問出了心底的疼惜。

「想要做啥？做妳的阿罵啦！」深深淺淺的皺紋，捨棄了優雅的華爾滋，蹦跳起花俏的街舞。

「您會不會也想戴四角的方帽子？」小猴兒替多才多藝的阿罵叫屈。

「哈！戴斗笠比較實在，可以擋落雨、遮赤日。」從青春少艾到白髮蒼蒼，阿罵的頭上，真的都只有斗笠。

「您這麼有才情，會不會想當編劇？或是登上舞臺去表演？」小猴兒故意把聲音裝得很快樂。

「我透早透晚與一隻死查某鬼練痟話，怎會輸給上臺去表演？我的人生，也不是『吃未滿三把蕹菜，就想要上西天』的編劇，可以編出來的！」

阿罵說的是真心話；小猴兒聽來卻是大辛酸。人類生而不平等，遭遇又怎麼會公平？

「阿罵，說真的，您若變作我，會想出國去讀冊嗎？」

「憨人才會去想一大堆有的無的。我在妳現在的年紀，已經嫁入來曾家七年冬，生完三個後生；妳的阿公也接到紅單子，入伍去做兵，再過無多久，就被調去金門了……」

「阿罵！……」

「嘿嘿！對了！我若較慢出世，就有一大堆人永遠勿會出世囉！」阿罵靈巧的閃躲著痛處。別離的日子近了，歡笑的記憶可要多儲存，留給未來長漫漫的等候。

小猴兒也很配合，噘起嘴來撒嬌：「阿罵，我想吃苦茶油燉雞肉、蚵仔煎蛋、清炒筊白筍。您煮給我吃。拜託啦！」

「愛吃，不會自己去煮！」

「不要啦！我煮的像ㄆㄨㄣ（廚餘、餿水），ㄎ吃到要死，只能拿去飼豬。就是愛吃您煮的嘛！拜託啦！」其實腿受傷後，小猴兒在廚房蹬來跳去，也學到阿罵不少拿手菜，夠她出國後餵飽自己、又露一手來嚇唬老外了。

「哼！我偏偏要煎妳討厭的虱目魚、煮妳會過敏的草蝦。」阿罵笑嘻嘻，兩腳一抬，下廚房拿鍋鏟去了。

小猴兒再慢慢走一大圈，平息胸口掀騰的浪潮。一進了客廳，牆上的阿公還是衝著她似笑又非笑。小猴兒眨了眨眼睛，低聲溝通：「阿公，您千萬不要跟阿罵一樣『石磨心』！天天壓呀磨的，操煩不完的啦！」

坐到書桌前，連接上網路，敲打著鍵盤，才幾秒鐘，便招來了東歐。

但是，要講甚麼給阿罵聽呢？鋼琴詩人蕭邦？科學家哥白尼、居禮夫人？得到諾貝爾文學獎的若辛波絲卡？是甚麼樣的地方，才產得出這樣子的偉大？這麼多樣性的偉大，又豈是三言兩語就可以道盡？天馬行空的阿罵，又會下甚麼稀奇古怪的評語？

咦！怎麼一直在波蘭兜圈子？東歐那麼精彩，又不是只有波蘭！但是，這個國家夠小、夠辛酸：夾在德國、蘇俄兩強中間，被納粹屠殺、被共產欺凌，血淚斑斑的處境，與被外來政權輪番統治、被惡霸鄰居壓迫的臺灣，真的好像喔！

她輸入了關鍵字：軸心國、猶太、納粹、希特勒……切入了二次大戰的往事。歷史的千瘡百孔，正面朝向她，汩汩的流出鮮血。

看著看著！小猴兒逐漸明白了：原來教科書的敘述，都只是皮毛。「辛德勒名單」雖然夠沉痛、夠寫實，但畢竟是電影，與觀眾有著微妙的安全距離。現在，一張張真實的照片、一條條血淚的記錄，閃跳在電腦裡，一記又一記的悶棍，彷彿敲在她的腦門上。

天呀！那是她即將要去的歐洲！是文藝復興的原鄉！是她做夢也纏綿的地方！怎麼曾經這樣？

或許歐洲人比較誠實、比較勇敢。沒有遮遮掩掩、沒有玩弄文字把戲，把一切赤裸裸保留著、上網公開著，逼著人類不准逃避、不許遺忘。

電腦畫面一直徘徊在「奧斯維辛集中營」。小猴兒一條條、一幕幕看著，看到忘了自己、忘了點了菜單的晚餐。此時，背後傳來了幾聲尖叫——阿罵拿著鍋鏟、圍著圍裙，兩手捧著臉頰，重現了孟克〈吶喊〉油畫的終極驚嚇：

「夭壽喔！這一群『阿啄仔』（外國人）為何瘦到皮包骨？一個個像墓壙內爬出來的殭屍！伊們到底是犯了啥罪？」

「這些『阿啄仔』沒犯罪。是戰爭，第二次世界大戰。德國的壞人一直黑白亂抓人……」小猴兒有點結巴。歷史的荒謬，真不知從何講起！

「戰爭」兩個字好像刺了阿罵一下。但是，她沒躲開，反而蹲低了身子，臉龐湊向前，企圖看得更清楚：「是不是叫做『戰犯』？」

「戰犯？喔！不、不是。嗯……也算是啦！可是，伊們卻是老百姓……」小猴兒舌頭更大了，納粹的恐怖、猶太人的無辜，真不知要怎麼形容？

阿罵的記憶似乎有些回溫。她瞇著眼睛，努力在腦海裡搜尋另一件往事：「我跟妳講：昭和十幾年，日本尾的時候，南洋戰爭大爆發。日本人在咱附近的『白河內角演習所』，也有關過阿啄仔。伊們叫做……叫做……好像叫做『英美戰犯』！」

「嘿！阿罵，哪有可能？第二次世界大戰，美國飛機只來空襲、擲炸彈，並無登陸咱臺灣作戰。日本人哪有可能抓到盟軍的戰犯。關在咱白河？」

小猴兒嘴巴狡辯著，心裡卻狐疑著，手指頭也沒閒著——她飛快打下關鍵字：「臺灣戰俘營」，進行搜尋。

果然，歷史教科書該教的都沒教。維基百科告訴她：一九四二到一九四五年間，日本人在臺灣設立的戰俘營，從北端的金瓜石到南端的屏東麟洛；從西邊的臺中霧峰到東海岸的花蓮玉里，總共有十六處。戰俘來自歐、美、紐、澳，連南非都有，全是在「南進」的戰場上抓來的。

按著滑鼠，點開的史實，更是血淚斑斑了：崇尚武士道的日本人，打從內心鄙夷不敢切腹殉國的戰俘，就極盡可能的凌虐他們——示眾、甩耳光、毒打、挨餓是家常便飯；都已經骨瘦如柴、眼窩凹陷、走起路來搖搖晃晃了，還要被強迫去挖銅礦、修鐵路、築河岸、餵養禽畜、種甘蔗製糖……來供給日本的對外侵略。

再點開「白河戰俘營」。天呀！地點竟然就在她讀了六年的「內角國小」，與現在的軍營也只有一牆之隔。這裡囚禁過八千多名盟軍俘虜，很多是校級、將級的軍官，規模之大可能在亞洲居冠。

一心只想飛出去探索世界，卻對腳下的土地一無所知，這可不能把責任都推給教科書了！

小猴兒羞慚的對著自己訕笑。阿罵放下鍋鏟，拉過一把椅子。她興致盎然，看來記憶不只回溫而已，是被煮沸了：

「我講給妳聽：妳的阿公有入去『白河內角演習所』喔！」

「哪有可能？阿公又不是阿啄仔，怎有資格關入去戰俘營？阿罵，您頭腦渾沌，要開始吃銀杏了。」

「妳喔，耳坑只聽一半，嘴舌卻三尺長。彼時陣，妳阿公才十四五歲。伊有讀日本冊，日本話講得溜溜轉。保正與大人（村里長與警察）就命令伊跟著親阿伯，入去『演習所』做翻譯兼小工……」

「哇！阿公這麼細漢就去打兩份工，太、太、太……太厲害了！領了多少工錢？」

「領妳的戇大頭啦！勿要被打落嘴齒、踹斷龍骨就好了。日本人有威有權，叫誰去做義務工，誰就要乖乖去。臺灣人最認分，絕對不敢反抗惹是非。」

「是您嫁過來以後，阿公講給您聽的？」

「當然嘛是。」

「阿公按怎對您講？講的時候是牽您的手？或是摟您的肩？」

「三八！死查某鬼仔咧！無正無經……」罵歸罵，兩朵小紅雲，還是飛上了老臉頰。

喔～～看來是小倆口夜裡的床頭呢喃，或是割完稻後的樹下低語呢！

小猴兒胡猜又亂臆，把阿罵逗到拳打腳踢。她邊嬉鬧邊插上想像的翅膀——噗！噗！噗！飛了起來……先在阿罵的頭上繞了一大圈，吸滿了濃濃的記憶，再振翅飛出去。牆上的阿公下來迎她，也拍撲著翅膀，祖孫倆一起飛出了三合院。

飛呀飛！飛過了水光瀲灩的稻田、荷花田。遠處似乎有警螺聲、有大爆炸，烈燄衝天、黑煙滾滾……。

高大的阿公護著小猴兒飛。強風從領口、袖子貫進來再竄出去，全身啪啪響、脹鼓鼓的，小猴兒好開心。阿公的眼皮沒有被風吹瞇，依舊閃著啵啵亮的芒光。

飛！一起飛！祖孫飛離了現在，飛向二次大戰的末期。

USA

二次大戰末期的「白河內角演習所」並不遙遠，一下子就飛到了。

祖孫倆悠緩緩的降落，降落在一大片草地上。

小猴兒轉過頭，斂起了翅膀。阿公的身影卻在她的注視下，開始褪色，變得滄桑又倉皇。

這個地方，春天——可能從沒來過，或者早已走遠。天與地盡是單調的斑駁。風吹瘋了，錐刺著眼珠子和額頭，完全失去了溫度。

四周是熟悉的，可軍營呢？讀了六年的小學呢？怎麼都見不到？草地已枯黃，只矗立一排排簡陋的水泥屋。

水泥屋也像戰俘，被殺氣騰騰的圍牆囚禁著。圍牆頂，扭滾著一圈圈的鐵線蛇籠、又插滿尖銳的玻璃片。寒光森森，像千百隻野狼在齜牙咧嘴。兩個日本兵端著長槍，杵在大門口站崗；其他走動的、巡邏的，每粒眼睛都死賊死亮，像嗅著氣味的警犬。

一股戰慄從小猴兒腳底升起，竄流到頭皮。她嚇得打哆嗦，緊緊握住了阿公的手心。阿公用力回捏了她一下，似乎叫她安心。但是，雲影快速流曳，陽光曲曲直直在閃跳。仰望中，阿公二十九歲的臉竟然扭曲了、變化了——像動漫的瞬間改型、像逆流歲月的縮時攝影……。

啊！阿公瀟灑油亮的西裝頭，怎理成了笨拙的二分頭髮？喔！對了，那是電影或日劇裡，日本中學生的死板模樣。阿公的身量也在縮水，個頭矮了下去、皮膚變細、模樣變嫩……天呀！不老的帥哥在幾秒內變成了小男童。不！比男童大一點，是十四五歲的青澀少年。

變小的阿公朝著小猴兒點點頭，放了她的手，撒開腳步，走向前去！

小猴兒奇蹟似的隱身了，徹底不被看見了。她心蕩神馳的追上去，彷彿變成了一架攝影機——是「一鏡到底」的跟拍，注視著往昔、呈現出真實。

向前！走呀走，小猴兒看見小阿公身旁多走出了一個人——一個中年大漢，扛著鼓鼓的工具袋，粗麻布縫的，裡面裝著刀、尺、斧頭、鋸子、錘子、鐵釘、墨輪……他是全臺南郡一級棒的木匠，是小阿公的親伯父、小猴兒的老伯祖。

木匠與小阿公會合後，一大一小，啪咑！啪咑！走向前，緊張又快速。圍牆大門口移近了。崗哨前，另一個老人在等候，山羊鬍子危危顫，抖動著小心與謙遜。

老保正真的是來當「保證」的！他對著衛兵哈腰九十度，報告了事由。一大一小被查核身分、嚴格搜了身；工具袋全部倒出來，翻攪了一大遍，二人才被帶領進去。

一大一小換成慢慢走，但眼珠子不敢亂轉，嘴唇抿得死緊。這一趟出勤很榮耀、也很重要。因為，要做出「所長」辦公用的事務桌、公文櫃；再順便幹些雜活，把該修的都修一修，該釘的全敲一敲。

小阿公的翻譯很到位；伯阿祖的手藝很專業。幾天後，事務桌、公文櫃就穩妥妥的達標了。嘴唇上留一小撮仁丹鬍子的「大佐」，微微頷首：「これがいいです、私はとても気に入っています。（很好，我滿意。）」算是賞下了無料（免費）的工資。

也因為那小小的一頷首，伯祖與小阿公開始被優待了——出入不必再嚴厲搜身、翻攪工具袋了。

二戰的最末，白河人要見到西洋「阿啄仔」並不難。他們年紀不等，從二十來歲到五十多歲都有。精赤著上半身，金色體毛叢，汗水淌流成一道道水溝；一根根肋骨像一階階樓梯；灰暗的眼睛是兩窪深洞，直直陷到後腦杓去；兩邊的臉頰凹塌了、顴骨就更凸更高，快撐破薄薄的臉皮。他們一點也不像人，只像一具具還會呼吸的骷髏。在徹底倒下去之前，戰俘沒能閒著，會一直在大圳邊、水庫旁，挑泥沙、挖溝渠、砌石岸……荷槍實彈的日本兵，狠狠的盯著、防著。

演習所內的活兒真不少，該釘該修的總是做不完，累到伯阿祖的手都快廢掉。小阿公能幫得上忙的不多，慢慢的，就有空「串門子」蹓躂去了。他只會日語和臺語，但是，比手畫腳和眼神交流是不分國籍的。

好幾回，戰俘們把斷了氣的夥伴，抬去後院挖坑埋了。死亡就是死亡，病死或餓死都不能計較，當然也就沒有儀式、不必哀悼了。

埋完之後，總會有一兩雙哆哆嗦嗦的手，拿著死人的遺物——鋼杯、毛毯或奇奇怪怪的徽章，咿咿呀呀，要求小阿公明天來「以物易物」。

二次大戰末期，民生凋敝，哪有甚麼「物」可以「易」？

但是，小阿公上工前，總會溜進自家的廚房，用偷的、求的、甚至誆騙的，多塞一個緊實的飯糰、蒸過的蕃薯進口袋；運氣好時，再偷一個水煮蛋。至於鋼杯或毛毯呢？小阿公再笨、再好奇，也不會冒著生命的危險帶出去；更何況，誰敢用死人的東西呀！

一九四四年入秋的十月後，美軍密集空襲。「臺南州」被炸得慘兮兮。囚禁英美戰俘的演習所，一定是被誤認成軍事要地，天天挨盟軍的砲彈。老伯祖、小阿公的出公差，更是幹不完。

不久，小阿公看到了大奇招——阿啄仔們想出的。

這些瘦成皮包骨的戰俘，拿出了所有的衣物，連身上也脫到只剩下一條內褲。他們把一件件衣服，鋪在草地上，排出了三個超級大的字母——USA。

每個阿啄仔都鐵了心，不躲防空洞；對日本兵「バカ」、「バカやろう」（混蛋）的喝

斥，也充耳不聞；對抽打到身上的皮帶，也沒啥反應。他們仰起頭，對著一群群呼嘯而來的祖國戰機，又跳又叫，死命揮舞著雙手，哭得聲嘶力竭……。

一架架轟炸機，從雲間俯衝了下來，或許是看到了USA、或許是感應到金髮碧眼同胞的呼求。砲彈——真的沒有再丟下來。

往後，只要空襲警報一響，日本兵不再是睜一隻眼、閉一隻眼，而是兩眼全一起閉上，任由戰俘們去「胡搞」了。

集中營

要從遙遠的戰爭、斑駁的「內角演習所」，回到現實與現在，豈是容易？小阿公看向小猴兒，眼底充滿了不捨。

「阿公，您不想長大對不對？只要不長大，就不必去金門、不必面對……」小猴兒也不要眼前的青澀少年長大。長大了，就會變成牆上永不老去的阿公。

小阿公沒點頭或搖頭。夕陽在他的身後緩緩沉下去。黑暗一步步漫淹過來，風吹得更猛更響了。

所有的一切消逝前，小阿公只頑皮的一笑：「嘿嘿！我若是不長大，就有一大堆人永遠勿會長大了！」

那口吻、那神情——完全複製自阿罵。一模一樣！一模一樣！

老三合院的晚餐一向簡約又溫馨。今晚，果然是香噴噴的苦茶油燉雞肉、蚵仔煎蛋、清炒筊白筍。小猴兒犯了饞癆似的，吃到油光嘴滑，只差沒把盤子端起來舔。

等刷刷洗洗，收拾了飯桌、搞定好廚房，書房裡早傳來阿罵一陣陣的不耐煩：「夠～～才三四雙碗筷到底是要洗多久？手腳有夠漫散。這款查某囡仔，誰人敢娶？」

「嫁不出去才好呀！永遠窩在紅眠床，睏在您的身軀邊『吸老奶脯』呀！」

小猴兒一邊回嗆，一邊解開圍裙、擦乾手，走向電腦。阿罵早就已坐好坐滿，替她開機了。

「哇咧！阿罵，您會開電腦了？天才！真正是轟動武林、驚動萬教的老—天—才—」

「用腳頭腥（膝蓋）想，也知要按怎開，有啥好大驚小怪。」老人家全身的細胞都得意洋洋。

「出國前，我一定要教您『接龍』、『踩地雷』，您玩一玩，就不會無聊。喔！對了，

Skype！您一定要學會Skype。這樣，就可以常常看到我了。」

「我還是掘土種菜，經營我小小的快樂農場比較實在！才勿要三更半暝爬起床，對著一臺冷冰冰的機器練痟話！」阿罵死鴨子硬嘴巴，拒絕得強又有力。

「好哇！不要就不要。那現在——您要這一臺冷冰冰的機器，給您看啥？」

「看歐洲的阿啄仔害阿啄仔呀！有一大堆相片、一大群瘦到像活殭屍的……的啥米碗糕『集中營』。」

「齁～～不是啥米碗糕，是『奧斯維辛集中營』！」

「啊！失禮！失禮！阿啄仔的人名、地名都長摞摞；嘴、目、鼻又生做同一款，我記不牢的啦！」阿罵像是對歷史道歉，笑得發窘。

「哇咧！老大人願意認錯，天要落紅雨了！不過……咱來看別項啦。我講一大堆趣味的、好耍的，給您聽到笑嗨嗨。好不好！」小猴兒企圖閃躲戰爭的史蹟。

「不要！就是想要看那一間集中營，不要別項。」阿罵竟窮追不放。

「哼！一日到晚罵我『番呀番屁啪』，其實呀，有人喔～比我還固執一百倍。」嘴裡嘀咕著，鍵盤、滑鼠還是啟動了，接續上晚餐前的戰俘話題。

話題中，滿滿都是沉重。小猴兒雖然簡化了納粹的恐怖、猶太人的慘況，但還是驚嚇到阿罵。當老人家的憤怒，找不到合適的句子發洩時，就只剩下反覆的咒罵：「禽獸！禽獸！歹心污瀃肚的禽獸！」

然而，奧斯維辛集中營裡，超過一百一十萬生命的大滅絕，讓小猴兒的解說變得相當困難。她努力壓抑喉頭與舌頭，不讓哽咽聲竄出來；還要控制好眼皮和鼻子，阻擋一直往上冒的淚水。她忙得亂七八糟、講解得七零八落。她害怕、她有強烈的預感；她知道被戰爭傷害過的人，都超級的敏感。

五十多年來，阿罵不碰觸傷口、不細談過程，嬉嬉笑笑，營造出「往事已矣」、「歲月靜好」的表相，是為了要讓長輩及兒孫們安心。但是，只要扔一粒小石子進心海，怎可能不掀起滔天巨浪？

一老一小兩雙眼睛，都哀哀的盯著螢幕；千迴百轉的心思，卻都在為對方著想。慢慢的，一隻瘦骨嶙峋的手伸了過來，覆在小猴兒的左膝蓋，緩緩的揉按。那力道、那熱度，像綿綿邈邈的遠紅外線，直達她斷筋裂骨的舊傷。

小猴兒震懾住了，按滑鼠的指頭也停了。她不敢側過臉看阿罵。她知道，只要一轉頭，眼淚就會撲簌簌滾落下來。

「**無要緊！儘量講，我敢聽。**」——這種話阿罵永遠講不出口，可小猴兒卻聽得見。

那是喊在靈魂深處的聲音，現在正透過揉搓的手指尖，從膝蓋傳進了孫女的心坎。

平日的玩與鬧，是要淡化生命的重傷。然而，電腦裡黑白的照片，記錄了不遠的歷史、不堪的人性。此時此刻，祖孫倆都選擇正面的凝視了。

阿罵問了，一題接著一題：「這些鐵枝仔路，為何直直通入去那間大厝的正門內？怎會有那麼多的舊皮箱？那些鞋子、眼鏡、鐵罐子、為何堆到像一座一座的山？」

小猴兒直接講出真相了：直直的硬鐵軌，會開來一列又一列的「大屠殺列車」，又名：「死亡專車」。被指定要殺死的，絕大部分是猶太人、以及吉普賽人或同性戀者。一九四一到一九四五，那恐怖的四年內，全歐洲的「死亡列車」，運載了超過四百萬人進去集中營，進行大滅絕。

一下了火車，少數身強體壯的男子，會被挑去做苦工、搾乾血汗後再處死；年輕貌美的姑娘也會被選出來，讓納粹軍官盡情享用；少數會打鼓、吹薩克斯風的，也可留在宴會上演奏助興。其餘的，全都要放下皮箱、摘下眼鏡，再以「除虱滅蚤」的名義，脫光所有穿的、戴的。男女老少，一絲不掛，直接被趕進毒氣室。齊克隆B——最烈性的氰化物，打開了鐵罐，毒氣注入了，二十幾分鐘後，男女老少全部死亡。

「這是阿啄仔被毒死之前，用指甲抓出來的？」阿罵指著其中一張相片——混凝土的牆壁上，深深淺淺、長長短短，全是指甲的抓痕。

「是！」——小猴兒進一步描述了：當鐵門「硄啷！」一聲，被用力關上、鎖上，毒氣管「滋！滋！滋！……」噴射出白煙。完全密閉的室內，立刻佈滿了氰化氫。這時，無辜的人們又哭又喊，往大門狂推狂擠。扒門、捶牆、撞壁，只想搶吸一口乾淨的空氣……。最後，在鐵門口，悲慘的堆疊，疊成一大座屍山；臨死前，無效又痛苦的掙扎留下了牆上一道道指甲的抓痕。

死亡後的軀體，再被納粹「黨衛隊」進行最徹底的劫掠——撬開嘴，敲下了金牙齒、卸除殘障者的義肢、女屍還被剃光了頭髮。最後，屍體再被送去火化。

「可憐喔！這一大堆一大堆的鞋子、目鏡、鐵腳骨（義肢），永遠等無主人了……」

阿罵操控著滑鼠，來回點看一張張悲慘的照片。

「猶太人的頭腦比較巧、會做生意，大部分較有錢。所以，穿的、用的物件都比較值錢。進毒氣室前，脫下來的羊毛大裘、貂皮圍巾、牛皮箱子、金項鍊、耳鉤仔……攏總不會浪費掉，納粹軍官會分送給德國老百姓或是獻給情人。」

「剃光查某人的頭鬃，是要做啥米？」阿罵盯著七公噸的頭髮照片。那是蘇聯紅軍攻入波蘭，納粹黨衛隊急著逃命，來不及銷毀的罪惡證據。

「給德國人織做地毯呀！連火化後的骨灰，也會運去做化肥。」

電腦裡，無彩的照片，隱不去瘋狂的血腥。灰淡的黑與白，呈現了最濃墨重彩的人性殘酷。

小猴兒教阿罵用滑鼠拉近照片，人間煉獄就更放大了：一個個男女老少的臉，不哭不笑、不怒不悲，很認命似的接受不公不義：

有一大群人，肩上扛著薄棺材，排成一望無際的隊伍，蜿蜒的走向廣漠的曠野。他們會很清醒的被殺害；絕望中，只要求能躺進自己扛來的棺材。一排女子正裸體被檢查：她們刻意挺高了胸脯，用青春的肉體，爭取渺茫的生機。但是，也不必太久，等被蹂躪到花謝柳殘之後，嘿嘿冷笑的死神，就會來接走她們。

還有一張相片是：「死亡列車」剛剛到達集中營，運屍體的大卡車卻還沒走。下了火車的猶太人，老老少少愣在路旁，看著同胞們赤裸的屍體，一具具被拋上已經堆得滿滿的車斗內……。

血腥無止無盡、殘酷沒完沒了。小猴兒與阿罵都不忍再看下去了。

阿罵又滑回那張七公噸頭髮的照片：「**七公噸，就是七千公斤。人的頭毛那樣輕。**

七千公斤！要毒死多少人？」老人家的眼睛起霧了，緩緩凝成水滴，成串成串墜落下來。

「阿罵……」小猴兒怎會不懂阿罵的淚水！

黑白相片中，那七千公斤的頭髮是甚麼顏色？應該褐的、金的、黑的、黃的、紅的、粗的、細的、乾性的、油性的……都有吧！不管甚麼髮質，都是娘胎生的、父母養的！

小猴兒隱隱約約知道某些事，關於阿公頭髮的，卻從來不敢問、也不忍問。

但她知道，也有預感——今夜，阿罵想告訴她了。

連心

上紅眠床前，祖孫倆還是再出來散散步。蟲聲、蛙聲照樣聒噪；天上的月娘今夜不當班；繁星一粒粒，是鑲嵌在黑絨布上的水晶鑽。

小猴兒轉頭往背後看了看。噗嗤！笑了。那個嚴謹的公務員老爸，果然不聲不響，不近不遠的跟隨著。那是他一向的習慣，既可耳根清靜，又可保護一老一小，順便又活動一下筋骨。一舉三得！

阿罵也咧嘴笑了，停下腳步，轉過身招手：「來！阿煌，過來！來開講。」

老爸趕上了腳步：「妳們嬤孫散步妳們的，叫我來湊熱鬧做啥？等一下，又要聯合起來修理我。」

「叫您來實習呀！再過兩天，我一上飛機溜去巴黎，就要換您聽阿罵碎碎唸。從盤古開天唸到孫悟空出世。」小猴兒大樂，嘴巴又賣乖了。她大唱網路暴紅的臺語兒歌〈碎碎唸〉：

「碎碎唸！碎碎唸！唸孫飯粒黑白黏。
碎碎唸！碎碎唸！唸子賺錢未曉儉。
唸媳婦，煮菜不夠鹹；唸老尪，怎會那麼靜？……」

唱到這句，她腦門一轟，嘴巴嘎然頓住。啊！阿罵的尪婿永遠不會老，永遠比安靜更安靜……。

小猴兒很難堪，她氣自己白目又幼稚。才剛剛看過集中營的慘狀，現在的搞笑顯得多麼荒唐！更何況，還戳中全家族的痛處。

阿爸驚駭，也瞬間屏息。天與地更靜寂了。

「那一年，八二三砲戰……」阿罵卻慢慢開口，對著兒子與孫女。曾家三代一起把時光倒回去，倒回去……回去從前！

從前──民國四十七年，西元一九五八年，遙遙遠遠的從前。

同盟國、軸心國的大戰，已結束十多年；臺海兩岸的戰火卻持續狂燒，越燒越猛烈。

那個時候，小猴兒當然還沒出生，很可能只是一縷遊魂，遊蕩在茫茫邈邈的陰陽界。未滿五歲的阿爸，上有七歲兄、下有二歲弟，是個尷尬的排行。全家、全村都喊他：「阿煌」。

阿罵的娘家姓張，她有個平凡又平順的名字：「秀麗」。十七歲訂婚，十九歲出嫁，冠上了夫姓，變成了「曾張秀麗」。

從荳蔻年華的少女蛻變成大家族的媳婦，一切都順理成章、無縫接軌。她未來的人生，原本也想守著丈夫、守著幾畝祖傳的「本水田（稻田）」、「看天田（旱田）」，孝養著公婆、撫育孩子，開枝散葉，瓜瓞綿綿，平凡又平順的過下去。

日子再向前推移了兩年：民國四十五年。秀麗虛歲二十六，小兒子阿坤剛出生，她才坐完月子不久。國防部寄來了一紙徵兵的「紅單子」，就徵走了她的丈夫：曾得義。

丈夫入伍的那一天，秀麗牽著老大、揹著老二、抱著老三，母子一路相送，送到了新營火車站。戰爭的險惡，不只是她，連胸前斜披著「光榮入伍」紅綵帶的丈夫，也似懂非懂。

那時，海峽對岸的敵人，日夜叫囂著要「攻佔金馬、血洗臺灣」。赤氛滾滾，風聲鶴唳，政府不得不擴大兵源。於是，二十歲的男子，入伍去服義務役，當「國民兵」；二十五到二十九歲，大都已是為人夫、為人父的，也要拋妻棄子，當起了「充員兵」。二月臺上，人潮翻騰，每個家都在依依送別。人人臉色青蒼、眼睛憂慮，很多哭到一把眼淚一把鼻涕的。

秀麗瞥見丈夫的同窗好友：憨直又忠厚的李連登，也理了個大光頭、披著紅綵，擠上了同一節車廂。她的心稍稍寬了些：「**他們倆比親兄弟還親，同一梯次入伍去，一定會互相照顧的。天公伯有保佑，好里佳在！**」

嘟！嘟！……火車噴著滾滾濃煙，一逕開走了。

秀麗沒有哭，也覺得不可以哭，心卻是被掏空了。往後，三個小孩的養育、大家族分工的家務、水田旱田的粗重活兒，全要靠她一雙手去拚搏了。兩年——絕對是地老天荒的漫長。

隔三岔五的，就有一封家書寄回來。封封都說：軍中一切很好；庄稼漢身強體健，不怕操、不怕磨；長官們個個都愛兵如子，請大家不用操煩。

但是，長官真的都愛兵如子嗎？秀麗很懷疑。為何時常聽到：臺灣蕃薯兵被大陸老芋仔欺負。用槍桿子撞到鼻血直噴、用長筒軍靴踹斷肋骨？公公的眉頭越揪越緊、收音機的反共口號也越喊越響，怎能不操煩？

再怎麼操煩，也要硬著心肝撐過去。秀麗暗暗發誓。

大家族——互相照應是必然、大小紛爭是當然。好在曾家注重教育，又有老長輩坐鎮，所有的爭執，僅僅止於雞毛蒜皮。而秀麗的個性，在家偏於柔韌派：人人好、也就事事通了；下了田，則變成了剛硬派：最早出門，最晚收工。

剛出生的老三，隨時要換尿布、餵母奶。所以，她用布揹巾把小奶娃縛在背上，栽秧、搓草、割稻、打穀……速度仍不輸給男人。老大、老二放在三合院，公婆會幫忙看管著。且一整個家族，堂兄弟姊妹加起來二十來個，稍大的會帶較小的；較小的不一定聽稍大的。於是，打打鬧鬧、爭爭吵吵中，大的、小的就會一起長大了。

剛入伍時，秀麗隨著公婆、帶著三個小孩，去臺南隆田的新兵訓練中心「面會」過丈夫一次。

綠色的大操練場，延伸著綠蔭大樹、綠草坪。滿滿的人潮，不管是來看兒孫、看丈夫、或是看父親的，都變成一隻又一隻的狐獴——踮起腳後跟、伸長脖子，眼睛咕溜溜轉，東張又西望，搜尋著日夜牽掛的人兒。

一縱列又一縱列的阿兵哥，唱軍歌、齊步走，走過來大草坪，再就地解散。每一縱列都是五六十個光頭綠衣的硬漢子。每個硬漢子的臉，都是風吹日曬後的黝黑；稜稜角角、線條粗獷，被操到幾乎一模一樣。

或許是父子連心吧？才三歲的阿煌，竟然指向前方，大呼大叫，屁顛屁顛的就奔過去：**「阿爸！阿爸！……」**

一個光頭綠衣漢子，立刻蹲矮了身子，張開了兩隻大手臂，一把就將小阿煌摟進懷裡。抱起來，舉高高，旋繞了一大圓圈；再埋下頭，又親又蹭、又笑又叫的。

這一幕，即使過了好久好久，久到阿煌都長大了、娶了老婆、當上小猴兒的爸爸；甚至，連白髮都冒出來了，也都還清清楚楚記得。

——記得綠草地上，一身草綠光、草綠影、草綠軍衣的阿爸，把他攔住、擋住，兩隻強壯的手掌，插入他的腋下，一托又一舉，舉得好高好高！自己的小身子在半空中旋、在氣流裡飛……阿爸的大光頭向後仰著、哈哈大笑；白牙齒閃著晶亮的日頭光。小不丁點的阿煌又愛又怕，縮緊脖子，俯下頭，瞇小了眼睛縫，卻還是瞅見青綠的草地、五顏六色的人們、又高又大像綠色巨人的阿爸。小不點咯咯笑、尖聲叫，叫不停；兩隻手臂張開開，像隻高飛的鳥；小腦袋瓜在冒金星、全是暈眩……。

阿煌更記得那張大大黑黑、笑呵呵的臉湊近了，嘟著嘴唇親下來了，先左邊、再右邊，臉頰印上了爸爸熾熱的體溫、口水的黏滴、青鬍渣子刺肉的癢與麻。他忘不了阿爸的頭髮和脖子，蒸騰騰冒出一大股、一大股嗆鼻子的汗水味。

後來，他也常懷疑，三歲的自己怎麼可能會有記憶？

但是，這一切是那麼的清晰，清晰到可以讓喪父的孤兒，思思念念到老、到一輩子。

閨蜜

一天捱過去是一天、一月捱過去是一月，必須捱過了十二個月才是一年。一年捱得過了，還有長漫漫的一整年。

不知怎麼了？才入伍兩個月，家書沒了，音訊斷了。秀麗的公公說：兩岸的情勢非常緊張，軍隊的調防必須保密，因為「匪諜無孔不入」、「保密防諜，人人有責」！

思念與憂慮灌滿了秀麗的心。婆婆看在眼裡，就對憔悴的媳婦下達了指令：「休息一日吧！帶孩子去大仙寺拜拜，去求佛祖保庇咱們阿義吧！」

秀麗牽著、抱著、揹著三個孩子出門。一階又一階，爬上了大仙寺的佛殿。這裡，永遠是人間兒女哭訴委屈、祈求心願的所在。

「秀麗姊，妳也率三個囝仔來拜拜喔！」是連登的老婆：美雲。比秀麗少一歲，孩子卻生了四個，全是女的。生活與戰爭都催人老，三十歲不到的她，看起來已經四十好幾。

「美雲：今日公休嗎？妳為何只揹最小的來？其他三個查某囝仔呢？誰在顧？」男人們是同窗知己，男人的老婆變成了閨蜜，天經地義！

「我婆婆和小姑會看頭看尾；店內的兩個學徒，也會幫忙帶。」連登夫妻在內角里的大街上，開了一家理髮店，生意和口碑都好極了。

「連登去做兵，四個囝仔、剃頭店的生意，都要靠妳一肩頭擔起來。唉！有夠操勞，一定是二十四小時都像陀螺，轉不停，也停不了。」秀麗將心比心，疼惜眼前人。

「唉！查某人就是菜籽仔命。一落土就要生根、發芽兼開花。妳是農家婦、我是生意婆，咱倆人同命運！」美雲回應閨蜜的疼惜，心裡暖暖的。

兩個滿臉風霜的小婦人，走出了佛殿，坐在竹林旁的石凳上。阿煌跟著哥哥一邊玩去了。小阿坤窩在秀麗的懷裡睡得正香。美雲的女娃兒更小，她解開了衣鈕。

「秀麗姊：阿義兄有告訴妳嗎？」低頭餵奶的美雲，不知想起了甚麼，自顧自笑了起來。

「哦？告訴我啥？」秀麗一頭霧水。她只知道哥倆好、一對寶。丈夫的頭髮，一直都是連登親自剪的。兩個人同村又同年，是一起穿開襠褲、一起讀日本公學校長大的。

「喔！既然阿義兄無對妳講，那我、我就……也不講！」美雲挑一挑眉毛，很神秘，單眼皮的瞇瞇眼全是頑皮。生活的擔子雖然沉甸甸，但她們畢竟年輕，童心還沒完全老去。

這下子，秀麗被勾引得更好奇了。她用手肘去抵美雲的腰肢，騰出一隻抱孩子的手，去撓美雲的胳肢窩：「講不講？講不講？不講，就不讓妳給囡仔飼奶……」

「哎呀！勿要，勿要撓啦！……好啦、好啦！我講，我講……」正在哺乳的小婦人笑到東倒西歪，只能徹底投降：「是入伍當兵的前一天，阿義兄來我店內……」

是的，阿義故意一直拖、拖、拖！拖到了入伍的前一天，才不情不願的走進連登的理髮店。一跨進門就捧腹大笑。因為連登——二十七歲，四個孩子的爹，剛被老婆美雲剃掉了三千煩惱絲，頂著一個發亮的大光頭，正在發愣。

被死黨嘲笑了，怎能不馬上報仇？

連登一把就將阿義抓過來，雙手按進理髮座，踩了幾下機械踏板，調整好工作的高度。唰！抖開了大白布兜，圍上了囚犯的脖子。鋒利的推髮剪子，喀喳、喀喳、沙！沙！沙！……幾秒鐘後，阿義頭頂的正中央，就開闢出一條「中山路」。

「笑？敢笑我！早剃、晚剃，還不是都要剃光光！」不到十分鐘，連登就徹底報完仇了。

阿義摸著自己又光又亮的腦袋瓜，苦著臉說：「我這一粒電火球，晶爍爍，最少也有一百燭光！」

「哼！剃光光，看你還敢『龜笑鱉無尾』、『鱉怨龜腿短』！」

戰爭的威逼中，明日一大清早，就要離父別母、拋妻棄子，進入軍營去拿槍、射砲、丟手榴彈。一整條性命要奉獻出去，不再是自己的、家庭的。但是，上有父母、下有妻小，老老幼幼一大家子，欠缺了頂樑柱，要忍受多少艱苦？兩年！說短不短，說長卻是地老天荒，他們怎能不發愁？

但是，男子漢大丈夫，怎麼可以愁眉苦臉？何況，再怎麼愁眉苦臉，也改變不了現實。

於是，兩個大光頭只能在明晃晃的鏡子前，照來照去，品尖論圓、說黑道白，笑得齜牙咧嘴。

鬧夠了，阿義蹲下身子，把搖籃裡的小奶娃抱了起來，又聞又親的，滿心的疼愛：「連登、美雲呀！你們的手腳好又快，一生就連生四個千金。這第四個嘛！嘿嘿……。」

「呸！囡仔是我生的。你免猜想、免做美夢！」連登一個箭步，搶過自己的小寶貝，摟緊緊。

「義哥是在猜想啥？」美雲滿臉疑問。

「哼！歪嘴雞想要啄好米！自己生不出來，就一直說要抱走咱們這個最小的……」

「哈哈哈……我就是愛查某囡仔。可惜呀！怎樣拼命生，就是生無。你們家有四千金，送給我一個，我和秀麗一定會疼命命，當作掌上明珠、心肝寶貝。」

「喂！你們家有三個後生，怎不送給我們一個？」美雲也伸出手去保護女兒。

「會會會！一定送、一定送！你們先把這最小的送給我，我就送你們『一個半』的後生。」阿義講得正經八百，但嘴笑目也笑，分不出造假或當真。

「一個半？一個就一個、兩個就兩個，哪有一個半的？」換連登一臉困惑。

「我叫三個後生去娶你三個千金，做你的親女婿。女婿嘛！算是『半子』，三個半子就等於一個半的後生。你的四千金也可以在我家姊妹團圓了……」

話還沒講完，連登已經揣起了大拳頭，追著阿義揮舞：「無天無良，吃我夠夠！吃我夠夠！」

「喂、喂！『好言相勸大丈夫，起腳動拳豬狗牛』！」阿義邊逃，邊轉頭挑釁。

連登更是氣炸了：「這是我最後一次幫你剪頭毛。以後，若是再替你剪，我李連登就是……」

「就是我有情有義的好兄弟……」

阿義腦子聰明、嘴巴犀利，憨直的連登根本不是對手。美雲幫左幫右都不是，又氣又笑的直搖頭。

大仙寺竹子林下，兩個閨密吱吱喳喳，一下子呵呵笑、一下子紅眼眶。她們對軍中一無所知，大字又不識一個；盼不來家書、看不到丈夫，就只剩下憂慮。但是，身為大家族的媳婦，就是要容忍、要鎮定、要扛得住壓力、要挺得起脊樑。

回家的路上，秀麗身子有些虛軟，小腿還一直抽筋。五歲多的大兒子很乖，蹲下地替她揉腿肚子，阿煌也搶著要幫忙。

「啪！啪！」秀麗拍了拍自己的額頭，想拍掉——徹徹底底拍掉連登那一句：「這是我最後一次幫你剪頭毛。」的陰影。

那只是好兄弟在亂開玩笑。沒甚麼！不會有甚麼的！絕對不會有甚麼的！

隔海

新兵訓練四個月後，準備要下部隊了。戰士們放了三天的探親假。

那是民國四十六年的四月初，濛濛春霧瀰漫在嘉南平原，火燒火燎的杜鵑花在關子嶺怒放。哥倆好，攜家帶眷遊春去，順便再登一趟大仙寺。

四個大人，外加又揹又抱的囝仔們，滿滿十一人的大陣仗。進了大雄寶殿，跪在慈眉善目、俯看眾生的釋迦牟尼佛前。兩個大男人、是捍衛家園的戰士，當然不能在妻小前示弱。他們合起了雙掌，大聲祈求：「佛祖呀！只要保庇全家平安就好」。

兩個老婆才不管甚麼面子不面子！她們直接把額頭叩到地上，磕得砰砰響：「佛祖！您有靈有聖，千萬不要讓我囝仔的阿爸被派去金門、馬祖。我與囝仔，初一、十五都會來三跪九叩，敬獻鮮花素果。救苦救難的佛祖！請答應我們誠心誠意的懇求呀！」

很顯然的，大公無私的佛祖，並不接受鮮花素果的賄賂、三跪九叩的懇求。

探親假結束後沒幾天，哥倆們就在左營海灣，登上了龐大的運輸艦，夜航在闃黑的臺灣海峽。十幾個小時後，抵達了金門的料羅灣。暈船暈到連膽汁都嘔出來的兄弟倆，一下了船，就被編入「陸軍第十師、二十九團、第一營、營部連」。

金門真的很前線，距離敵人的廈門很近，最短的距離不到兩公里。天氣好時，彼此望得見農夫拉耕牛、汽車跑公路。民國三十八年的古寧頭惡戰，登陸的共軍全數被殲滅，硬吞下滑鐵盧的苦果。從此，兩邊更加誓不兩立：惡夜裡，你的水鬼兵摸掉了我的崗哨；過幾天，我就派突擊隊去割你的人頭。廣播站的超級大喇叭，也互嗆互罵，震天價響。

軍中的故事與傳奇，比牛毛多、比芝麻細，總是先在美雲的理髮店裡傳來傳去；加上了幾滴油、添了幾匙醋之後，再傳去給田裡耕作的秀麗。一切傳聞都真真假假、虛虛實實，難分又難辨。兩大家子的心臟，全都懸起來吊著，噗咚！噗咚！……跳蕩著惶恐、痙攣著憂慮。

天天難過，卻還是要天天過！

面對天災或人禍，一個「犂腳媳婦」贏過三個「天公祖」。所以，不管是生意婆或農家婦，都要笑臉迎人。用一身的能幹來安撫老人、拉拔囝仔。會不會想哭？當然想呀！

只是太操勞了，往往還沒哭出聲，人就睏著了！

一渡過了鹹海水，到了恐怖的前線，消息就從零星變成斷絕。秀麗常橫了心，很阿Q的說：

「這樣子也好！要不，阿煌爬樹摔落地，手骨脫了臼、嘴齒磕斷了兩個；阿坤出麻疹兼百日嗽，小小身軀燒燙燙。他們的阿爸若知道了，一定會操心扒腹，吃不下飯、睡不著覺的。」

說這些話的時候，她不是在曬穀埕剖木柴，就是在廚房內翻炒大鍋菜。斧頭劈下去、乾木柴裂開的撞擊聲；大爐大灶熱火呼呼、鐵鍋鐵杓砰砰碰碰的噪音，很輕鬆的就掩蓋掉她的哽咽。

半年、一年、一年半——沒有消息，真的就是最好的消息。

挨過了一年半，只剩下半年。可那半年，拖得更慢更難挨了。

唉！總算剩下五個月了。……呀！還好，只剩四個月……哇！謝天謝地，快要破百天了。

金門的阿義數著饅頭、白河的秀麗數著日頭，團圓的日子越來越接近、越來越有希望了。

一切似乎都往好的方向滑過去！是的，快快慢慢的滑過去，總會有個盡頭。只要把日子撐到了十一月的最後一天，國家、軍隊就要把勇勇壯壯、平平安安的阿義，歸還給秀麗母子、曾家兩老了。

然而，驚天動地的「八二三臺海戰役」卻開打了！

那是歷時二十一年，史上拖得最久，落彈量又居全球第一，最無情又無理的戰爭。兩邊都黑眼珠、黑頭髮、黃皮膚；兩邊都自稱是華夏子孫、炎黃世冑，但是，所謂的骨親肉親，卻打得你死我活、不共戴天。

開戰的時間是：民國四十七年，八月二十三日，下午的六點三十分。共軍在大嶝、小嶝、圍頭、深江、蓮河、煙墩山，擺下四百多門的火砲，漫天蓋地的濫射。才短短兩個鐘頭，就狂射了五萬七千多發的榴砲、加農砲、黃燐砲。整個金門、烈嶼、大擔、二擔，全部罩進了狼煙火網。

接下去的日子，海戰、空戰也跟著大爆發。人命在地獄門徘徊、死神在閻羅殿等候；千千萬萬個父母妻兒，在海峽兩岸戰慄！

秀麗當然知道大戰開打了！

她努力造假——假裝很忙、假裝不害怕、假裝沒時間聽電臺報新聞。不只是她；她發現公公、婆婆、大伯、小姑，甚至娘家的父母兄弟，也都故意不問、不提、甚至躲著不敢見她。

日子一天一天在過，沒有消息就是好消息！只能這樣子了。

夜深了，三個孩子躺在紅木眠床上，睡得四仰八叉的。七歲多的老大，可能感染到大人世界的壓抑，不安的抽搐了幾下，癟著小嘴哭喊阿母。秀麗伸過手去摟他、拍哄他。她咬著下嘴唇，手掌連著指尖，指尖帶著身軀，觫觫嗦嗦全在發抖……。

窗外，或許有月光、有星光。但是，她心頭徹底沒有光。

她爬起身子、下了床。赤著雙腳，磴！膝蓋一彎，撲跪下去。叩！叩！叩！……額頭直接磕在冷硬的地板上：「**佛祖呀佛祖……**」

啊！不可以！她顫抖的手掌，反射性掩住自己的嘴巴——夜這麼深、這麼安靜，不管佛祖聽不聽得到，總是不能吵到公婆的呀！

九月十三日

秀麗清清楚楚記得，那是九月十三日的凌晨。

忙到體力透支的農家婦，一向沒有睡不著的經驗。可是，那一整夜，她徹底失眠了。不只是她，越接近天亮，三個囝仔越不安穩——小的反覆啼哭、拒絕喝奶；兩個大的，好像被惡夢魘著了，不是抽搐、就是尖叫，才哄好了這個，就換另一個。

窗外是瞎眼似的黑暗；疲累——在秀麗身體內流竄。但是，農家婦沒有賴床的權利。幾點了？手腳酸軟的她，掏出了丈夫給她的懷錶：「喔！才四點。」

闔上了懷錶的蓋子，把它緊緊握在手掌心。一年多前，丈夫阿義溫柔的聲音，在她耳畔響起：

「來！這一個懷錶給妳。妳來戴在胸前。我去到軍中，每一日透早，小喇叭就會『搭～～滴～～搭～～答～～』叫我起床跑五千囉！」

丈夫的大手掌，撐開了長長的錶鍊，套上了她的脖子。手掌心滑過了她的頭頂，輕觸到她的耳朵；手指尖一揚，撥開了她的髮梢；兩隻大手掌覆落到她的肩膀……。就這樣定住了，丈夫定定的看著，看她滿是清淚的眼睛。大手掌突然掐緊了，握著她的肩，薄薄的肩。一使勁，把她整個人攬進懷裡。他的懷抱很大、手臂的肌肉是結實的。她被緊緊摟著、箍得密密牢牢，幾乎不能呼吸；他的喉結在上下滑動，看不到他的臉。

他有落淚嗎？或許有，或許沒有。

那是前年十一月三十日，入伍那天的凌晨。是天未亮、地未醒、宇宙洪荒猶沉睡時，夫妻間的絮語纏綿。

秀麗俯低頭、閉著眼睛，把懷錶貼在臉頰。鏤刻著花鳥的金色錶殼不冰涼，沁透過夫妻倆的體溫。六百五十一天過去了，她日日夜夜戴在胸前，兜著心跳、貼著呼吸。丈夫手掌心的厚實、指尖的柔軟、手臂的力道，在長針短針的滴答中，也都好真實、好清晰！

「阿義呀！今天是九月十三日。再過兩個半月，七十八天，你就做兵滿兩年。一定要回來喔！回到白河，全家團圓。阿義！只剩七十八天，七十八天而已！……」

把老大、老二的涼被蓋好，把小阿坤揹到背上，秀麗躡手躡腳邁出房門，遶過了迴廊。

大公雞飛上了樹枝巔，伸長脖子，拉直喉嚨：「喔～～喔喔……喔～～喔喔……」一聲高過一聲，想把天色再啼亮一些。母雞瞬了瞬白眼膜，嚴嚴實實的在抱窩孵蛋，還不時低下頭，用尖尖的嘴喙去擼轉心肝寶貝，好讓它們平均享受阿母的體溫。

平日會讓農家婦微笑的事，今天似乎都入不了眼、開不了心。秀麗揉了揉胸口，移不開石磨般的千斤重量。

咦！祠堂公嬤廳有人？會是誰？

啊！是婆婆。老人家雖然一向早起，但燒香敬茶是晚輩的天職，她怎麼來了？

「阿母，您怎會透早就起床？睏得好嗎？」秀麗知道，一大清早一定要嘴笑目笑，這是為人媳婦的基本禮貌。

「哦！好！真好！一躺落床就睏入眠。一睏去，即到天光囉！」老人家最經不起失眠的折騰，她明明就臉色蠟白，兩個眼圈黑嚕嚕。

「阿母，現在才四點多，怎不再加減多睡一下？」

「這……無要緊，睏夠了。來！妳來點香，我也想拜一下祖公祖嬤。」

兩盞油紅油亮的長明燈，映著兩個寡言的婆媳，同樣的心事重重，同樣的彎身下拜；兩人全都緊閉著嘴唇，全都把禱詞默唸在心裡。彎身拜，拜下去……虔誠又恭敬，心心念念的高舉清香，俯拜歷代祖宗。她們都牽掛著同一個男人。她們眼底都無淚，只燒灼著沸滾的擔憂。

列祖列宗也靜默不語，祠堂裡一片的肅穆與蕭颯。婆婆把拜完的三炷清香交給媳婦去插爐。初秋而已，氣溫未寒，她們的手指，卻一直在哆嗦。

「阿坤我來顧，妳專心去田裡。」婆婆幫忙她解開布揹巾：「眠床上那兩個大的，昨暝也睏不好，是發燒嗎？或是被啥驚著？」老人家徹底露出馬腳了。這一夜，她哪裡睡得好？怎麼可能一覺到天亮？

「無啥要緊！囝仔只是睏未安寧而已。」秀麗覺得很慚愧——小孩夜哭吵到了公婆，就是自己沒哄好，有失母職。

戴上了斗笠、擔著鋤頭、拿著扁擔，細腰肢圍上了刀架，插上一把把的鐮刀、柴刀。秀麗走出了三合院，走進了迷濛初透的曙光。

綠疇田野，依然是一片的開闊。她踽踽獨行，獨行在灰濛陰涼的霧裡、風裡。

一個人的農事真的很吃力——今天非撒肥料不可了。二期的稻作已經綠油油，快要吐穗了，一定要好好顧著，不能讓幾個月來的血汗白流了。還有，鑽地鼠最可惡了，不只會偷吃蕃薯、啃壞玉米，還會把一壠一壠的田埂，糟蹋得千瘡百孔。如果不早點發現，早點挖土來糊補坑洞，輪流灌溉的田水就會流光光，枉費自己三更半夜揹著小孩、來回巡、來回顧，一直顧到天亮。

天又稍微亮了一些些！

蹲在田岸邊，滿手爛泥巴的秀麗，下意識抬頭看了看天色，在田水裡淘一下手。從懷裡掏出錶，一看！五點半！……胸口突然一震！啊！喊不出口，叫不出聲。她整個人跌坐下來。

痛！是痛，很劇烈的痛，但又不完全是痛！

是一股無形又無情的力道，從天外飛過來，直直撞進心裡、炸進肺裡骨髓裡……她四肢、軀幹、毛髮、每一塊血肉、每一條神經，一剎那間全碎裂了、崩壞了。是很痛、很駭然的，像徹頭徹尾的魂飛魄散！

好幾分鐘後，她才恢復。所有的血肉、神經、軀幹、四肢又慢慢的組合了回來──敏銳又痛楚的拼湊回來、組裝起來。她大口大口喘氣，額頭爆出一粒粒冷汗。

田水汪汪，漂映她扭曲的影子。

穩下來！一定要穩下來！我有三個囝仔要養！

秀麗一次次深呼吸、一次次自我告誡。慢慢的，心跳終於平和了，持續著穩健的節奏。

她兩手插進田土裡，挖出滿滿的一大把。是的，田埂崩塌了，一定要重新修整；損毀的千瘡百孔要密密的填起來、補起來，一期又一期的秧苗，才會慢慢的長大！

還是工作到傍晚，田埂修補好了，水不漏了；肥料也撒完了。秀麗還是再加把勁，砍了一些乾木柴，紮成兩大把，用扁擔挑著。邁開腳，往溪邊的青草埔奔去。

她知道大兒子阿水，一放學，就會跑向牛寮，把「烏系」牽出來吃吃草、滾一滾泥塘；也順便把二弟阿煌，帶出來遛一遛。

遠遠的，就聽到兩個兒子的嬉鬧聲。秀麗揉一揉跳了老半天的眼皮，捋一捋胸口、順一順呼吸，覺得今天雖然扎心扎肺，但終究會過去的。

「**烏系！烏系！**」她喊了喊親愛的家人，永遠的工作夥伴。

母牛與阿煌同樣五歲，抬起頭，用溫柔的大眼睛看向她；大嘴巴「**喀茲！喀茲！**」磨咬一束青草，等嚥下喉嚨後，就張大口：「**哞～～哞～～**」叫了兩聲，算是對女主人的回應。

「阿母！阿母！阿兄教我騎烏系。我學起來了，會騎了，我會騎了……」五歲的男孩覺得能騎上牛背，是件驚天動地的壯舉，當然要好好炫耀一下。

七歲多的大哥哥急了，眨眼、吹噓聲，「暗示」全都失敗了，就伸出手，直接掩住弟弟的嘴巴：「你還講！還講！你會害我被罰跪、藤條吃到飽。」

秀麗笑了：「好了！勿要鬧了。咱們的烏系很乖、很溫馴，願意讓你們騎。別人的牛，就千萬不能亂來了。有聽到無？」

「有！有聽到！」小兄弟逃過了藤條，開開心心的直點頭。

不只是小兄弟有聽到，那隻烏系也聽到了。為了不辜負女主人「很乖、很溫馴」的讚美，牠主動朝著小阿煌，把大牛頭俯低下來，低到把下巴擱在草地上。安詳又溫柔，那神情、那姿態全在說：

「來吧！騎上來！騎給你的阿母看。」

兄弟倆鬼靈精的看向阿母：「可以嗎？我們可以騎烏系回家嗎？」

秀麗點點頭。她對烏系絕對放心；對哥哥怎麼教弟弟爬上水牛背，也相當好奇。

「呦～～喝～～」小兄弟跳起來歡呼！

對七歲、五歲的孩子來講，牛絕對是龐然巨獸。可是，相依相靠相嬉戲久了，小牧童與大巨獸之間，就互動出最真誠的信任。

只見阿煌不慌不忙，小手掌抓住了兩隻彎牛角，腳丫子往牛鼻心一踩，再往牛額頭一踏。這一踩又一踏，就爬上了大牛頭。小身子再來個大迴轉，面向正前方，屁股穩當當的坐了下來。接著，烏系慢慢抬起了大牛頭；阿煌抱著牛脖子順勢往下滑，滑到了牛背上。大功告成！雄糾糾，氣昂昂，不可一世的小泰山就現形了。

阿水捧著大牛臉，「嗯～～啊！」熱呼呼的親了一大下，謝謝烏系對弟弟的疼愛，也告訴牠：「**現在，要換我囉！**」

「拍牛屁」跟「拍馬屁」是相同效果的：阿水繞到了烏系的背後，用力拍了拍牛屁股，牛尾巴便快樂的搖擺了幾下。接著，阿水兩手扯住了牛尾巴，右腳踩住烏系大腿與小腿間突出來的硬骨節，一咕溜！翻身就騎上了牛背。動作之敏捷俐落，會讓西方的牛仔掉下眼珠子來！

於是，小兄弟倆騎著大水牛，阿母挑著一擔乾木柴，有說有笑的回家去。

蜿蜒的泥土路鋪展在眼前；血紅的夕陽沉落在身後。穩重的四隻牛腳蹄，一步步踏著土地；兩綑乾木柴，一聳一聳的，晃跳在扁擔的兩頭。

原野的傍晚很寧靜，母子的天倫樂很平常——這就是歲月靜好吧？秀麗低下頭微微笑了。

不歸

秀麗挑著乾木柴、小兄弟騎著大水牛，晃悠晃悠的走進了小田庄。

咦？怎麼安安靜靜的？黃昏，應該有家家聊天、戶戶炊煙的熱鬧。人呢？怎麼都不見了？

喔！終於看到了，七十多歲的里長姆婆，拄著拐棍，邁著一瘸一瘸的風濕腿，遠遠的趕了過來。白蒼蒼的頭髮顫危危，一抬眼，見到了秀麗母子，顫危危突然變成了大抖晃：

「秀、秀～～麗呀！秀麗……」

叫出名字後，反而失聲了。老臉龐本來就哭得鼻紅眼腫，這下子更擠成一團了。她咿咿唔唔、比手畫腳，很努力、很用力，卻甚麼都說不清講不明。最後，手一垂，好似放棄了，但又很不安，努力再舉起來，指向曾家老三合院的方向。

「里長婆祖，您勿要哭！勿要哭！……」牛背上的阿煌探出小手，想擦去老太太的眼淚。

老太太更激動了，抓住阿煌的小手，幾乎是悲呼悲號，哭得崩天裂地了。

甚麼都不知道的秀麗，一下子，彷彿甚麼都知道了！

她臉色「唰！」瞬間失了血色；肩膀一頂，直接甩掉那一擔木柴，拔起腳就狂奔。但才跑了兩步就剎住腳，回頭對兒子說：「阿水，把烏系騎回去牛寮；把阿煌牽進來！」聲音是淒厲的。

血紅的夕陽，消失在蒼茫的宇宙。荷田、稻田颳起來的風，張牙舞爪的，一掌就是一摑，痛毆著秀麗的臉頰。農家婦跑起來像風火輪。她的世界卻失速了、墜落了，崩解得體無完膚。

奔！奔往老三合院！

遠遠的，秀麗就望見晃動的人影、聽到了隱約的吵雜。全村子，相關不相關的人，全聚在曾家的大曬穀埕、擺滿祖宗牌位的祠堂前。

越奔越近！她的心臟就越狂跳、越刺痛。不要呀！千萬不要……她一聲也喊不出口，全身都墜入了絕望。不要！千萬不要……祖宗呀！神明！

奔回來！靠近了！

人群的吵雜聲，在一瞬間變成了死寂！

擁擠的人群，主動裂開了一條縫。縫的盡頭是她暈倒在地，正在被掐人中、揉心口的婆婆，以及愣成一塊大木頭的公公。縫的兩旁，站著穿草綠色軍服、肩上閃著兩三朵金梅花的人。還有幾個穿嗶嘰藍中山裝的，秀麗掃一眼就認出來，那是在白河鎮公所兵役課上班的公務員。

衝過來，兩手架住秀麗的是美雲。她鼻子喉嚨流出來的嗚咽聲，擋都擋不住。

「是……？」秀麗顫抖的聲音很輕！輕到快聽不見。

滿臉都是眼淚鼻涕的美雲，緩緩點了頭。「是的！」那兩個字真的擠不出牙齒縫。

秀麗還是直挺挺站著、直勾勾看著，臉色比紙還要白。

猛地，她兜轉身子，四下找起了小兒子：「阿坤！阿坤！我的囝兒？我的囝兒？……」剎住後，她轉過身，奔進了房間。

「砰！」一聲，房門被用力甩上。

大家都靜悄悄！沒有人敢碰觸或打擾這種鉅痛。

房間裡，好像風平浪靜，少了肝腸寸斷的啜泣，更沒傳出撕心裂肺的痛哭。

靜悄悄！真的靜悄悄！所有相關不相關的人，似乎都了解這種無聲的悲摧。他們一個接一個，也靜悄悄的走開了。

阿水牽著阿煌，站在曬穀埕發呆，兩張小臉驚嚇到青損損、白蒼蒼。三合院的人群正在散去，每個人都在歎息或抹淚。老里長走過來，摸了摸小兄弟的頭頂，白鬍子、赭黑色的厚嘴唇，似乎顫抖著千言萬語。最後，只抬起頭看向黑漆漆的天空：「**天公伯呀！怎會變這樣？……**」

小兄弟緊拉著彼此的手，慢慢走向屋子。他們迷惘又緊張，不知道家裡怎麼了？被掐人中、揉胸口的祖母，好不容易才甦醒過來。一睜開眼，看見七歲、五歲的孫子，她痛喊一聲：「**阿義！我的阿義！……**」頭往後一仰、又暈厥了過去。原本愣成一塊大木頭的阿公，蹲下身來摟孫子，悶壓在小孩胸口的嗚咽，低沉又無助。

阿煌抽出手去撫阿公的白頭：「**喔！阿公，勿要哭！勿要哭！阿公……**」。

阿義的兄弟姊妹也從四面八方趕回來。小妹尚未出嫁，是最被疼愛的明珠。一向端莊的她，竟然跺著腳，痛哭到岔氣。力氣盡了，就坐在祠堂的門檻，用頭去磕門框：砰！砰！砰！……「**二兄呀！二兄……**」磕到頭髮散了、額頭烏青了。

快八十歲的老里長，靜靜守護著，沒有離開。

他吃過阿義滿月的油飯與紅蛋；四個月大，慶「收涎」時，他也拔下一塊掛在阿義脖子上的餅乾圈。他親眼看到阿義「抓周」時，抓了一枝大毛筆。阿義考上新營初級農校時，是他去三合院貼紅紙、放鞭炮的。阿義娶秀麗時，他是蓋印章、唸吉祥話的證婚人。阿義夫妻生阿水、阿煌、阿坤三個後生，他也都來喝滿月酒……。可是，今天傍晚，他是全庄第一個知道死訊的人；也是帶著軍人、公務員來曾家報噩耗的人。

一條生命，他抱過、疼過，一天到晚笑嘻嘻喊他伯公的生命，才二十九歲，怎麼就終止了？終止在臺海戰役的砲擊、清晨的五點三十分。誰說年紀大了，生死就看透了？他無聲無息流著老淚，開口喊：「阿水、阿煌，來伯祖這裡。」

小兄弟走過來了，老里長蹲下來：「阿水！你是大兄；阿煌，你是二兄，從今日開始，你們就要做大人了。有聽到無？」

「有！有聽到！」聲音很小、很心虛。一個才小學一年級、一個還沒八仙桌高，不知道要怎麼當大人？

「去！去把所有紅色的門聯、以及貼『福』、『祿』、『壽』、『喜』字的紅紙，全部都撕掉，一張也不能留……」走過長漫漫歲月的老里長，指示了喪家要遵循的禮俗。

小兄弟點點頭，一門又一門的去撕，撕掉了「天增歲月人增壽，春滿乾坤福滿門」；再撕「舜日堯天周禮樂，孔仁孟義漢文章」；又撕「春風大雅能容物，秋水文章不染塵」……。

撕呀撕！阿水開始哭了。是那種很懂事、很壓抑的哭法，邊吸鼻子邊抹眼睛，肩膀一顫一聳的。他知道自己是大兄、是長子，今天起就要當大人，不能哇哇亂哭……只是，一心想當大人的他並不知道，抹鼻涕擦眼淚時，沾滿泥灰的手，把紅紅黑黑的殘色，全都抹到臉上去了。

「阿兄，你在哭啥？」看到哥哥一直哭，阿煌也跟著抽泣了。

「這些門聯的字，攏總是阿爸寫的……」

是的，當兵前，阿義裁了紅紙、興沖沖的磨墨，預先寫了兩年份的門聯。現在，小兄弟知道了，以後進進出出三合院的大門小門，永遠看不到阿爸寫的毛筆字了。

美雲守在秀麗房門外。她好幾次推推看，門緊緊拴上了，紋風不動。她不喊、不叫也不勸，甚至也不擔心。同是女人、又互為閨蜜，她了解也確定——再怎麼肝腸寸斷、再怎麼黑暗絕望，那個二十八歲的寡婦、三個孩子的阿母，都會堅強起來。

只是，堅強起來之前，就讓她好好的先軟弱一下吧！

天瞎了、地盲了，那一晚，應該沒有月亮與星光。就算有，也照不進曾家！

左鄰右舍煮了一大鍋素鹹粥，扛到曾家來。他們好聲好氣，一個個去懇求，懇求老的小的，多少吃一點，填一下肚子。

過了好久好久，那鍋素鹹粥涼了被加熱，加熱後又變涼，卻一直滿滿的。

十點多──對田庄人來講，已經算是半夜。

「咿～～呀～～」房門終於打開了！

抱著熟睡的小兒子，秀麗跨出了門檻。她的臉、她的身子好像全縮小了。沒人知道這幾個小時，她捱過了甚麼？

美雲直接哭出聲來，迎上前想攙扶。秀麗先對閨蜜點了頭，是致謝；再搖搖頭，表示自己可以了。

阿水、阿煌偎靠過來，仰起小腦袋，怯怯的喊了一聲：「阿母！」秀麗快乾涸的眼睛，一瞬間又冒出水來。

她帶著三個喪父的孤兒，緩緩走過了迴廊，邁向大廳……看到鄰居送來的那一大鍋粥，她停了下來，把懷裡的阿坤交給老大抱好；親手舀了兩大碗，灑上胡椒粉，放了湯匙。一碗交給老二：「來！阿煌，要捧好！勿要溢出來。」自己端了另一碗。

孤兒寡母再一起走向大廳，走向喪子的兩個老人家。幾番勸說之後，她領著孩子直接跪下：

「阿爸、阿母，你們再不吃不喝，阿義就更加痛苦了……」

歸來

曬穀埕被清理得更空曠，塑膠頂篷搭了起來。祠堂內的祖宗牌位被遮上了紅布。收拾出來的空間不算小，卻不知怎麼佈置成靈堂？除了死訊，甚麼都沒有——沒有阿義、沒有遺照。

前線依舊處於「金門廈門門對門，大砲小砲砲打砲」的慘烈。時局險惡，陣亡的男人何日能返家？三魂七魄何時可歸來？問不到軍方，問蒼天也沒答案。而民國四十七年，照相機還是奢侈品，翻遍了大小抽屜，阿義只有初中畢業的團體照、與秀麗的結婚照。

基於禮俗，白髮在、黑髮亡，父母有很多事不能插手，以防過度操勞及哀慟。在萬不得已的情況下，老里長就當起了主事人。

他拿出毛筆與硯墨，教七歲大的孝男在小木牌上，歪歪扭扭寫下了：「顯考曾公得義靈位」；又教秀麗用一根竹子，綁上了阿義的衣服，領著披麻帶孝的阿煌，爬上了屋頂，朝著金門的方向「招魂」：

「**阿義，轉回來喔！**」、「**阿爸，趕緊回來喔！**」……一聲聲呼喚，迴旋在老三合院的天空。

空茫的喪事、具體的心碎！每一天都像千百年。

那年的西風也來得特別早，颯颯瑟瑟的，天地一片秋涼。肥大的綠荷葉枯了、五顏六色的蓮花謝了、梧桐樹的葉子也一片片在凋黃。大家不忍心問出口的是：「**阿義回家了沒？**」

「頭七」做了、「二七」也做了，「三七」、「四七」……要做到第七個七，才算「滿七」。即使喪儀做滿了四十九天的「初慟」，後面呢？「百日」、「對年」的祭悼，阿義回得來嗎？

一九五八年的十月二十五日起，金門與廈門的砲戰，在激戰四十四晝夜之後，被毛澤東改成了很怪異的「單打雙停」——一、三、五、七、九的單數日，開砲火拼；二、四、六、八、零的雙數日，偃戰息火。

有了停火日的間隔，軍方終於傳來了通知：數位殉國烈士的骨灰，不日，將護送回臺灣公祭。

「不日」——到底是哪一日？烽火連天，無人確知。

終於確知是哪一日了。官方卻下了禁令——「陣亡烈士的父母及遺孀，禁止來參加公祭，以免過度悲慟。骨灰可由其他親友代為領回。」

官方這麼做，究竟是體貼？或是顢頇？秀麗都不想管、也不在乎了。

那一日，一身白衣白裙的寡婦，帶著三個披麻帶孝的幼子，直直走進入新營鎮公所的公祭會場。

隆重的軍樂、莊嚴的儀式之後，阿義被妻兒迎回來了——高大俊挺的男人，會耕會讀的農家子弟，變成了一匣木盒子的骨灰，用黃布巾裹著，覆上了青天白日滿地紅。距離他退伍的十一月三十日，剩沒幾天。

阿義回家了！眾人的心是踏實了。但白髮爹娘、紅顏寡妻，悲痛像一波波海嘯，任誰都勸解不了。三個小兄弟跟著大人團團轉，行禮如儀，蒼白的小臉，無知又無辜，讓人更鼻酸。

入土安葬的日子，堪輿先生挑在十二月初。農地裡的活兒不能荒廢，好在有兄弟妯娌分擔著。秀麗日夜守著阿義，守著夫妻倆最後的團聚。

出殯的前幾天，秀麗供完了午飯，正燒著紙錢。柔煙輕茫茫，風吹散了，氤氳著整個曬穀埕。可不知為了甚麼？她的心悸動了！恍惚又迷濛間，聞到了一股隱約的味道——阿義身上的味道。九年夫妻，血肉相連，只有她才聞得到的味道。

那股味道，從水田、荷塘遠遠的飄過來、漫過來，絲絲裊裊，一陣又一陣。雖然若有似無，卻又掩蓋過一切。秀麗從鼻腔到肺臟，全都在拚命的吸，飽飽又滿滿的吸；心底有刺痛、有欣慰、也有慘傷。她一直有一種很強烈的感覺，不能對外人說的感覺——木盒子裡的阿義並不完全。

或許呀或許！她的丈夫、三個孩子的阿爸——那一縷流離的魂魄，正在完整的歸來，正在緩緩的靠近，靠近家、靠近最愛的人。

秀麗悠悠站了起來，一步步走出了曬穀埕，立在高處望出去。

望出去——水田、荷田的遠方，十幾個男子，穿著便服，卻排著整齊的隊伍，踏著齊步走的習慣，正向著老三合院走來。

秀麗用力眨了眨眼皮，擠落了淚珠，不讓水霧蒙遮了眼睛。她要看清楚，不是在做夢。

沒錯！清清楚楚了——全是認識的人，跟阿義一起在新營搭火車，同梯次入伍去的鄰里同庄。十二月，他們退伍了，山遙水遠，一路顛簸，從金門回到了故鄉。

但是——同去，就能同歸嗎？

要！一定要！無論如何，同去——不能不同歸！

排在第一位，率領隊伍的是李連登。走呀走，隊伍更靠近，秀麗看得更清楚了——連登手裡捧著一個神主牌。走在連登後面的人，胸前捧的東西更大件——相框？好像是個相框，大大的相框！

秀麗轉身進房，匆匆抱起了阿坤，喊出了阿水、阿煌。孤兒寡母膝蓋一屈，跪在靈堂外，迎接至親的歸來。

「殉國烈士曾得義靈位」——簡單的硬紙牌。李連登端著、捧著；同袍弟兄們護著、送著。筆跡是慎重又端正的，黑墨汁卻濃淡不勻，漫漶的地方，應該是淚滴。

「義哥！義哥！到厝了！你回到咱的故鄉，回來你的厝內了！」

連登大聲喊，朝著硬紙牌位——他異父異母的親兄弟。

連登的嗓音很厚實，從丹田發氣到胸腔共鳴，都有嗡嗡的迴音，迴盪著悠長的悲愴。從出事的那天起，他就口頭喊了靈、親手寫了神主牌。天天呼喊，不讓陣亡在金門的哥兒們，魂魄無依。歸來的這一趟路，他逢山喊爬階、遇水喊過橋、渡海就喊登船，連船名船號都喊得一清二楚。

「義哥！義哥！入來去靈堂喔！一路奔波，終於轉回來，你可以安心休息了。」

一抬眼，他看到了靈桌上，阿水寫的木頭神主牌，不知道要怎麼辦？茫然又悲淒的看向老里長。

老里長拿出了紅絲線，將兩個神主牌綁在一起，拉高喉嚨，大聲宣佈：「亡者是保衛臺灣的殉國烈士；也是阿水、阿煌、阿坤的偉大父親，所以，兩份神主牌無差別，攏總是——曾得義的靈位。」短短幾句，說得老淚縱橫。

終於有遺照了！堂堂正正擺上了靈桌。照片是怎麼來的？此時此刻，沒人有心情問。

連登又從上衣的口袋，掏出一個很小很小的鋁盒子。一切就再也忍不住了，他咧開嘴，大崩潰、大號啕：

「嫂呀！義嫂呀！我……我無法度！我救不著、我帶不回……嫂呀！我只有、只有……義嫂呀！這是……是我義哥的頭鬃與指甲……」

袍澤

明天要出殯了，剩下最後的一夜。連登、美雲夫妻一直陪伴著秀麗守靈。

凌晨二三點了，寒夜隆冬，天地與人間都無比淒涼。靈堂內，燭光搖曳，映照著從金門歸來的烈士。遺像前，是覆蓋著國旗，一木盒子的忠烈骨灰。小小鋁盒子內，是閃過鐵砲與烈火，最小部分的阿義。

從乍知的悲慟、空茫的等候、泣血的面對，到明天即將的永別，這一家子的哀慟已經到了極限。可是，白燭熒熒，秀麗凝視連登的神情，卻全是哀求。

「連登兄：拜託您……」不管承不承受得住，秀麗都想聽。她要清清楚楚知道，阿義是怎麼永別人間的？三個兒子為甚麼會變成孤兒的？

連登掙扎了很久很久，最後，還是下定決心——不說！絕不能說，不能說出木盒子骨灰的真相。

其他的，就不能不說了！

決定要說了。可是，慘烈的砲擊、空前的仇恨，分分秒秒都在砍殺，要如何開頭？怎麼描述？

「金門很缺水，我們習慣吃了晚飯後，就去附近的野溪，沖掉一身的臭汗酸。八月二十三日，下午六點半，我們十幾個人，隨著魏飛班長……」

一講到魏飛班長，連登哽咽了。那個——大個頭、粗胳膊、聲音像打雷、開口就飆髒字，動不動就操人家十八代祖宗的山東大漢。十來歲，才比槍桿子高一些，就莫名其妙被軍隊「抓伕」了。輾轉流離了很多年，為了活著，身上就偷藏了兩頂不同帽徽的軍帽：一頂青天白日、一頂紅色星星。被誰打敗了，跟了誰，就換戴誰的帽子。戰來戰去，流浪了大半個中國，最後來到了金門。這樣子的魏飛班長，要怎麼說？

那時候，臺灣的充員兵很多讀過書，看不起粗魯無文的大陸軍人。而浴過血、抗過日的大老粗，也對被日本洗過腦的充員兵，恨得牙癢癢。可是，雙方再怎麼互槓，一來到了金門，敵人近在眼前，生死禍福全綁在一起，哪有時間再鬥兇狠、鬧矛盾？於是，大陸的老芋仔和臺灣的蕃薯兵，就你親我親，越看越順眼了。

八月二十三日，下午六點三十分，廈門沿海的陣地，近五百門大砲，萬砲齊發，轟掃金門。

帶兵到溪邊沖澡的魏飛班長，本來一副愛洗不洗的樣子，只蹲坐在大石頭上抽菸。當砲聲齊響，從四面八方轟過來金門時，弟兄們以為是演習，一個個從水裡冒出頭，左張右望。魏飛是滾遍沙場的老手，直覺不妙，扯直了喉嚨狂喊：

「火砲！對岸轟火砲！媽咧個屄，直娘賊！還真開打。……蹲下！趴下！死臺灣兵！閻羅王來抓人了，還看啥看？快逃！貓低身子衝，用爬的、用滾的，都給俺好好的躲，躲進碉堡去……」

他揮舞雙臂、聲嘶力竭，引導一群衣衫不整、驚慌失措的弟兄們，俯低身子，匍匐前進，爬向掩體或碉堡。

有個班兵被砲彈片擊中了，滿頭滿臉的紅血，先還咬牙奮力逃，蹦沒幾步，人就癱倒了，剩下一陣陣抽搐。魏飛一看，鑽過火網，像蜥蜴一樣扭爬過去，用拖用拉的，硬要把小兵救回來。阿義本來已奔進碉堡了，轉身瞧見了，火速衝出去幫忙。

轟！又飛來了一個大鐵砲，炸得土石飛濺，魏飛也被炸傷了，腰和腿都在噴血。他把小兵交給了阿義：

「媽的！拖回去！俺還爬得動……欸！別、別拉！你拉不動俺兩個的。滾！滾回去碉堡。……你們在臺灣有家有室的，別他媽的，死在金門……」

魏飛還真的爬回來碉堡，但已用盡了力氣。昏過去之前，他滿是血污的手，還顫呀抖的，伸進褲袋，掏出一把亂七八糟的金門專用鈔票：「錢！明天採買伙食的錢。拿、拿去！弄丟了……就沒、沒得吃了……」

兩天後，沒家沒室的魏飛班長，就死在金門。

靈堂內，連登邊說邊抹眼淚。他好想念魏飛班長，想念大老粗薰人的大蒜口臭、罵人的兇惡，甚至揍起人來的大拳頭……他凝視著靈桌上的遺照，喃喃問義哥：

「你一定比我還心疼他？所以，人人討厭的『食勤』採買，你從來不拒絕。就是不拒絕！才……」

秀麗倒了兩杯熱開水，遞給了連登和美雲。天地寒凍的十二月天，送別所愛的最後一夜，微渺的他們，只能相互取暖。然而，切入九月十三日的大悲慟之前，講述者、聆聽者都需要緩一緩心、順一順氣，要不然，怎接得下、扛得起？

「連登兄，多謝您送回來這一張相片。」秀麗拿起手帕，撫了撫玻璃相框上的水霧，像是擦乾阿義的淚滴。

連登原本扭曲的一張苦臉，竟也微微舒展了：「是呀！好里佳在。開戰前半個月，我和義哥去逛『山外』大街，被拉去攝的……」

寫真

那一天——八月十日。沒有山雨欲來風滿樓，只有狂風暴雨前，難得的寧靜。

金門四面環海，星期假日，放風的士兵們無處可去，只能到幾個較熱鬧的街市去蹓躂。

「山外」——戰地的大市集。「三條通」是繁華的街道、生鮮市場是購肉買菜的地方。來金門已經一年三個月了，阿義與連登逛起山外，熟門熟路的程度，簡直就像逛自家的廚房。

逛呀逛，停在一家「寫真館」前。玻璃櫥窗裡，一張張放大的俊男美女，抓住了哥兒倆的眼睛。

「義哥，你有這款啪里啪力（超級時髦）的相片否？」

「哈！這款雙腳站三七步；身軀雕西米羅（穿西裝）；打捏骨帶（打領帶）；頭鬃抹到油湯湯，會滑倒蚊子蒼蠅的『黑狗兄』相片，咱脫赤腳的做田人，哪有閒、有錢、有膽去攝呀？」

「是呀！我總呀共呀加起來，只攝過兩次像：學校畢業時的團體合照，只看到一粒小人頭，不拼命找還找不到自己。另外一張，是我和美雲結婚的相片，在老厝的大門口。老長輩直挺挺坐藤椅；小輩站成五六排。新郎新娘臉繃著不敢笑；腳前還蹲著七八個屁囝仔。」

「我和秀麗的也一模一樣。不過，不要緊！等六十年的『鑽石婚』一到，咱兩對八十多歲的老新人，再作夥去合攝一張結婚相片。」

阿義說得眉開眼笑。

「好喔！好喔！一言為定！」

「到那時候，連登呀！千萬不要忘記。」

「啥？不要忘記啥？」

「咱兩個老新郎，記得都要再打一條黃金項鍊，送給咱『頭毛白蒼蒼，辛苦一世人』的老牽手喔！」

談著說著，寫真館的老闆走出來，大聲唸：「人生幾回正青春？人生難得來金門！若無攝像留紀念，怎能誇口對子孫？」死拖活拉的，把阿義和連登哄了進去。

簡單的攝影棚，腳架撐著蒙黑布的大照相機、幾盞亮煌煌的燈、三四把撐開的反光傘。兩個老實巴拉的小夥子，擺不出「黑狗兄」的時髦姿態。折騰了很久，最後，只拍了正面半身、正經八百的證件照片而已。

「相片要七八日後才能洗好。別忘記來拿喔！」老闆操著泉州金門腔，彈著算盤珠子在結帳。

「對了！曾得義先生，你漢草(體格)好，眉目端正；又無被軍隊操到皮膚粗嗦嗦，鬼看到也驚嚇。嗯！咱們來參詳一下，我放大你的相片，掛在玻璃櫥窗，招攬阿兵哥們來攝像，好不好？」

「齁！要叫我們部隊公認的白面書生，做你店內的『見本』(展覽品)，讓你生意更興旺，哪有那麼簡單？最起碼也要通過我這一關。」連登故意打哈哈，當起了經紀人。

「這……那……我就打曾先生八折好了，別讓我賠錢。小本生意嘛！請高抬貴手。」

「哼！他的免錢，我的五折。」經紀人很盡責。

「哎呀呀！若這樣，我全家十幾人都會變作風獅爺，吃沙、喝西北風了。這樣好了，兩位都優待，就……就都打七折。最底線了，拜託啦！」老闆賠笑臉，打躬又作揖。

成交了！兩人嬉嬉鬧鬧的離開。緊張又危險的軍中歲月，來點好玩又能炫耀的小插曲，總是開心的。

沒想到幾天後，敵人的鷹廈鐵路一直在運兵、調集物資；沿海陣地的大砲也都褪下了砲衣，大戰一觸即發。金門防衛司令胡璉將軍下令：「所有官兵停止休假，全力備戰。」

七折價早就付錢了，相片卻一直不能去拿。八月二十三日大戰爆發後，更徹底忘了這件事。

食勤

靈堂內，隨著連登的述說，秀麗蒼白的兩頰，竟浮起淡淡的紅霞。丈夫的高大英俊、白皙斯文，一直是大家公認的。打從十七歲訂婚起，街坊親人就故意在她面前提阿義、誇阿義，害她羞得無處躲。嫁過來後，夫妻倆一起在田裡工作。她戴斗笠、包頭巾，裹得嚴嚴實實的，還怕皮膚會曬黑變粗；阿義卻不遮不掩，在烈日下揮汗，即使曬到皮膚泛紅、脫了層皮，沒幾天又是白面書生一個。

然而，能文能武、能耕能讀的丈夫，為甚麼只剩一盒骨灰？這小小鋁盒子中的頭髮與指甲，又是怎麼來的？秀麗渴求真相，哪怕會哀痛一輩子！

連登抬起頭望向美雲，淒然的眼光似乎在問老婆：「能講嗎？講出來，義嫂會不會受不了？」

美雲點了點頭，眼角泛著淚。連登卻哽住了，喝了好幾口熱水，也潤不了喉嚨。他深深吸了口氣，定一定神，似乎可以傾吐一切了。沒想到，話到舌頭，卻變成當日撕心裂肺的呼號：

「不要呀！義哥！不要……義哥喔！」

八月二十三日開戰以來，海、陸、空戰況異常慘烈，但金門前線的守軍，發揮同島一命的精神，不只捍衛住臺灣，也震撼了全世界。共軍久攻不下，自九月十日起，就採用了新戰術：「零砲射擊」。所謂的「零」就是無限——一天二十四小時，不定時不定點的急襲狂射，要逼使金門日夜不寧，人心渙散。

然而，魔高一尺，道高一丈。軍中的老鳥們，天天撕提著菜鳥的耳朵，教他們如何分辨砲聲、怎樣死裡求生。一再的強調：阿共打來的大砲有兩種：一種是「空爆彈」，裝的是瞬發的引信管，在空中或一著地就爆炸，主要是用來殺人；另一種是「地爆彈」，裝了延時的引信管，會鑽入土裡三、四尺再爆炸，主要是攻擊陣地、摧毀建築物。

而且，共軍的發射砲彈，一定有兩聲：轟出砲管一聲、爆炸再一聲。只要看到對岸閃砲光，聽到第一聲「隆！」，立馬要就地臥倒或閃進掩體。除非是直接被炸到，要不然都還可保住性命。如果，聽到砲聲是：「隆～殺殺殺殺殺……」砲的落點一定就在附近，千萬要小心；若是「隆～～咻嗚～～」表示砲彈飛得很遠，沒有危險，不必害怕。地爆彈的聲音是「喀隆！卡嚕卡嚕卡嚕……」毀滅性最強，鋼筋水泥都能炸爛炸碎，何況是肉體人身！

老鳥教菜鳥求生、菜鳥服老鳥教導，整個金門島嶼，雖然被漫天蓋地的火網包住，但是，島孤人不孤，大家都有撐下去的覺悟。

阿義與連登都屬於「營部連」。營部連必須負責全營的檔案文書、駕駛、傳令、後勤支援、伙食採買等職務。

或許是冥冥中的宿命。八二三那天，在野溪邊幫忙救回小兵、在碉堡內接下魏飛鈔票的都是阿義。從此，他與「食勤」就結下了不解之緣。又因為長得英俊白皙，很得賣菜姑娘、販魚婆婆、肉攤子大爺的喜愛，花同樣的價錢，他買回部隊的，絕對是又多又好又便宜。

但是，砲火連天射，大戰沒完沒了，搭大卡車出勤務，會變成最危險的靶心。輪值到任務的弟兄，偶而就鬧肚子痛、拉稀、頭脹、胸疼……真真假假的，很難判斷。這時候，阿義就會被上級指定，出勤去採買。

九月十三日——阿義又要出食勤任務了。

軍方採買必須在一大清早，天尚未亮、人潮未湧至之前。因此，才四點多，阿義就起床，把一切準備就緒。五點，準時搭上了大卡車，一行六七人，要買全營五六百人的伙食，還要冒險分送到各大據點。

金門有嚴令：凡是夜晚行駛，車燈必須用黑紙罩住一半，讓燈光只往地面照，避免漏光引來對岸的鐵砲。連登與阿義坐在司機旁。路面因大轟炸而支離破碎，車燈很微弱，整輛卡車像烤了火的豆子——猛彈猛跳。

開車的弟兄名叫「鄭阿土」，人如其名，是個土頭土腦的傻小子。也是充員兵，都快三十歲了，大小粒痘子還滿額頭、滿鼻子亂冒，那可不是甚麼正青春，是缺乏睡眠的肝火旺。一路上，他伸長脖子盯前方，兩手死抓著方向盤，使盡全身的精力，來對付暗夜的凶路。

阿義誠心誠意道歉了：「對不起！害大家陪我出勤。」

連登笑著說：「無法度呀！誰叫你是人見人愛的『市場潘安』，又是營部連公認的『採買大使』。咱們這一組有夠衰，難兄難弟只好捨命陪公子囉！」

金門不大，山外的菜市場也不遠，只是卡車不能行快。三天前開始的「零砲射擊」，更讓車輪滾動在陰陽線、生死場。

還好！秋氣森森，阿共的砲兵可能還在戀被窩。海的那一邊靜悄悄，從不挑釁的這一邊就沒動靜。

快半個鐘頭了，車行緩緩，駛到了「前埔」，再三四公里就到山外菜市場了。

突然間，「隆！」、「隆！」、「隆！」對岸轟出好幾管大砲，接著是穿越海峽，呼嘯而來的「咻嗚~~咻嗚~~」直飛過天空，「砰！」「砰！」、「砰！」爆炸在遠方。

「夭壽喔！一透早，就打啥火砲？」

「聽起來是空爆彈，射向古崗那邊，咱們這邊應該還算安全。」

可是，來了！射來了！「隆～殺殺殺殺殺……」很近！「砰！」炸爛的土石、四射的鐵片，全是殺人的利器，勝過恐怖的「血滴子」。

「害呀！阿共換射咱這邊了……」連登話還沒說完，又一砲「喀隆！卡嚕卡嚕卡嚕……」呼天嘯地，轟射過來！

「是地爆彈！逃呀！」

車斗上的弟兄，全部往下跳！伏低、趴下、翻滾！滾向最近的掩體。副駕駛座的連登，一扭車門，打開了求生之路。

「砰！」來不及了，車身顫跳，大顛大晃的。不過，算他們運氣好，這一砲逃過了。

「阿土！閃！跳車！快跳車！」連登、阿義同聲大喊。他們很清楚，下一管大砲，不管是空爆彈、地爆彈，就未必有這樣的好運了！

「不！我是運將。車！要顧車！」阿土堅決不跳，兩眼赤紅，硬要把卡車開到較隱蔽的山坳處。

「隆～殺殺殺殺……砰！嘩啦！……」一砲接一砲，火力很集中，爆炸在前後左右。卡車——真的變成了移動的活標靶。

「別管車了，快閃！」哥兒倆對阿土大吼。

「前面！一百公尺！才一百公尺，就安全了！」阿土很執拗。不知是哪個殺千刀的，洗腦他一定要「人車一體」、「人在車在」。

連登與阿義吼破喉嚨、死拉活扯，都只讓阿土更抗拒、卡車越顛晃而已。前後左右都是爆炸聲，已經很難分辨是遠是近？射甚麼砲彈？飛哪個方向了？

阿義一凜，明白了，也下決心了。

他大喊：「跳！你跳車！阿土我來陪……」手推又腳踹，使出全身的力氣，硬是把連登往車門外推下去。

「不要呀！義哥！不要……」連登摔下車，額頭擦破了一大塊皮。他掙著爬起來、又是大踉蹌，跛著腿喊。

「隆～～殺殺殺殺殺……砰！」

鐵片火藥在狂炸，宛如世界末日，連登瞪眼看著卡車在蹦、在顛、在開向前！他有那麼一兩秒竟然安下心，覺得阿義一定會搞定阿土，阿土一定會把卡車開去山坳。所以，他翻滾了好幾圈，再用手肘支著地、膝蓋頂著碎石子，扭動全身用力爬，爬到大岩石後面藏身。

「義哥！阿土！注意呀！」連登心裡嘴裡都在狂喊。

岩石後邊，他歪出半個腦袋瓜，兩個眼眶都要瞪裂了。黑火藥、黃沙土、紅火燄在眼前滾滾騰騰，卡車還是開向前！向前！七十公尺、六十公尺、五十公尺……快安全了！快、快、快開過去，義哥、阿土，快安全了，一定會安全！……。

「喀隆！卡嚕卡嚕卡嚕……」又呼天嘯地轟過來！很清楚，這一顆是地爆彈！很近！非常近！飛入了連登窄窄的視線內。

前方！更近了，前方！大卡車，就在前方……。

「不要呀！義哥！不要……不要……」

「砰！」

「義哥！……」

紅光、白光全炸開了！強烈的震波，把連登震暈了過去。

支離

砲聲響在遠處，零零落落的。敵人耀武揚威夠了，砲擊別的地方去，不玩這裡了。

或許才一下下、或許好一會兒，連登自己醒來了。

一睜開眼，就是狂嚎：「義哥！阿土！不要，不要呀……」連滾帶爬，奔過去！又摔又跌的奔過去！

慢了，一切都慢了！

滾滾黑煙，嗆鼻的焦味、汽油味。他看到扭曲成廢鐵的卡車、支離破碎的義哥、不成人形的阿土。

烈燄熊熊，火勢衝天，大卡車隨時會爆炸。連登與幾個弟兄只能拉、只能拖，拚了命扯拉出阿義與阿土。緊緊抱著、扛著，撒腿就跑，死命的奔逃，離卡車越遠越好，絕不讓已經殉難的兄弟，更慘烈下去。

「砰！砰！……煌！」大卡車果然爆了、炸了！「嗶嗶剝剝……嗶嗶剝剝……」全面起火了。濃煙把前埔的天空都噴黑了！

陽光從雲層中射出來，一道、兩道、一束、兩束……一寸寸、一尺尺在推移。鑽出烏雲層之後，似乎是微笑的；柔柔綿綿的金黃，撫弄著人間煉獄。

連登坐在地上，抱著阿義，悲痛到不能呼吸。他的心、他的身體也跟著殘破了、碎裂了……。

營部衛生連派來了幾個醫療兵，趁著砲火轉移的空檔，要來收拾已不能收拾的殘局。

「榮譽袋」拿出來了——墨綠色、長拉鍊、厚質地的塑膠袋子。是讓殉難者長眠的睡袋嗎？

醫療兵列齊隊伍，「喀！」兩腳一併，右手舉至眉間，對鄭阿土行一個很隆重的軍禮；再儘量的拼湊大體、仔細核對好兵籍，恭恭敬敬的把殘破的弟兄，套入榮譽袋安息。

連登身上沾滿了鮮血與碎肉，卻仍緊緊摟著阿義，一秒也不肯放手。剛剛，若不是義哥又推又踹的，現在自己也要進榮譽袋了。

醫療兵齊步走過來了，同樣的「喀！」，腳跟併攏，立正，舉手，行最隆重的軍禮：「報告陸軍第十師、二十九團、第一營、營部連、上等兵——曾得義烈士。醫療兵現在要為您行『入殮軍禮』。」

連登抬起滿是淚水的眼睛，盯住醫療兵，很誠懇的哀求：「弟兄們！請稍微等一下。請……請借我一把小剪刀！」

把兄弟平放在地上，連登膝蓋一彎，直直叩拜下去：「義哥喔……義哥！……我會帶你回臺灣、回咱的故鄉；我會帶你見父母、見秀麗、見三個後生。義哥喔……我的義哥！……」

連登抖觫觫的手，端起了阿義的手掌，很慎重的剪下了幾片指甲，拿出手帕包起來；接著，用五隻手指頭代替木梳子，梳理起阿義沾滿泥土與鮮血的頭髮：

「義哥喔！義哥！我十六歲去學手藝，還未出師前，只有你願意讓我剃頭，笑我像野狗在啃頭鬃。我出來開店時，你笑瞇瞇，包一包大紅包來贊助。十幾年來，你的頭鬃不曾給別人剪過；連做兵前，也是我替你剃光頭的……義哥！我的義哥喔……」

連登哭著剪下阿義的一小綹頭髮：「義哥，你三魂七魄要附牢牢，聽我的呼喚，跟隨我回軍營。我帶你回家，回白河的家……義哥！」

遠方又響起砲聲，敵人的「零砲射擊」又開始了。知道輕重的連登不得不站起身來，把阿義交給了醫療兵。

當榮譽袋的拉鍊慢慢的被拉上，拉到阿義的胸口時，連登忍不住伸過手去。看慣生死的醫療兵很懂事，把最後的一段交給了連登。

連登緩緩的把拉鍊拉上、拉好、拉滿，完成了義哥的入殮。

金門已不能火葬了，因為火葬場的焚化爐，開戰後沒幾天就被炸毀。所有殉難的弟兄，只能就地草草掩埋，立好標誌，等日後再做處理。

隆隆砲聲轟近了，一切又陷入危急。醫療兵趕忙抬起兩位殉難者，爬上了道路的邊坡，在木麻黃樹林裡，匆匆挖好了兩座「草葬」的坑穴。連登拿起了圓鍬，把第一鍬黃土，蓋在榮譽袋上。

生死兩斷腸，一別何匆匆！

離去時，連登一步一踉蹌。他把手帕緊緊摀在胸口，大喊：「**義哥喔！義哥，咱們要離開前埔囉，你要跟我行。我帶你回營區、回碉堡。咱兄弟一步一步向前行！**」

灰飛

靈堂內，古銅色的香爐，檀木香末幽幽燃著，燒出一縷青煙。青煙輕輕的昇、緩緩的飄，氤氳著生離死別、纏裹著聚散依依。

秀麗聆聽著，精緻的眼眉、緊抿的雙唇，映著忽明忽暗的燭火，有一種原始的、安詳的莊嚴。她努力要把每一字、每一句、每一個細節，都溶進骨髓裡、鐫刻到心版上。往後，長漫漫的歲月，才有所憑依。

「**義哥！多謝您！若不是您，我差一點點就變作寡婦；我的囝仔也會永遠無阿爸。**」

美雲跪到阿義靈前磕頭。話衝出口，才想到會刺傷秀麗。慌亂中，她自掩嘴巴，卻擋不住嗚咽。是呀！差一點點，真的就差那麼一點點而已！

秀麗扶起了美雲，拍撫她的後背，甚麼話都沒說，也都不必說！

連登還是淚流滿面——親身經歷了一切，他的淚水是從金門淹回臺灣的：

「回到營區，進了自己的碉堡，我把頭鬃與指甲，裝入小鋁盒子內；又找了一塊硬紙板，題上義哥的名字。一有時間，就唸伊最愛的《金剛經》、《心經》。碉堡很窄很小、濕氣又相當重。晚上睡覺時，我就把義哥的牌位，頂在頭上枕頭旁。」

連登邊說邊想起小時候，哥兒倆玩累了，就擠上同一張床睡午覺。四條腿、四隻胳膊，橫來又蹬去的。剛入伍時，睡大通鋪，隔著一頂又一頂的蚊帳，在滿屋的囈語和鼾聲中聊天，是多麼的開心！

「砲火封住了金門，運補越來越困難，全島的將士一天只吃兩頓。每一頓，我都挾好飯菜，先拿去祭拜義哥。拜完，再蹲去角落吃掉。既沒浪費物資，又同吃一碗飯……」

大恩大德已無法言謝了，秀麗只淒然的對連登頷首，內斂的眼神，讓所有的人都心酸。

「後來呢？阿義他何時出草葬？如何送火化、回臺灣的？」

「這……」連登遲疑了。講？不講？都好痛！

「義嫂，妳聽我說：血戰四十四天後，才改為『單打雙不打』，我和義哥這一梯次，也沒剩幾粒饅頭可數了。唉！做兵兩年，比兩百年久長，一場夢呀！……」

「夠！你嘛講重點。囉哩囉嗦，一隻闊嘴嗷嗷唸，秀麗哪有心情聽！」美雲干涉了，完全是老婆管丈夫的霸氣。

「妳就讓連登兄慢慢講，勿要催啦！」

「真正若做夢……」靈堂內，煙霧幽幽，連登的語調和神情都迷濛了。

——那一天，雙數日，又是星期天。門對門的金門與廈門、砲打砲的大砲和小砲，全都沒了火氣，陸、海、空有了短暫的寧靜。

單數日砲火下不能辦的事，全要在雙數日完成。弟兄們天未亮就出勤務去了。連登享有難得的「特權」——休假。因為，再不到四十八小時，他就可以領退伍令了。

四下無人，他把神主牌、小鋁盒，擺在大石頭上，拿出了金門高粱，邀義哥喝一杯。烈酒下了肚腸，酒精跑進血液裡流竄，時空就亂突亂跳、扭來轉去，擊碎了原有的框架。

對面，他的義哥依舊高大英俊，笑出一口整齊的白牙。他們一下子才七八歲，在黑板下唸著日文的五十音；一下子，穿著稍嫌寬大的西米羅（西裝），在當新郎、伴郎；一下子，頂著毒太陽，在隆田訓練中心，喊立正、稍息、向後轉、齊步走；一下子，又跑到黑漆漆的甲板上，對著越離越遠的臺灣島大喊：「男子漢不怕上前線、上戰場，我們會回來，勝利的回來。」……

突然間，連登想起了照相館，想起了那個大聲唸：「人生幾回正青春？人生難得來金門」的老闆。

對！義哥，英俊斯文的義哥，曾經攝下了完整，沒有破碎！

念一轉，他就十萬火急的衝出碉堡、奔向山外。沒有車輛，只有思念。

比急行軍還要快的奔跑，跑入了市區。三條通的繁華，已被硝煙燻成了凋落的黃花。寫真館矗立在原地，記錄著昔日、也對照著荒涼。

透明的玻璃櫥窗內，瀟灑的義哥被高高掛著，嘴角彷彿蕩起了微笑：「連登呀！好里佳在，你沒忘。」

連登抽抽噎噎，講了一大串不清不楚的解釋。老闆收起了生意人的油滑，安安靜靜的聽；再慢條斯理的，從抽屜取出了黑色的緞帶，小心翼翼，替大相框綁出了兩條布流蘇；又在烈士的頭頂，開出了一朵黑花。

連登捧著兄弟，邁出了相館。老闆親自送出門來，深深的彎腰：「再見了，曾得義烈士，請安心的回臺灣，金門人永遠感謝您！」

從山外回去，仍然是步行，連登卻一點也不累。他叨叨絮絮軍中的大小事。兄弟倆是在散步、在談心。

走了走，快到前埔了。

絕對避不開那條斷腸路、那片傷心地的！連登只好橫了心：「義哥，我帶你去看你自己！」

走過山坳、重回慘烈！

這碧血橫飛的沙場，即使兩個多月過去了，仍留有砲擊後的殘鐵、焚燒後的焦黑。逼入眼睛耳朵的，全是那一日的慘烈。

往上爬，爬邊坡，登上去，一大片木麻黃，樹林下就是兄弟的草草埋身處。連登想再一次跪拜、再一次呼喚。只因為，那一天太慘、太痛、太悲愴了！義哥四散的魂魄來得及聚攏嗎？有跟回營區嗎？

到了！是這裡沒錯。

但——兩壟土墳怎消失了？怎變成了凹陷的土坑？前幾日有大雷雨，現還積著黃汪汪的泥水。

連登兩腿一軟，癱坐下地，霎那間，疲、痛、脹、麻爬滿了四肢，腦子裡一片嗡嗡聲，心也破了大窟窿：

「義哥！你們何時出草葬？你們到底去哪裡了？」

「咻～～咻～～呼喔～～咻～～呼喔～～」不停不歇的海風，颳得木麻黃渾身抖蕩。一樹樹濃綠的針葉，像一支支高亢的嗩吶，吹奏著蒼茫的輓歌。

還是要回營區的。連登把遺照哭成了千斤重；兩腳掌蹭著地面，像拖行鏽沉沉的鐵鍊。他沒有回碉堡，捧著兄弟，先去找排長、去問答案。

排長舉手、齊眉，向大相框裡的烈士，行了一個嚴肅的致敬禮。再用濃濃的大陸鄉音，讚美了連登的袍澤情深。接著，低下頭半天，不忍心看遺照、也不忍心看連登；兩片嘴唇瑟瑟吶吶的動，卻半天說不出一句話來。

無顏面對一死一生的部屬，排長只好轉過身子，開口了，聲音比北風還悲涼：

「火葬場的爐子早就被轟掉了……好多天前，停火的雙數日，弟兄們把鄭阿土、曾

得義，從草莽處挖出來，找一個空曠處，會同其他陣亡的烈士。二十個榮譽袋、二十位陣亡的弟兄，一層層堆疊在柴火上，淋了汽油，就一起……一起火化了……燒完，再把所有的骨灰，分成二十等份。找不到家的，安葬在金門；有家的，送回去臺灣……。」

白河家的靈堂，安安靜靜。

就因為太安靜了，香爐內的檀香末就有了聲音——絕望的、粉碎的、燒成灰燼的、散成輕煙的……每個聲音都驚天動地，刺傷耳膜，滴出鮮紅的血！

挺著

或許淚早已流乾、或許不得不心硬似鐵，秀麗還是低著頭，無風無浪。

許久，像過了一世紀那麼久，她終於抬起眼睛——兩窪清澈的深潭，無任何雜質、也望不見底：

「連登兄，請不要再對任何人提起。尤其是對……」

「我知，妳放心。不會的，絕對不會的。」這樣的劇痛，連登怎麼忍心講！尤其是對曾家二老。

秀麗迴轉過身子，深深凝望——相框裡，是自己的深閨夢裡人，他英挺如昔、真情如昨。相框前，一木盒子的忠骸、二十位烈魄。

慘烈到極致時，或許就有一點或一絲的圓滿。靈桌前，秀麗幽幽的跪下，緩緩的磕頭，一下又一下，足足十九個最敬禮。

「無緣大慈，同體大悲」——所有哲理的、堂皇的話，秀麗一句也不會說；她只是恭恭敬敬的磕頭，一下又一下。至親至愛與陌生人，雖然大大的不同，但是，一樣是陣亡在金門、一樣是回歸來臺灣的，就沒有甚麼差別。何況，丈夫的魂魄，天上地下，都不會孤獨無伴了。

磕滿了第十九下，秀麗真的釋然了。她原諒風雨飄搖、國難當頭時，軍方許許多多的「便宜行事」。她向丈夫及十九位烈士承諾，往後的清明掃墓、四時祭祀，曾家一定盡禮盡責，不廢不缺。

天緩緩在亮，最後的團圓在消失。里長伯公也來了，永別的儀式，就要啟動了。

靈堂外，來了許多弔唁的親友。庄腳人大鳴大放的嗓門全壓低了、粗獷的動作也變細膩了。只因為，今天要送別的阿義，是曾家的兒子、也是他們的子弟或兄弟。

請來的樂隊，演奏著一曲又一曲的哀樂。在無數個「來賓獻花、獻果、上香」、「家屬答謝」之後，二十八歲的秀麗，抱著兩歲多的阿坤；七歲多的阿水摟著骨灰盒；五歲的阿煌捧著遺照，緩緩的走出了告別式的靈堂。

街坊親友，自動又肅穆的跟在後面，一路殷殷相送、淒淒道別。

送到了村庄口，是孝眷與賓眾分別的地點了。披麻帶孝的母子，在老伯公的指引下，轉身跪別，俯身拜謝，懇辭再相送。

老老少少都掩面落淚了，既哭永遠上路的阿義，也哭孑然的孤兒寡母。

往墓仔埔的土石路蜿蜒又坎坷。十二月天，寒風似冰鑽，刺在臉頰、也扎入心底。白色的喪幡被吹得颯颯響；淚水灑成了綿綿冬雨。秀麗攜著三個孤兒，一步步踏向前。

她的背脊，始終挺著，很直很直的挺著。

展翅

小猴兒也是挺著背脊，聽完了阿罵口述的家史。

往事不是風，是一記記重鎚。撞擊的力道猛又強，小猴兒只能承受，無力思考，甚至來不及傷感。

阿爸就不同了，他沒帶手帕，也是用手背去抹眼淚，越抹越狂流。小猴兒覺得眼前哀哀流淚的男人，不是創立八二三遺族勵進會的會長、不是怒責官員的槓子頭；是捧著二十分之一親父骨灰的阿水；是抱著親父遺照的阿煌；更是阿罵緊緊摟在懷裡的阿坤。

半個世紀滑走了，多少往事抵抗得了歲月？在鼓勵遺忘歷史、漠視創傷的年代，再多的刻骨銘心，會不會都褪色了？小猴兒黯然，緊緊倚偎著阿罵，感受到老人家全身蒸騰的熱氣、以及肩頭微微的顫慄。

她幽幽想著：是甚麼力量？可以讓阿罵從二十八歲堅持到八十多歲！是甚麼信念？可以把一門孤寡撐成了枝繁葉茂！

是的，從小到大，她報出曾家名號時，嗓門都很大、頭都抬很高、腰也挺很直。因為，她的阿罵永遠風趣、慷慨，人見人愛；她有一幫人多勢不小的至親：大伯住在外地，過年過節一定攜兒牽孫、拎著大包小包，回來老三合院。三叔雖然走得早，三嬸的四個小孩，不管姓不姓曾，全都是阿罵的心頭肉、自己的堂兄弟姐妹。

人世間有很多會變的，也有很多不會變的吧！星光燦爛中，小猴兒看著阿罵，微微笑了。

「阿母，會累否？咱們行有夠久、行有夠遠了。」大男人止住了淚水，擔心起阿母，聲音卻還是哽咽的。

「是呀！行有夠久、有夠遠了！」阿罵也抬起頭，看向繁星閃爍的夜空。啊！氣氛怎能被哀傷籠罩？傷痛怎麼可以盤據？那絕不是曾家人的習慣。

於是，阿罵開始抱怨起腳痠、腿脹、腰骨疼了。

小猴兒立馬彎下腰、撅起屁股，大聲嚷：「哼！說甚麼『老骨硬鏗鏗、老皮不透風』，原來攏是假的。好啦！好啦！我來揹，揹阿罵您回去紅眠床啦！」

阿罵往她屁股揍了一記鐵沙掌：「免！免假好心，糟蹋我老大人。想揹我？嘿！『三斤貓想要咬四斤老鼠』，還早咧！」

爸爸也起鬨，用食指戳小猴兒的額頭：「妳喔！就是：『膨風水蛙刣無肉』！」

祖孫三代嬉鬧著，在一片蟲聲、蛙聲、蟬聲中，走回了老三合院。

但是，回憶揭開了太多，每顆心都還洶湧著巨浪。走進了客廳，阿罵把牆上的阿公請了下來，抱在胸前：

「阿煌：我已經打電話和你連登叔、美雲嬸聯絡好了。後天，送曉荷去桃園機場上飛機後，咱就去找他們。」

「好！他們搬去臺北，也真久無見面了。」

「你阿爸在金門時，曾經對你連登叔說：『等六十年的「鑽石婚」一到，咱兩對八十多歲的老新人，再作夥去合攝一張結婚相片。』」

「哇咧！阿罵，讚喔！您是要摟著阿公，和連登叔公、美雲嬸婆，一起攝結婚相片喔！」小猴兒一陣陣心痛，但習慣性用搞笑來表達。

「是呀！既然是妳阿公的願望，就要把它變成真的。」

「阿罵，您跟我一樣愛哭。攝像時，會不會把臉上的妝都哭花了？若變得醜醜的！我的緣投阿公，一定會嫌您、笑您。」小猴兒幾乎看到那美好又殘缺的鏡頭了。

「不！當然不會哭。妳的阿罵我呀！會從頭到尾，笑咪咪又水噹噹！」

「阿罵，您想要畫啥模樣的新娘妝？清新派的？狂野派的？還有，要穿啥款式的禮服？古早式的？現代版的？」面對一陣陣來襲的悲涼，小猴兒只能繼續用玩笑來閃躲。

阿罵卻是一臉的霽風朗月：「我已經親手做好一領紅色的旗袍囉！不只新娘衫做好了；也去金仔店，打了一條金項鍊，要代替妳的阿公送給我這個『頭毛白蒼蒼，辛苦一世人』的老牽手了。」

阿罵從口袋裡掏出了一條項鍊，心型的墜子亮閃閃。

「阿罵，阿公的每一句話，您……您都記牢牢？」小猴兒哽咽了，不得不投降。

「是呀，其實也沒有特別去想、特別去記，就是每一句都忘不了。何況，妳的阿公也一直……一直無離開呀！」

「阿罵……」淚水攔不住，直接潰堤了。不只是小猴兒，身邊的爸爸也一樣。

「憨查某鬼仔咧！勿要哭！勿要哭！出國去，若還這麼愛哭就慘了。」阿罵摟著孫女，又拍肩膀、又撫頭髮的。

「講到出國，阿罵有一件禮物要送給妳。來！……」老人家好像全都計劃好了。接著，阿罵彎低脖子，取下了那一隻藏在衣服、戴在胸口的懷錶。仔仔細細的端詳著，檢查了不停不歇的時針與秒針，又附耳聽了聽滴！答！滴！答！的穩健節奏。她眉心舒展、嘴角微微揚起了：

「阿煌、曉荷，聽我講了一大堆咱曾家的故事。你們父女很想問一個問題，對不對？」

「無，無啥問題！」

「是呀！沒啥想要問的呀！」

父女倆急急掩飾。他們是怕，害怕一個不小心，就會在整個家族的新傷舊痛裡，撒上了大把小把的鹽巴。

阿罵慧黠的眼眸閃著體諒，一條條皺紋又跳起了華爾滋。很優雅的，她緩緩打開了懷錶的夾層，現出了小小的紅紙。紅紙裡面包的幾小片指甲、一小綹髮絲，就是父女們想問的問題、想要的解答了。

是乍見至親的激動，也是失怙五十多年的辛酸。爸爸立刻跪了下去。半個多世紀後的父子重逢，有欣然、也有悲摧！

小猴兒當然也跪下，隨著阿爸。淚流滿面的她，腦海裡呈現的，是阿公與連登叔公義薄雲天的情義。她也明白了，阿公雖然已經不在，卻是無所不在——不只掛在客廳的牆上；存在木盒子的二十分之一；也伴著滴答的聲音，日夜旋繞在阿媽的胸前。

阿罵扶起了父女。祖孫三代都靜默無聲。靜默中，卻匯流著千言萬語。

阿罵把紅紙、紅紙裡的阿公，從懷錶裡取了出來，再小心翼翼的移放到新項鍊中。合起了心型的墜子。她代替丈夫為自己深情款款的戴上。

扣好了，嚴嚴實實戴好了，阿罵笑了，滿心歡喜的交待兒子：「要記得喔！以後無論用甚麼方式送我離開。我都要戴著這條項鍊。有聽到無？」

「是，阿母！您放心。」淚流滿面的兒子，恭恭敬敬承接了這個囑咐。

「來！曉荷，阿公、阿罵的懷錶送給妳。」阿罵把禮物放進小猴兒的手心。「妳從小聽著它的滴答聲長大。就讓它陪妳飛出去，去看看全世界吧！」

夜慢慢深了，桂花香、泥土味，伴隨著聒噪的蟲唧蛙鳴，圍繞著老三合院。紅眠床上，阿罵睡得很深很沉了。勻稱的呼吸綿細又悠長；滿頭的霜雪，依舊飄漫著無患子的清香。

小猴兒還是伸出胳臂，隔著棉被去摟抱阿罵。阿罵也按照多年的習慣，喃喃拍撫著孫女。

小猴兒深信，展翅後的自己，或許會在花都巴黎尋覓愛情；在奧斯維辛集中營裡落淚；在諾曼地大登陸的沙灘憑弔；在愛丁堡的戲劇節裡演戲、看戲……。

不管是平順、是挫敗，阿罵——她最親愛的阿罵，都會在開滿紅蕖、白蓮花的池塘邊，不斷的發功運氣。

阿罵綿綿不盡的內力，絕對可以呼嘯起大西洋的海潮、喚醒阿爾卑斯山的翠綠，再化成一渠渠清涼的泉水，滴她、浸她、解渴她，調節她生命的步調、冷熱的體溫。

小猴兒戴著懷錶，聆聽它永恆的滴答聲，也安心的走進夢鄉。

夢裡，繁花燦爛，景象萬千，小猴兒開開心心的笑了！

▲阿罵與小猴兒合影。

▲九十一歲的曾張秀麗女士手捧丈夫曾得義烈士的遺照。

▲二〇二〇年曾張秀麗女士接受王瓊玲專訪。

▲曾張秀麗、曾錦煌（左一）母子與曾得義烈士的袍澤李連招（左三）、連登章（左四）合影。

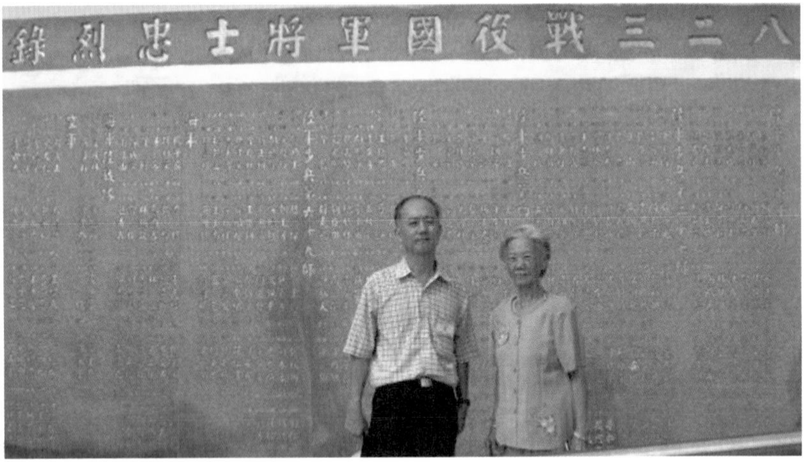

▲曾張秀麗、曾錦煌母子在金門。

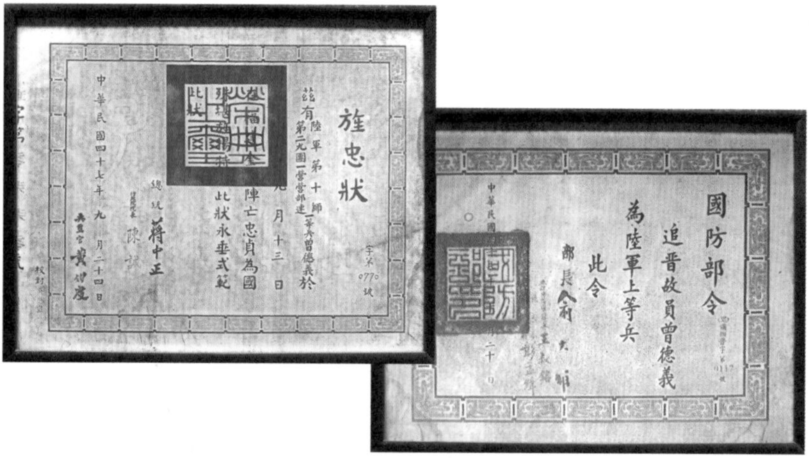
旌忠狀
茲有陸軍第十師
九月十三日
陣亡忠貞為國
此狀永垂式範
總統 蔣中正
中華民國四十七年九月二十四日
國防部令
追晉故員曾德義
為陸軍上等兵
此令
部長 俞大維

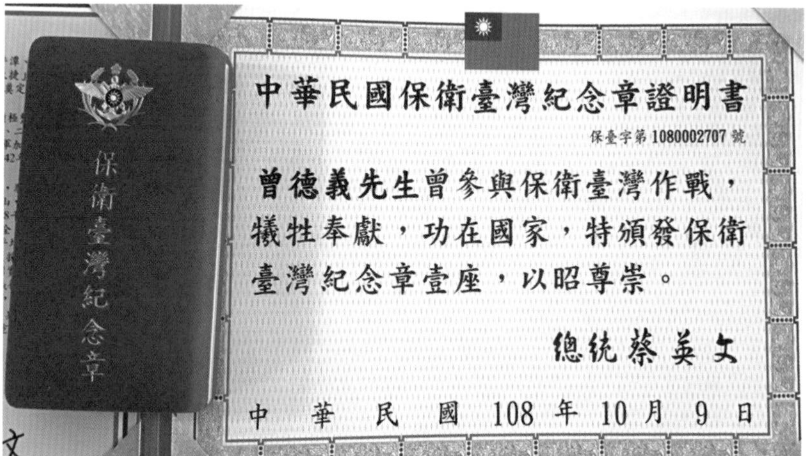
保衛臺灣紀念章
中華民國保衛臺灣紀念章證明書
保臺字第 1080002707 號
曾德義先生曾參與保衛臺灣作戰，
犧牲奉獻，功在國家，特頒發保衛
臺灣紀念章壹座，以昭尊崇。
總統蔡英文
中 華 民 國 108 年 10 月 9 日

▲曾家的牆上，掛著國家元首、行政院院長頒贈的「旌忠狀」。

活在刀口下的女人

——八二三遺孀陳賴玉昭訪問記

我叫玉昭，
名字對應了人生——
「昭」就是日日活在刀口下，
還要時時被「玉」石來磨。

打開生命的封印

十二月初，清晨，微涼。

南臺灣的樹木沒枯沒黃，不管是外來品種的黃花風鈴木、阿勃勒、黑板樹、小葉欖仁；或是本島原生的楓香、樟樹、肖楠、苦楝、臺灣欒樹，都還是堅持著一身綠，直直挺著，一排接一排、一列續一列，頑固又盡責，立正在大馬路旁，像是對天地立誓，要保家衛國的阿兵哥。

車流莽莽，心念悠悠！

坐在車上的才三個人：我、剛從軍中退伍的姪兒王安民、八二三烈士遺族勵進會創會會長曾錦煌大哥。我們也全副武裝：腳架、錄影機、照相機、記憶卡、紙筆簿本、電腦、手機……一應俱全。

是的，我們要去嘉義市，去記錄史實、訪問遺孀。

出這趟任務的困難點，不在於艱辛，在於內心的酸楚與迷惘。

——「八二三臺海戰役」陣亡烈士的遺族，起初臺灣共有二百多戶；如今，只剩約二十位遺孀，每一位都超過八九十歲的高齡了。

八九十歲的老嫗，失去丈夫已超過六十年。

歲月悠悠忽忽，一甲子的「風刀霜劍嚴相逼」，怎可能「回首向來蕭瑟處，也無風雨也無晴」？

六十多年前，她們一個個也才二十歲左右，哪一個不是風華正盛？哪一個不是玉貌綺年？然而，命運硬生生掐死了青春、砲火轟隆隆把她們炸成了寡婦。近兩百位無辜的女子，也全嘩啦啦的掉進了煉獄，承受了人世間的千瘡百孔。

那樣慘烈的烽火、那樣窒息的禮教！「烈女不嫁二夫」的醬缸文化，可曾澆熄了微微燃起的愛情火苗？「好馬不配兩鞍」的卑劣思想，是否淩虐了薄弱的第二春？

還有——若是選擇生下了遺腹子，死命的想要箍住一個家，不許它分崩離析。那麼，現實的摧折、歲月的漫長，「千刀萬剮一身受」的人生，她們是如何的承當？

不管是本性的強韌也罷？後天的苦撐也罷？風狂雨暴的人間路，她們都顛顛頓頓的走過來了，足足走了六十幾個春、夏、秋、冬！

多少往事，撕肝裂肺；多少痛楚，腐心又蝕骨。她們會不會不堪回首？家人會不會不敢提及？而我，會不會不忍心提問？

這麼一來，一切都將被深深掩埋了。埋進了記憶的陶甕，再密匝匝的壓住甕口，牢牢實實的蓋上封印。

埋深了、藏久了，會不會就無聲無息了？很多人也就認定——她們不傷不痛了！

於是，這僅剩的二十位，二十位兵燹見證人、烽火受難者，就只能對著歷史笑一笑，用飽滿滄桑的眼神說：

你們記得——也好；忘掉了——也無妨！

忘掉了，真的就算了？也無妨了嗎？

多少個失眠的長夜，我一圈一圈的繞室徘徊、一遍一遍詢問自己：同為女兒身，我怎麼能夠狠下心腸——去闃黑的屋角，搬出滿佈塵埃的陶甕、去揭開記憶的封印？去凝視生命的創痛？再摩拳擦掌去撰寫他人家族的哀哀慘傷？

何況，我也絲毫提不出、編不了——一定必須做、不能不做。做了，歷史就會記得；歷史記得，就是對人類有意義的任何理由。

更何況，「**歷史給人類的唯一教訓是：歷史不會成為教訓！**」

……這麼一來，我們三個笨蛋，孜孜矻矻在幹甚麼傻事？有必要嗎？

不管有沒有必要？車子開得很平、很順，遺孀陳賴玉昭的家到了。

我的心狠狠一橫，咬緊牙根。不管了！

是的，不管了！先訪問、先記錄、先寫下去。

一切，做了，再說！

一切，也留予後人說！

愛讀川端康成的女子

陳家——不算太大的公寓，屋裡屋外，全是簡單與淳樸。

一聲聲的「歡迎」、「請入來坐」、「感恩」、「勞力妳了！」熱切又溫柔的聲音，來自站在門口的八二三戰爭遺孀——已屆九十高齡的陳賴玉昭女士。

玉昭媽媽滿頭銀白髮絲、穿著灰黑色外套，一身洋溢著日式教養的嚴謹與熱誠。

她的大兒子——陳耀東，我喊他陳大哥。七十歲了，和母親一樣，也滿頭落雪又覆霜了。但是，下巴瘦尖，臉部稜線分明，暗褐色發亮的皮膚、沒發福的腰圍，展現出剛毅男子的挺拔。

見我打量著戰火遺孤，玉昭媽媽幽幽的說：「耀東和他阿爸生做一模一樣，是同一個模子印出來的。」

我心顫動了，一陣陣恍惚，也一股股鼻酸——啊！那個二十九歲就在金門陣亡的戰士。這六十多年來，是不是飛越千山萬水，打破生死相隔、陰陽阻絕，透過長得一模一樣的兒子，間接又鮮明的活了下來？活在南臺灣的嘉義？活在阿里山鐵路旁的家園？活在老母、寡妻、孤兒、遺腹女的凝視中、思念裡？

入了屋，坐定。

桌上幾杯阿里山茶，氤氳出絲絲裊裊的熱煙、好似向空氣伸出手指，撥動一根根心

▲二〇二〇年，陳賴玉昭與陳耀東母子接受王瓊玲專訪時的神情。

絃：挑、壓、撫、揉、按、剔、揚……有激越高亢、也有嗚咽瘖啞。那琴聲、那曲音、那抵死不捨的纏綿，怎只是莊生曉夢迷蝴蝶的幻境？又豈是一絃一柱思華年的悲涼？

我低頭啜飲著嚴寒淬鍊、歲月發酵、再被高溫沖浸出來的瓊漿玉液。那多層次的喉韻，彷彿是陳家三四代跋涉過的人生。

但是，要揭開生命的封印，仍是戰慄！仍是惶惑！談何容易呀？

我先壓住心頭竄流的波濤，對玉昭媽媽說出了真誠的讚美。讚美她皮膚光潔細滑，一點老人瘢都沒有。

她耳朵有些重聽，眼神傳出了迷惑。我抬高音量，重複說了好幾遍，加上陳大哥附在她耳邊轉述。她才搖搖手，靦腆的笑了：「無啦！無啦！老囉！」九十多歲的嘴角，隱隱閃現少女的嬌羞。

陳大哥也笑了，是高昂的喜悅：「媽媽年輕時候，可是村子裡有名的美人哪！又讀過六年書，是日本公學校的正牌畢業生。」

「哇！多不容易呀！」我再一次驚呼、讚歎，因為面對著天生的麗質、嚴謹的教養，以及一甲子風霜的洗禮。

「多謝王教授無棄嫌，辛辛苦苦來採訪。不過，我真正是老囉！兩邊耳朵聽不清楚，一隻嘴巴就講不明白。一切，妳問耀東就好。伊是長子兼大兄，厝內厝外、大大小小每件事項，他都清楚。問伊，就勿會有差池。」謙恭溫柔的玉昭媽媽，把發言權轉移給兒子。

陳大哥成了一整個烈士遺族的代言人了。

「生活艱困，再加上日本統治，當時臺灣女孩能夠念書的，實在少之又少。」代言人沙啞中帶著感慨。

「是的。想念書，不如先唸阿彌陀佛！祈求不要當養女、被毒打。」我嘟囔著，腦海裡閃過好幾個受虐的身影，其中，包含我至親至愛的老媽媽。

陳大哥轉過頭，凝視身旁沉默的母親：「外祖父姓賴，總共生了四女三男，不知道為甚麼，就只單單讓我媽媽去上學、讀日本書？」

「可能是玉昭媽媽最聰明、最漂亮，又是小么女，最得人疼惜吧！」

距今超過八十多年了，古老的往事難追又難覓，一切都只能臆測。眼前的玉昭媽媽繼續沉默著，一雙眼眸迷迷濛濛，彷彿正游離在廣漠浩瀚的時空，懷念著對她偏心的「多桑」與「卡桑」。

「但是，讀完六年書，還是只能赤著雙腳下田插秧、用磨出硬繭的肩膀去挑重擔。後來，臺灣『光復』了，政府嚴禁百姓繼續使用日文日語。不懂北京話及方塊字的人，跟沒念書的文盲，也沒有甚麼兩樣。」陳大哥的感慨加深了。

我也傷感起來：「是呀！我老媽媽只讀了三年的民教班，就代表嘉義郡出征，勇奪全臺南州日語演講比賽的亞軍。但是，日本人戰敗，『遠揚』回去了。改了朝、換了代。她身分證背面的教育程度欄位，從此，被標寫三個字——『不識字』。」

舊事茫茫邈邈，雖然都已經隨風而逝。但是，為人子女者，總忍不住為那個混亂的時代痛心、為自己的母親抱不平。

「我媽媽喜歡歷史與文學。日本戰國三傑：德川家康、豐臣秀吉、織田信長的故事，都熟悉到不得了。她又喜愛閱讀小說，川端康成寫的《伊豆舞孃》、《古都》、《雪國》，她熟到可以背誦。夜晚，在她不是很累的時候，就變成我們兄弟的床邊故事。不過……父親陣亡以後，她就很少有不忙不累的時候了。」陳大哥啜飲一口清香，平平靜靜說著。

身為聽眾的我，卻是心難靜、意難平。一股暗暗的熱流，悄悄往我眼眶衝，鼻子也漸漸酸了——一個熱愛川端康成、德川家康，溫柔又婉約的女子，緣何生在亂世？臺海的八二三戰役，漫天砲火所奪走的，豈只是她的丈夫而已！

不能讓熱淚氾濫出眼眶！我強迫自己冷卻，集中到採訪的正題：「陳爸爸、玉昭媽媽，是自由戀愛結婚的嗎？」

「哪有可能？是媒人婆牽紅線，硬要撮合我與耀東他阿爸的！」沒想到玉昭媽媽搶答得很急切，急切到讓在場的每張臉，都泛起了笑意。

負責攝影錄像的王安民，對我頑皮的眨眨眼，意思是警告：「這位老阿嬤的耳膜，是會自由打開與關閉的。她那麼優雅細緻，妳粗野慣了，千萬別再大剌剌，口出狂言！」

而其他人卻相視一笑，有了共同的看法：老人家的聽力時好時壞，往往會選在最關鍵的時刻，聽得真切、答得一針見血。

「喔！我爸媽結婚，是規規矩矩，說親做媒來的。一點也沒錯。」

陳大哥大力聲援了母親。因為，七十多年前，自由戀愛與洪水猛獸劃等號。父母之命、媒妁之言，是婚姻不可冒犯的天條。

「長得好看、讀過書、又會種地、挑擔的女子，當然是理想的媳婦人選，許多不錯的家庭都派人來求親。」

我偷偷瞄一下玉昭媽媽。愜意安詳的她，似乎又關閉起耳膜，神遊她的個人世界去了。

「我外祖父母不知為甚麼，單單相中了陳家的獨子？還答應讓他找機會，偷偷瞧一下我媽媽的長相。」

「玉昭媽媽知道這事嗎？她願意被男方偷看嗎？」

「媽媽說她一聽到陳家是『獨母、孤子』，心裡就很猶豫，甚至很抗拒。她覺得：『那種家庭的「飯斗」太沉重了，捧不起的呀！』」

我納悶了：「『獨母、孤子』是啥意思？我不懂！」

「喔！我祖母名叫陳旬，立誓終身不婚。她收養一男嬰，撫養成人，就是我爸爸：陳茂根。」

「啥！真的？」我有被雷電打到的驚嚇——九十多年前，就有女子敢這麼特立獨行？真、真……啊！找不到恰當的形容詞，只能說：真令人刮目相看呀！

「但是，女孩兒家再怎麼抗拒，也拗不過自己『多桑』、『卡桑』的決定。」陳大哥的口氣中，有了些許的不平與疼惜。

「所以咧！玉昭媽媽就暗暗被偷看？乖乖嫁出去了？」

「不、不！才十八歲的她，有做一次堅定又強烈的反抗。」

「是嘛？怎麼反抗？」我全身細胞都繃緊了。王安民那小子也離開攝影機，歪探出半個腦袋瓜，瞪大眼珠、豎直了兩片耳朵。

「那一天，媽媽知道獨母與孤子，就等在半路要偷看她。而她又不得不挑兩大籮筐的白菜去市場交貨。所以，她故意壓低斗笠，綁緊花頭巾，約好一大群女伴同行。暗示著她對婚事不情不願，期待陳家知難而退。」

「結果？結果咧？」在場的人都急急發問了。

「結果：一陣風吹來，獨獨掀飛了我母親一個人的斗笠，也決定了她未來的一生。」

如此，一陣風，連結著十年夫妻、六十多年的椎心泣血。這一切究竟是緣起？是命定？最終是後悔？是無怨？大家不忍猜想，也不敢歎息，都低頭沉默了。

只有玉昭媽媽眼尾的皺紋舒展著，像兩朵玉蘭花幽幽綻放。那一雙飽經滄桑的眼眸，含露欲滴！一點也不迷濛，是帶著點醉意的。

不纏

「媽媽嫁過來之後，才發現陳家還有一個養女，也就是我姑姑，名叫『陳不纏』。」

陳大哥繼續說著。

攝影機後面的王安民「噗嗤！」一聲，偷偷笑了。也難怪！少不更事的年輕人，乍聽到這麼好玩的名字。

「『不纏』——是我姑姑一出生就被取的名字。意思是警告紅嬰仔：要怨，就去怨天；要恨，就去恨地。誰教妳是女兒身！妳一生下來，就是擺明不可以疼、不可以愛；註定要送別人家、當陌生人的養女。把妳的名字取為『不纏』，就是警告妳——不可以跟親生父母葛葛纏，不可以難斷又難離。」

陳大哥道出名字的由來，大家一陣黯然。

是呀！貧賤夫妻百事哀！人心是肉做的，若不是被生活逼迫，怎捨得將親骨肉送人！若非萬般牽掛，又怎會取名「不纏」來警示自己也告戒女嬰！越是堅定的割捨、殘忍的遏止，越顯示出內在的痛楚、排山倒海的思念。

「我祖母決定要領養姑姑時，親自奉上了米、糖、銀錢給那對貧苦的夫妻，再鄭重的揹小女嬰回家。接著，焚香祭告列祖列宗：『我陳旬，雖然沒懷伊、生伊，但是卻會養伊、育伊、惜伊惜入心肝底。「不纏」跟了我這個阿母，改姓陳之後，就會有人愛、有人疼、有人惜命命了』。陳大哥把牆上祖母的照片，慎重的請了下來，捧在胸口。

我凝望著相框裡的奇女子。泛黃的滄桑中，豐潤的嘴唇緊緊抿著。遙想九十多年前，她吐露的心聲，必定是一諾千金的。

「很多人以為：我祖母收養了一個養子、一個養女，是要讓兩個人送作堆，圓房成一家。」

「是呀！古早的年代，那是省嫁妝、免聘金，又避免婆媳惡鬥的如意算盤！」我點頭如搗蒜。

「但是，我祖母有氣魄、有肩膀。她說：『養子娶媳婦、養女招夫婿。我雖然沒生一男半女，但是，絕對要讓陳家的香火，大興大旺！』」

「陳旬阿嬤為甚麼不結婚？生自己的親骨肉？」我把滿腹的疑問直接問出口。

「祖母家境窮困，人丁單薄，本來有一位兄長，年紀輕輕就去磚窯廠做苦力，替人趕牛車，運磚送瓦。

有一天傍晚，因為太勞累，他不知不覺在牛車上睡沉了。老牛不識路，走呀走的，竟把牛車拉到野地的墓仔埔去。烏漆嘛黑中，他醒了，摸來撞去，全都是墓碑以及裝死人骨頭的金斗甕，驚嚇到魂飛魄散。天亮回家後，沒幾天就一病而亡了。

他的母親——我的阿祖，也因為此事，哭到眼睛全瞎。」

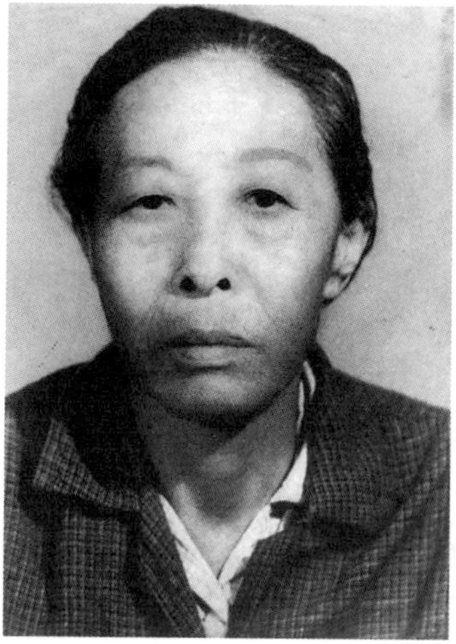

▲幼年喪父喪兄、終身不婚不嫁、一生不哭不笑，連過世時也不躺下的陳旬女士。

▲陳耀東的曾祖母張燕女士，因喪子而哭到眼睛全盲。

啊！我懂了——唯一的兄長早死；陳旬阿嬤必須傳宗接代、照顧瞎眼的老母。因此，她不能出嫁：一出嫁，母親就會變成被人輕蔑欺負的「老拖油瓶」；生下的孩子也是夫家的，不能姓陳，傳陳家的香火；另外，她也很難招贅到丈夫，因為家貧，了無恆產。

於是，青春綺貌的她，摒棄了世俗的婚姻，選擇了一輩子獨守空閨；更決定要用獨木，撐造起大廈。

「為了杜絕不婚所引發的大小麻煩，我祖母刻意把自己變成男人——她抽菸、嚼檳榔，大開大闔，開啟豪邁壯闊的人生。她做工，先積攢了一些錢；再用極低的價錢，陸續購買馬路旁邊，既容易遭小偷光顧、又常常被雞、鴨、牛、狗糟蹋的田地。那些全都屬於『不良』的田地。但是祖母有眼光、有魄力，膽敢『人棄我取』。後來，『不良』轉變為『優良』。祖母真的扭轉了衰頹的家業。」

「讚呀！正港的女中豪傑。」讚歎聲大大響起。

「但是，我祖母永遠不笑，一輩子都繃緊著一張臉。真的！我當她的親孫子，卻從來沒看她笑過。微笑、大笑，全都沒有過！」

我深深端詳著陳旬阿嬤的照片——儘管斑褐滄桑的影中人，已不是如花美眷；似水的流年，也模糊了她一臉的霜寒。但是，我忍不住痴痴懷想：倘若呀倘若！倘若——歲月能夠靜好、現世可以安穩，沒有八二三砲戰，沒有生離、沒有死別……那麼，這一位「不識字」卻「識實務」的臺灣奇女子，將會開創甚麼樣的人生奇蹟？創建甚麼樣的事業版圖？

十年旖旎

「陳旬祖母常常誇讚自己『好目色』：眼光準、會挑人——挑了一個『宜男』的好媳婦。

也真的一點都不假！母親嫁過來之後，一口氣替陳家添了四個男丁。不纏姑姑也招贅了夫婿，生下了一子二女。一大群孫子在祖母面前竄來跑去，打打鬧鬧。命運坎坷的陳家，終於開枝散葉，不再淒冷蕭條了。」

「陳大哥，您父親也務農嗎？」我問。

「不！不是。爸爸大媽媽一歲，也是日本公學校畢業的。他考上了臺灣省農林廳林產管理局阿里山鐵道的『機關部』。」

「哇！太厲害了。終戰後的那幾年，土生土長的臺灣人要進公家部門，簡直跟登天一樣困難！」

「嗯！那時期的臺灣，雖然嚴格的推行『去日化』、『去臺化』。但是，再怎麼排日、抑臺，還是需要看得懂日文說明書的臺灣人，來維修高山鐵路、蒸氣火車的。」陳大哥緩緩的語調，觸及了時代的大荒謬。

我也驀然想起：好久好久，未解嚴之前，小小學童沒遮沒攔的嘴巴裡，若一不小心，冒出一兩句臺語或客語，就要被罰一塊錢；升旗典禮時，胸前還要掛一張「我不再說方言」的牌子，罰站在操場旁。也因為「國語政策」太雷厲風行了，導致現在的母語文化逐漸凋零，惡果纍纍，終於體察到：「臺語：好比已經被送入了加護病房。客語：已經在急救，做CPR。原住民語言更慘：幾乎已經在安寧病房了。」的慘境。

「陳大哥，您是長子，與父親相處的時間最久。您最深刻的印象是甚麼？」再次導入訪談的正題，我還是有些遲疑，畢竟那是三代人最痛楚的往事。

「唉！八歲多就失去他了，怎能算久？三個弟弟更可憐：六歲、四歲、一歲多，就變成了孤兒。妹妹更不用說，在媽媽肚子裡才幾個月，一生一世，無緣見到親生爸爸。」

我偷瞄了一下玉昭媽媽。老人家沉默著，不知她現在耳膜是開？是閉？是否仍駐留在風掀斗笠之後，十年夫妻的旖旎風光？

「我只記得：爸爸的藍灰色鐵道局制服，永遠被媽媽用火炭老熨斗熨得平整又筆挺。每天早上，在門口玄關處，媽媽會跪低了身子，親手替爸爸繫上鞋帶，送他出門上班。」

這一幕——純日本式的夫妻深情，在大大小小電影、電視的螢幕中，上演過千千萬萬遍，但是，卻從沒有這麼樣的溫馨，也這麼樣的讓人椎心。眼前的寡母與孤子，皆已鬢髮蒼蒼，失去最親愛的人六十多年了。風霜雪雨或許可以凌虐生命，卻澆不熄記憶的火苗！

「我也永遠記得：從前的老房子有個大院子，大院子外面，是一畦又一畦的菜圃。按照春、夏、秋、冬四季，種不同的蔬菜，結不同的瓜果。下班了，爸爸沿著阿里山鐵道的鐵軌，走路回家。背後的夕陽像顆大紅球，映照他一身金光。他推開竹籬笆門，走進玄關；他拉上紙門，換上粗布舊衫褲……他屈蹲下膝蓋，用肩膀挑起了竹扁擔；他赤著兩隻大腳丫，扛挑著兩大木桶的水肥……他搖搖晃晃去菜園子裡。他用長木棍綁著杓子，一杓又一杓的『渥肥』……。」

冷靜的陳大哥，述說了一連串的「他」之後，聲音還是哽住了。

我筆停了、淚珠滴到筆記本上，寫不出任何一個字。同行的八二三烈士遺孤曾錦煌大哥，也靜靜的掏出了手帕，擦了擦眼睛。

「那個時候，才五、六歲的我，覺得爸爸很高、很大；斜斜的夕陽，把他的影子拉得更高、更大。『渥肥』是很粗重的農事，他從來不肯讓媽媽做。為了防止水肥溢灑出來，弄髒地面，他會先揉了揉兩把枯稻稈，鋪在木桶的水肥上面……爸爸他是很聰明的。」

「臺語——是我們全家共用的語言。但是，爸爸、媽媽私底下用日語交談。記憶中，他們在講日語時，聲音都很低、很柔、很好聽。」

我望著玉昭媽媽，游離在現實與幻境的她，眼裡蓄著晶瑩的淚光。

華麗句點

「有一天黃昏，才剛剛念小學的我，理著大光頭、打赤腳、穿卡其短褲，像平時一樣，蹲在竹籬笆下，卻眼巴巴望不到爸爸沿著阿里山鐵軌走回家。

祖母來了，揹著我最小的弟弟，用力抓住我胳膊，一把就把我拉起來：『阿東！你阿爸被調去做兵了。你做大兄的，要乖乖受教，勿要匪類，要做三個小弟的好模範。有聽到否？』」……我從來沒見到祖母笑過；其實，我也沒見她哭過。」

我抬起頭，看著相片裡緊抿著雙唇的老婦人，心裡又是一陣酸楚與錯愕：沒哭沒笑的人生，是甚麼況味？那千擊萬磨的歲月，陳旬阿嬤！您是如何一分一秒捱過的？

「玉昭媽媽呢？」

「我媽媽哭了，不停的啜泣……但是，她一手抹眼淚，一手拿起倚在牆腳的扁擔，用單薄的肩膀，挑起兩大木桶的水肥，搖搖晃晃，去菜圃裡『渥肥』了。」

就這樣，十年旖旎，結束在一紙紅色徵兵單上？

一家的支柱，二十九歲、生了四個兒子的陳茂根，入伍去了。

女人，無論是老是少、哭或不哭，都只能承受。

「陳大哥，您就再也沒見過父親了嗎？」

「耀東伊阿爸有回來過一次。」玉昭媽媽又搶答了。

我驀然抬起頭，與九十多歲似深邃、似迷離、又款款真情的眼眸相對望。透過女人天生的敏銳直覺、忘年之交的心靈密語，我頃刻明白：十年的旖旎風光，有了最華麗的句點。

——那一夜，入伍的丈夫回家來，她懷上了兩人一直期盼的小女兒。

隔天，或許是朝陽燦爛、或許是晨霧濛濛，二十八歲的少婦，再一次屈身伏跪，替丈夫繫好了征鞋，依依送他離去。

穿梭今昔的我，止不住淚濕眼睫；而玉昭媽媽嫣然一笑，對我輕輕頷首。

一切——不落言詮。

一切，我懂！她也知悉！

小團圓

「爸爸放假回家那次，我完全沒印象，可能是來去匆匆吧！」陳大哥努力蒐尋記憶的倉儲。但是，線索渺茫，如風中的微絲。

「我印象最深的事是——有一次，去軍營『面會』父親。懷孕大肚子的媽媽抱著小弟；我一手牽二弟、一手拉三弟。祖母兩手提著大包小包，煎的煮的，都是爸爸愛吃的。時節應該是夏天，我們全家都穿短袖，走很遠的路，去嘉義火車站，搭那種站站都停的臺鐵慢車，去到大林，再轉公車去中坑軍營。我把火車玻璃窗全打開，看著一棵棵綠樹向後倒退；迎著灌進來的強風，和弟弟們一起扯開喉嚨，鬼吼鬼叫。平時很兇的祖母，竟然沒喝阻我們。」

是呀！兩岸在火拼，金、馬、臺、澎，岌岌可危，能夠到戒備森嚴的軍營裡，老老小小團圓一下下，當然是歡天喜地，怎忍心責罵小孩。

「陳大哥，您對嘉義縣中坑軍營有印象嗎？」

「沒有！只記得一大片一大片的綠：樹綠、草綠、人也綠。環境很整潔。其他的，一概不記得了！

爸爸穿軍裝，按規定不能抱小孩。所以，他一直伸手去摸三個弟弟的臉和手，尤其是甜甜睡在媽媽懷裡的小弟耀森。至今，我仍然記得他撫摸的手勢和臉上的表情。」

「爸爸對身為長子的您，有交代或訓示甚麼話嗎？」

「不記得！真的忘了！忘了！……」

我不忍再追問。因為俯低頸子、垂下頭顱的陳大哥，淚珠正滴滴在墜落。

抬起臉時，他慘然笑了：「小孩子不懂事，只高興第一次坐火車，不知道是最後一次見爸爸！」

「陳大哥：您父親是甚麼時候，坐船移防去金門的？」

「唉！才八歲的我，怎麼可能知道！」

「民國四十七年，六月以後。」玉昭媽媽回答了，口氣非常堅定。

我耳朵一震，瞬間明白了。兩岸對峙時期，官方一再宣傳：「『匪諜』如水銀瀉地——無孔不入」。因此，軍隊移防到金門前線，是天大地大的機密，家屬一定是被蒙在鼓裡的。

然而，六十多年來，玉昭媽媽苦苦的追念，細細的抽絲剝繭。她推算、她猜測、她把零零碎碎的點，連接成清清楚楚的線。所以，由她口中說出來的答案，怎麼可能錯誤？

「耀東呀！你講那一張相片的事。」玉昭媽媽提醒兒子。

「喔！好！來！大家來看這張照片。」

陳大哥拿出一張全家福照片。普通大小，只有歲月的滄桑，沒有漫漶的痕跡。

「部隊移防金門之後，爸爸寄回來一封信。是他最後的一封！」

「信還在嗎？很重要。一定要拍錄下來！」田野調查做久了、影像拍多了，我的直覺變得相當敏銳，反應也超級直接。

「唉！父親陣亡後，媽媽天天對著那封信哭。我祖母就把信搶去藏起來。還狠狠的罵：『妳當阿母的，是要哭死肚子裡已經沒阿爸的嬰仔嗎？』

就這樣，信被沒收、被藏著。

藏著、藏著！八年之後，我祖母氣喘發作，半夜突然走了，來不及說出藏在哪裡。我們翻箱倒櫃，總是找不到。」

「啊！好可惜！」我驚呼，痛惜一件珍貴資料的遺失。

「再怎麼拼命找。找不到，就是找不到！」陳大哥又低下頭，他深深抱憾的，應該是今生今世見不到父親最後的親筆函吧！

「一定是耀東他阿嬤故意燒掉了。」玉昭媽媽呢喃出石破天驚的一句話。

「以前，我打死也不相信祖母會燒那封信。後來，慢慢的也覺得很有可能。為了讓大肚子，即將臨盆的媳婦停止哀慟，我那男人婆似的祖母絕對做得出來。」

天呀！偷偷燒掉兒子最後的筆墨，那個母親是抱著甚麼心情？下了甚麼決定？

「祖母一向有氣喘的老毛病。我十五六歲時，有次，她半夜發作，卻不忍叫醒累了一整天的媳婦，自己就搬了張藤椅坐著、撐著……第二天，媽媽端洗臉水進房間時，祖母她仍然端坐在椅子上，人卻已經冷了、走了……」

我是不及格的採訪者，再也忍不住了，藉口去洗手間，摀住臉，偷偷的哭。哭那位幼年喪父、喪兄；一生不婚、不嫁；終身不哭、不笑；甚至，連死亡時，都不肯躺下的臺灣女長輩。

退回的全家福

再次回到客廳，我已擦乾了眼淚，也調整好心情。

「最後一封信，寫了些甚麼？」開口發問時，我儘量壓住聲帶的悲愴。

「那一張『批信』，是用日本字寫的。耀東伊阿爸講：『玉昭さんへ：私はお母さん、お姉さん、あなたと四人の息子たち、そしてまだ出生していない子に会いたいです。私は女の子が欲しいて、将来があなたと同じように美しいになります。なので、家族の写真を写真館で撮って下さい、そして金門に送ってください。その写真を私は胸のポケットに入れておきます。だから潮風に吹かれたり、強い日差しに照らさせれてはいけないのです。』」

玉昭媽媽唸出一連串的日語，音調悠揚低迴，是夫妻間平淡又雋永的真情。

原來——信紙可以藏、可以燒；今生至愛的話語，卻是鐫刻於心版，永存永在的。

我生平第一次，因為聽不懂日文，遺憾到要捶心肝。

好在，陳大哥間接翻譯了：「我父親信上寫著：『玉昭吾妻：我很想念阿母、不纏大姊、妳、四個兒子，以及我們未出生的孩子，希望她是女兒，將來會與妳一樣美麗。請去照相館，拍一張全家福的照片寄來金門。我放進胸前的口袋，就更不懼怕海風吹、烈日曬了。』」

「就是這一張全家福照片嗎？」我指著玉昭媽媽手上的相片。

「是的！」母子同聲回答我。

黑白照片上，老、中、小共九個人。我要王安民一個一個細細拍攝。陳大哥也一個一個慢慢解說。

六十年前庶民版的全家福，在風雨飄搖、物資窮困的臺灣島，實在是得之不易。只因為烽火前線的丈夫，日夜懸念著一家老小，他們家才捨得花這筆大錢。

「這一位是祖母陳甸。」

其實，陳大哥不必指認，我也看得準確。

老人家——果然和牆上的大頭照一樣，還是緊緊繃著一張素樸的老臉，無悲也無歡。生於民前六年（一九〇五）的她，那時也不過才五十三歲。莫非憂患催人老？慈母心，石磨心哪！

「這一位是我的姑姑陳不纏。旁邊站的，剪清湯掛麵學生頭的，是她生的兩個女兒，我表姊。」

「您不纏姑姑的脖子怪怪的，歪腫出一團肉，比乒乓球還要大，是不是缺少碘，甲狀腺出了問題？」因為好奇，我又變回「白目」無情的採訪人。

▲無法寄達陳茂根手中，從金門被退回的「全家福」（後排：陳賴玉昭手抱么兒陳耀森、陳甸、陳不纏、陳不纏之大女兒，前排：陳耀祥、陳耀基、陳耀東、陳不纏之二女兒）。

「是的。那個時期，醫護資源大多配發於軍隊，民間既缺醫又缺藥。臺灣島上，大脖子的人好多。後來，政府下令在鹽巴裡加了碘，才控制下病情。」

「您的姑丈呢？怎麼沒一起拍照？」

「姑丈全身『出黑珠』，可能是得了傳染病天花，早就去世了。不纏姑姑三十多歲就守寡，守節撫孤，七十多歲過世。」

我心一凜。真的是風雨摧折，永不屈撓的一家人！

「這一個是我，這是二弟耀祥、三弟耀基。那時期的男童，為了省錢、省麻煩，個個都剃了大光頭；又因為沒鞋子穿，一年四季，不管多熱多冷，都是光腳丫。」

「上頂天光、下接地氣，反而身強體壯哩！」我回應了一聲，大家都笑了。

「你們看：那時候，我媽媽很消瘦，臉頰都快凹下去了。她懷中抱的是我小弟：耀森；肚子裡懷的是我妹妹：秀慧。」

「耀森……」玉昭媽媽低低喚了一聲。

我瞥見陳大哥伸出手，拍了拍、撫了撫母親的手背，滿滿是細膩的溫柔。

「照片拍好了，寄去金門。陳爸爸收到了，一定很開心。」

「不！來不及。父親他來不及收到，也永遠看不到……。幾個星期之後，我們都收到骨灰了，這張全家福的照片，才從金門被郵寄，退了回來……」

一口一口餵

「陳大哥，後來怎麼接到令尊陣亡訊息的？」

哪怕是撕裂當事人的心肝，該問的，還是要提問。雖然，採訪者也早已心淒淒、淚盈盈了。

「爸爸當兵以後，『渥肥』的粗重農事，都由挺著大肚子的媽媽在做。她隨身攜帶著一臺小收音機，不放過任何軍方的消息。那天，好像是九月十四或十五日……」

「不對！是九月十七日。耀東的阿爸已經戰死在金門七天了！」九十多歲的玉昭媽媽，音調有些淒厲，糾正了六十幾年以來，兒子記憶的小誤差。

「是的，父親是九月十一日，砲火最猛烈的時候，在金門陣亡的。唉！都該做頭七了，我們家才被通知。」

「是如何被通知的？」我追著問。

「那天，和往常一樣。媽媽把兩大桶水肥，挑到菜園子裡，正一杓接一杓的『渥肥』。我和二弟、三弟，一邊拔草一邊嬉笑……唉！都變成孤兒了，還玩得那麼開心！

突然，媽媽慘叫一聲，全身癱軟，跌在菜圃裡，一直尖叫：『不可能！不可能！天呀、不可能！……』。

我們衝過去，才八歲、六歲、四歲的小孩兒，哪有甚麼力氣？怎可能把媽媽扶起來？兩個弟弟嚇得哇哇大哭了。哭聲中，我聽到收音機重複播報著：『嘉義市，陳茂根』，卻不知道發生了甚麼事？一直到祖母揹著小弟耀森，衝了過來……。

祖母一把就把媽媽拉起來，兩個大人的臉都一樣，一樣的青惶惶、白蒼蒼，渾身發抖。

祖母喊：『有可能弄不對的，同名同姓的人一大堆，陳家不會那麼衰。冷靜、先冷靜！勿要再渥肥了，入去厝內吧！耀東，把阿弟仔都牽進來』。

過了不久，市公所兵役課的人就來報父親的死訊了。媽媽暈死過去。被救醒後，全身不停顫抖，還是一直重複那句話：『不可能！不可能！』

當下，太突然、太驚愕了，全家都哭不出來……。

客人走後，媽媽才摟著小弟耀森，悲傷到死去活來。她邊哭、邊哀嚎：『茂根！你不是想阿母、阿姐、我、及四個後生嗎？你不是要看全家福照片嗎？我都寄去了。你勿

▲九十二歲的陳賴玉昭女士，手捧婆婆陳旬、丈夫陳茂根的遺照。

要讓肚子裡的囝仔，一出世就見不到爸爸。你回來，茂根！你給我回來，回家來……。』

冬陽燦爛的清晨，白髮蒼蒼的兩母子，述說著天倫慘變。雖然，悠悠六十多年過去了，傾訴者依舊慟斷肝腸，聆聽者也涕淚漣漣。

不用問也知道，最先收拾心情，面對眼前巨變與未來殘酷的，一定是永不哭泣的陳旬阿嬤。

「祖母叫我顧好媽媽及弟弟。她轉身進廚房，做出三菜一湯的晚餐。小孩子不懂事，還是吃得香噴噴。媽媽卻一口飯也沒吃、一滴湯也沒喝……睡到半夜，我起床去尿尿時，看到昏黃的燈光下，祖母端著一碗飯，一口一口在餵媽媽……」

回來

涕淚漣漣的採訪者，接下去，真的不忍心再問迎靈、接骨灰的情境了。陳大哥也主動避開那段腐心蝕骨的記憶。

「兩個月後，妹妹秀慧出生了。家裡有了一點點喜氣，全因為生的是女兒，符合了爸爸的期望。

可是，媽媽一抱起妹妹就掉淚。她常常一邊餵奶、一邊低聲呼喚：『茂根、茂根，回來，回來看咱們的查某嬰仔呀！』」

我望著玉昭媽媽，她情緒非常激動，只是拼全力壓抑著，壓成了兩片嘴唇瑟瑟的顫抖。

突然，客廳大門打開了，陳大哥迎了上去：「才說秀慧，秀慧就到。來得好！換妳當發言人。」

遺腹女——茂根與玉昭十年夫妻的華麗句點。她帶著美麗的媳婦、五個月大的孫兒，笑盈盈走了進來。

「來！乖！阿祖抱、阿祖惜，阿祖親一個！」玉昭媽媽抱起了心肝小曾孫，又是逗、又是親、臉頰依偎又摩挲。小男嬰怕癢，扭手又踢腿，笑呀笑格格。

眼下，客廳裡，四代同堂了，不知掛回牆上的陳旬老阿嬤，是不是可以展顏微笑了？

「阿兄，您繼續說，我找機會插插嘴，補充一點就夠了啦！」六十出頭的妹妹，笑臉燦爛，幾乎沒有風霜的侵害。可見，十年夫妻的句點，不只華麗，也圓滿。

「秀慧的名字是伊阿爸取的，茂根在最後一封信上寫：『あなたは女の子を出産するなら、あの子は秀慧って呼びます、意味は秀外慧中になるを願っています、永遠に美しくて賢いです。』」玉昭媽媽又唸出一段幽幽的夫妻絮語。

陳大哥再次替沒有語言天分的我，進行快捷的翻譯：「我父親信上寫：『假若生下女兒，漢字就取名為「秀慧」，希望她「秀外慧中」，永遠美麗又有智慧。』」

「無啦、無啦，我一定讓爸爸失望了！」秀慧燦爛的笑容中，有女兒對父親的撒嬌。

「只可惜，阿爸他回不了家，沒見過妹妹！」

「有！伊有回家！」母女倆雙口同聲，急切又嚴正的反駁。

陳大哥搖手又搖頭：「啊！別說、別說！說了，也沒人相信！」

這下子，更要打破砂鍋問到底了。我轉頭凝視陳家的遺腹女——出生前兩個月，在媽媽肚子裡就變成孤兒的女兒，何以堅信爸爸曾經回家？

秀慧的表述能力絕不輸陳大哥，換她侃侃而談了：「我出生不久，媽媽以『烈士遺孀』的身分，頂替了父親的職缺，進入阿里山鐵道的『機關部』，卻只能擔任油漆工。我被送去大姨家受照顧；另外，也請一位臨時褓姆，來家中幫忙帶小哥耀森。」

「耀森、耀森……」玉昭媽媽又低聲輕喚，一臉的淒楚。

大家狐疑的眼光投向陳家兄妹。他們似乎有欲說還休的為難。而玉昭媽媽的眼淚，又一滴一滴從臉頰滑落了。

沉默又沉重呀！我的心又開始絞緊，準備迎接震撼。

良久，還是由目睹悲劇的陳大哥接話了：「每次，媽媽下班回家的第一件事，就是解開長揹巾，把耀森從褓姆的背上抱下來。那一天，她直覺奇怪，怎麼耀森安安靜靜，沒吵著要媽媽抱？趕上前一看——一切都太晚了。才二歲的耀森已經猝死在褓姆背上了。緊急送去嘉義市最有名的『吳百發小兒科』，也查不出死亡原因。」

「是在過年後。二月二十三日，耀森走了，永遠離開我。」玉昭媽媽呢喃了一句。

記得這麼刻骨銘心！可見那個年，有多麼難過；那個日子，有多麼斷腸！幼子夭折了，距離丈夫戰亡，才五個月。這一連串的人倫慘變，陳家怎挨得過？

「媽媽差一點就活不下去。她大病一場——嚴重的胃出血，住醫院治療了。」

「耀東的阿爸有回來！真的有回來！」玉昭媽媽的語氣很堅定，希望兒子繼續講下去。但是，受過理工訓練的男人，有他科學的認知、理性的抗拒。

不得不換妹妹接口了：「後來，媽媽時常告訴我：她住院時，昏昏沉沉，虛弱到極點，也傷心到崩潰。有一天，深夜，爸爸回來了。坐在她的病床前，握著她的手，也撫著她的臉，不斷的安慰她、鼓勵她，說一切都會變好、她的身體會健康起來、將來也會子孫滿堂。要她一定要咬緊牙根撐下去。還有一個老母要送終、四個親骨肉要撫養，一切都只能靠她。她千萬不可以想不開、不能不想活……。」

「我一直認為，那是母親身體病弱或太過思念爸爸，所產生的幻覺……」理性的陳大哥替感性的妹妹加註解。他一定是覺得真實的生活血淚，不要有怪力亂神的打擾。

玉昭媽媽還是接話了，哀哀的補充了細節：「後來，雞啼了，天要光了，耀東的阿爸不得不離開。伊走幾步，還回過頭講：『我會時常回來看秀慧，妳要勇敢、要放心！』……天完全光亮了，我呆呆坐著，分不清楚是做夢或真實？旁邊病床躺的歐巴桑，是不識字的討海人，來割盲腸的。她問我：『妳囝仔的阿爸，是吃啥頭路的？伊顧妳顧一暗暝，陪妳陪到天光，就不怕日時上班，會無精無神，一直愛睏嗎？』」

十年夫妻，一陰一陽、一生一死，情在，一切就在。是真？是幻？一點都不重要了。

「但是，爸爸真的有回來看我！是真的！」秀慧眼底有欣喜、也有淚水。

「唉！她們母女倆呀！好像都有靈異體質，特別敏感，看得到另一個世界的父親。我就從來沒見過，連做夢都沒夢過。」陳大哥笑了。笑容中有藏不住的羨慕。

「是真的！」秀慧斬釘又截鐵：「小哥耀森猝死後，媽媽就把我從大姨家帶回來。白天由祖母照顧，晚上就和媽媽一起睡。我時常夢見一個穿綠色衣服的阿兵哥，握我的手、摸我的臉，很溫柔的喊：『秀慧、秀慧！』醒來後，媽媽告訴我：『是阿爸想妳，返回故鄉來看妳，勿要怕！伊會保庇妳平安長大的。』」

「有件事，我從來不講……講了怕媽媽更傷心。」陳大哥突然搶話了，邊說邊哽咽：「我從不相信這些稀奇古怪的事。但是，有一次，我忍不住問妹妹：『那個穿綠衣服的阿兵哥，是怎樣握妳、摸妳的？』

妹妹說：『他會先捏捏我的肩膀，順下來握握我的手臂；再把我的手心合起來，握在他兩隻大大厚厚的手掌裡面。』

我聽完，躲到旁邊去哭很久，因為妹妹說的，正是當年，我們全家去中坑軍營，最後一次父子相見，爸爸摸我三個弟弟的手勢……一樣，真的完全一樣！」

匪類・倒唱國歌

我這個採訪人真的很差勁，又躲進洗手間，狠狠的哭了一回。

再跨進客廳時，卻撈到曾錦煌大哥講的一句話：「我擔任『八二三烈士遺族勵進會』會長期間，也訪談了許多遺孀與遺孤，類似這種『生死相見』的動人故事或心靈感應，我聽了很多、很多……」

我又默然了——或許，盛壯之年就驟然去世，烈士們英靈不滅，又心存大憾。一縷縷孤魂，放心不下故鄉的父母妻小。因此，飛越了茫茫大海，穿透了生死藩籬，各自用不同的形式，表達了深深的依戀與眷顧。茫昧又懵懂的我們，怎能不敬畏呀！

「妹妹從小就很乖，很得人疼；兩個弟弟也很受教。只有我，青春期太叛逆了，簡直是『匪類』。」陳大哥淚中帶笑的說著。

「怎麼樣的『匪類』法？」

「我的內心，積壓著一股莫名其妙的怨氣，簡直是把人生橫起來過。祖母用巴掌及棍子，當然管教不了我；被工作及家事綁架的媽媽，哪有時間管我？」

「哇！您是大尾流氓？」王安民又歪出腦袋瓜來，口氣帶著欽慕。男人呀！好勇鬥狠，莫非是天性？

「遲到、早退、服裝不整、不午睡、不考試，成績單全部零分、找人單挑——『釘孤枝』、聚眾打群架、偷摘水果、翻牆逃學……。」

「就這樣喔！」王安民顯然失望了。

「十四五歲的小屁孩，哪幹得了甚麼大壞事？只因為頑劣兼頑皮，在學校裡，累積了不少次的警告及小過。後來，又因為『國歌事件』，差點被勒令退學。」

「甚麼『國歌事件』？是政治迫害嗎？」我也興致高昂起來。

「哈哈！說來好笑。有一次，我打架打贏了，強迫對手一字一字倒唱國歌，從『終始徹貫』倒唱回去『義主民三』。

那個笨傢伙，架打不好，語文程度也很差，吱吱唔唔的，唱不下去。我當然又猛K猛揍他一頓。他不服氣，回家去哭訴。隔天，他阿爸就領著他，去訓導處告血狀。

這下子，慘了，天翻又地覆，學校裁定我：『大逆不道。潛意識裡，意圖顛覆國家』，再記了我一支大過、一支小過。前科累累的我就面臨『勒令退學』的厄運。」

▲陳耀東讀高中時的照片。

「退學就退學，換另一家中學去讀！」我順口接腔。

「哪有那麼簡單！當時，被勒令退學的人，其他學校也不敢接收，一生的前途就被活活斷送了。」

「後來，陳大哥，您真的被退學了？」

「就只差那麼一點點！『記過通知單』一寄到家，媽媽立刻抓了兩隻養得肥嫩嫩的雞，綁起腳爪，一手倒提一隻。帶領理著大光頭、滿臉青春痘的我，走了好遠好遠的路，去拜訪縣立中學的陳嘉洋校長。媽媽一直鞠躬懇求，說丈夫陣亡，她為了生活奔波，根本沒時間管教，兒子才會誤交壞朋友；媽媽又極力申辯：八二三殉國烈士的後代，父親都為國為民犧牲了，怎麼會有顛覆國家的念頭？請校長一定要主持正義……那個時候，我站在旁邊，眼睜睜看著媽媽又哭又啼，低聲下氣的哀求。突然間，我內心覺得很羞慚、很愧疚……。」

「後來，校長就不退您學了嗎？」

「校長聽媽媽哭訴家世的艱辛，竟然感動了，也陪著哭到淅瀝嘩啦，眼淚鼻涕流滿臉。後來，不知道用甚麼特別的名義，記了我一支小功。『功過相抵』之後，我才從『勒令退學』變成『留校查看』。」

「那兩隻肥嫩嫩的雞呢？」

「雞被婉拒了，又被媽媽倒提著，一路提回家去。跟在後面的我，更是羞愧到極點——因為自己的『匪類』，害得媽媽丟臉，連雞都慘遭『倒懸』之苦。從那一天起，我才真的改過自新。不過，也嚐到『匪類』的苦果——別人初中只需要讀三年，我卻念了四年才畢業。」

「好佳在！陳校長是好人，是大好人！」玉昭媽媽眼角的皺紋再次悠然舒展，像玉蘭花幽幽吐香了。

昭昭如玉

「陳大哥，您真的就從此懸崖勒馬，不再『匪類』了嗎？」

「差不多！我考上了嘉義高工，乖乖讀書，三年就畢業了。」

「玉昭媽媽何時從公職退休的？」

「媽媽是辭職的。因為祖母晚年得了氣喘，常常出狀況，需要有人守護兼急救。媽媽她種菜、賣菜，批發、零售都自己來：早上三點多，她起床拔菜；五點前，用推車把青菜推去批發市集；七點左右，又在菜攤上零售；中午，才趕回家做飯。總之，為了一個生病的婆婆、四個嗷嗷待哺的小孩，媽媽從清晨忙到深夜，像一顆陀螺，不停不停的兜兜轉。」

我停下筆，酸淚又湧滿眼眶。

是呀！從春風掀飛斗笠的那一刻開始，這一對人間兒女，纏綿了十年的情愛。縱然，八二三戰役，砲火轟碎了團圓、驚醒了美夢；但是，就算不能執子之手，與子偕老；生者也甘心替逝者，克盡人子之孝、挑起人父之職。

生與死，天大地大沒錯！但是，在至情至愛面前，渺小如塵沙！

總不能一直把自己搞哭，動不動就躲去洗手間吧！我擤了擤鼻子、擦了擦淚水，用比較輕鬆的話語問：「陳大哥，變乖後的『匪類』有認真幫忙家務嗎？」

「當然有，天還沒亮，我就不敢賴床，一路幫媽媽推車去市場批發，再趕去學校上課。你們相信嗎？媽媽種菜、賣菜，但是，家裡吃的菜，卻都是我黃昏放學後，趕去東市場買最便宜的。」

我腦海裡出現幾個影像——冬天裡，颼颼的冷風，利如刀、銳似劍，不停的朝母子倆身上戳刺，而他們使出了洪荒之力，一步一腳印，推車向前行。……春天時，濃霧茫茫，母子倆笑語盈盈，規劃著菜圃裡要撒甚麼菜籽、搭甚麼瓜棚？

昔日的「匪類」，轉大人了，變成了長子的模樣、承接了大兄的擔當，不只會教弟弟數學、物理；還會替妹妹縫釦子、做風箏。陳旬老阿嬤的巴掌及棍子，應該都可以放下了。

「高中畢業後，我去服兵役，在臺中竹子坑受訓幾個月。沒想到，抽籤下部隊時，竟然抽中『金馬獎』！」

我心頭一凜，嘴裡卻故意半開玩笑：「玉昭媽媽一定錯拜了戰神關公、海神媽祖，才會讓兒子渡大海去金門馬祖前線作戰。」

「我甚麼神都去跪、去拜；全都叩頭懇求過了！」玉昭媽媽的說明，令人心碎。

「不只這樣，媽媽還去市公所兵役課哭訴兼拜託。但是，流乾了眼淚、哭啞了喉嚨，還是不能改變我去金門當兵的命運。」

是呀！一門孤寡已經夠淒涼了。丈夫在金門中砲身亡十三年後，長子又被派去砲火隆隆的傷心地當兵。那漫長的一年十個月，真不知道玉昭媽媽是怎麼度過的？

「在金門，我第一次到『八二三戰役國軍將士忠烈錄』前，找到了父親陳茂根的名

▲一九七一年二月至一九七二年十二月陳耀東在金門服役。

▲陳耀東駐防金門一年十個月。

字，忍不住嚎啕大哭，哭倒在石碑前。那種傷、那種慟，豈是一般人所能了解的。」

「我懂！我也在石碑前，對著亡父的名字慟哭過。」曾錦煌大哥又掏手帕擦眼睛了。

「民國六十一年年底，我總算從『單打、雙不打』的金門前線調防回臺灣，隔年十一月平安退伍。回到家的那天，媽媽在門口燃起一盆熊熊的炭火，叫我抬高腳，跨過火爐，去除穢氣。她再端一大碗豬腳麵線給我吃；又陪我向祖宗牌位上香，行三跪九叩的大禮。

媽媽趴在地上，哭喊我過世的祖母：『卡桑！卡桑！您的大孫耀東，平平安安從金門退伍了。您免再操煩了、免再操煩了！』

「玉昭媽媽心底一定也哭喊著丈夫，那陣亡十六年，永遠不能平安回家的丈夫！」話到嘴邊，我硬生生摻著眼淚，吞嚥下去。

「後來，我去布店學做生意，再轉行改做建築。因為常常跑銀行，看中了職員張小姐，就死追活追，把她變成了陳太太。另外，又相中了一位周小姐，把她變成我二弟耀祥的老婆。」

「哈！哈！哈！太厲害了。陳大哥，有空傳授一下功夫，教教王安民。他這小子，笨得像隻呆頭鵝！」

「五年內，我們兄弟三人娶了三個賢慧的乖媳婦送給媽媽。後來，妹妹也嫁了一個好丈夫。」

「玉昭媽媽一定很高興！」我心裡響起六十多年前，陳亡烈士在病床旁邊，對著妻子許下的承諾：「妳的身體會健康起來、將來也會子孫滿堂！」

「現在，玉昭媽媽有幾個孫子、曾孫子？」

「內孫七個、外孫三個，學醫的、幹工程的、當文書翻譯的全都有，分別在澳洲、南非及臺灣發展。事業小成後，也都嫁娶成家了。還算不錯啦！都有遺傳到陳家的拼鬥基因。曾孫子嘛！目前有十二個，還在持續增加中。」

「哇！興興旺旺，好熱鬧喔！」

「是呀！過年過節，兒、孫、曾孫、媳婦、孫媳婦，一起圍爐吃團圓飯，至少要席開四五桌。」

總算可以放心，舒暢又開懷的笑了。笑聲中，秀慧把牆上的陳爸爸請了下來。玉昭媽媽把丈夫捧在懷裡，白髮蒼蒼的九十多歲與英挺俊美的二十九歲，對比著歲月的無情，也證明了夫妻的深情。

「媽！您還要改名字嗎？」秀慧貼近媽媽的耳朵，問起了俏皮話。

「老都老了，改名不改名，都已經無啥要緊了。」

「為甚麼玉昭媽媽想改名字呢？」我又好奇了。

「媽媽常說：『我叫玉昭，名字對應了人生——「昭」就是日日活在刀口下，還要時時被「玉」石來磨』。」

大家又沉靜了。

眼前這位喜愛閱讀德川家康、川端康成的女子，對自己名字與命運的詮釋，是這麼剴切、這麼殘忍！

「哈！我知道，您不想改，是怕爸爸再回來找您時，叫錯名字、找錯人。您老雖老，還是會吃醋的！」小女兒畢竟是小女兒，一派的撒嬌兼耍賴。

玉昭媽媽也耍賴：「我耳朵重，聽無妳講啥？」

「秀慧姊：妳一出生就見不到爸爸，有沒有甚麼遺憾？」我的「白目」又發作了。王安民立刻賞給我一個白眼。

「沒有呀！媽媽告訴我：『想妳爸爸時，就去看哥哥。哥哥跟爸爸長得一模一樣……』」

陳大哥把父親的遺照高舉在臉旁，裝了個鬼臉，再問一句：「爸，老爸！您七十歲的時候，會跟我一樣帥嗎？」

我又去了一趟洗手間，待得更久，用嘩啦啦的水聲，掩飾我止不住的淚泉。

終究是要告辭的。雖然，這次的訪談，是那麼的揪心揪腸！

陳家四代仍然送到路口；玉昭媽媽的手心依舊粗糙又溫柔。

問世間情為何物？無論是親情、愛情，從陳家都可以找到答案。

我一邊落淚，一邊想起《詩經》的句子：「言念君子，溫其如玉。」玉昭媽媽「日日活在刀口下，還時時被玉石磨」的日子已經過去了。現在的她，絕對稱得上「人間節婦，昭昭如玉」了。

▲陳耀東手捧父親陳茂根遺照。父子倆長得一模一樣。

後記

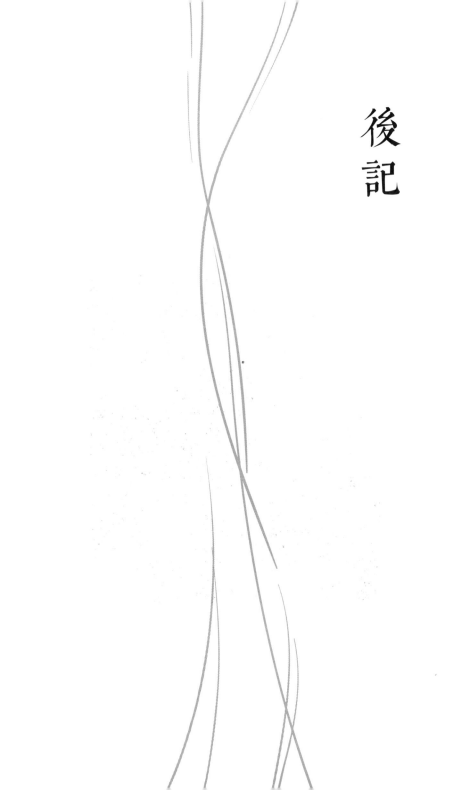

我的母親「阿枝師」

呂麗慧

一日，突然接到中正大學王瓊玲教授的電話，希望我為小說《春閨夢》寫一篇「後記」。放下電話後，我深深感到惶恐不安，自忖筆拙詞窮，怎有能力暢述母親一生的艱辛與節烈？哪敢在教授的深情妙文之後狗尾續貂？

但是，感念教授這幾年來一直關心八二三遺族的生活，更進一步將這段被淡忘的歷史付諸文字，不僅讓社會大眾了解史實真相，更讓身為遺族的我感動莫名。因此，也就勉力為之，撰寫此文了。

「回憶」這東西像是一件毛衣，以為只要小心呵護，即使十年、二十年都能完好如初；但一不留神扯到線頭，就會勾拉出長長的線，再也塞不回去，而且是越拉越長，越拉越遠。對我和母親而言，六十四年了，一段多麼漫長的歲月，點點滴滴的無奈，串連成一幕幕的辛酸血淚。

打從我出生開始，就不知父親為何物。父親對我而言，只是一個陌生的名詞。後來，只能透過僅存的幾張泛黃照片去認識父親——原來他是個濃眉大眼、英氣逼人的美男子。

小時候最常問母親的一句話就是：「**別人都有爸爸，為什麼我沒有？**」每問一回母親就哭一回。也不知道何時開始，才知道我不是沒有爸爸；我的爸爸還是個英雄，只不過是在殘酷的戰爭中為國捐軀了。

我的母親自娘胎出生起就是悲苦。因為原生家庭連續生了五個女兒，盼不來兒子。當時民間有「換花」的習俗，必須將新出生的女嬰送人撫養，下回才會續生兒子。所以，母親就被連根拔起，出養到毫無血緣的家庭當養女。

因為一個無知的抉擇，扭轉了母親的一生。偏偏造化弄人，她的養父意外身亡，養母為了生活，只好帶著三位幼女再嫁。再嫁的家庭不僅生活拮据，後來又有兩個弟弟出生。食指浩繁之下，就更重男輕女了。當時，母親未足十歲，就必須照顧弟妹，揹著小小孩洗衣、燒飯、放牛。有一次，還因為下大雨，溪水高漲，她小小身軀無法牽動大牛隻，竟被大水沖走。最後雖然幸運的被救起，但也飽受了驚嚇。

母親稍微長大後，開始出外幫傭賺錢，貼補家用。後來，輾轉來到了鎮上一家私人診所，遇到了生平第一位貴人：診所醫生的弟媳。她利用晚上空餘的時間教母親裁縫。母親雖然沒上過學，不識字，但是她聰明靈巧，很快就學會製圖、裁衣、縫衣、車衣的手藝；後來，甚至開班授徒，成為廣受敬仰的裁縫——「阿枝師」。也因為靠著這一點功夫，我們母女在父親陣亡後，才能相依為命、衣食無虞。

我的父親出生在一個兄弟姊妹共十二人的大家庭。他排行第四，因為祖父是「土水師」，所以家裡有一半的孩子跟著學「起厝」。父母親經媒人撮合，相戀一年後結婚，也才二十一歲和十九歲而已。只不過幸福的日子很短暫，新婚才五個月，父親就被徵召服役。入伍前夕，母親告訴他懷孕了。當時，父親很高興的許願，希望生個女娃，因為他覺得生女兒，可以打扮得漂漂亮亮，成為家中的小公主；更可以彌補妻子幼時的坎坷與缺憾。所以，他預先取了名字——「麗慧」，期盼女兒能「天生麗質，秀外慧中」。不幸，隔年（一九五八年）「八二三臺海戰役」爆發，父親當時擔任傘兵，執行運補任務時，不幸壯烈犧牲在金門料羅灣上空。

一個晴天霹靂的噩耗傳來，讓母親深陷於痛苦的深淵，不僅見不到人，更等不到完好的屍首。幼嬰出世不到半年，嗷嗷待哺；上有年老的翁姑需奉養、下有尚未成年的小姑小叔們需照顧。如此惡劣的轉變，母親唯有更堅強的面對與承擔。她溫柔敦厚、剛毅信實，即使沒有丈夫的依靠，再惡劣的環境，她都咬牙苦撐，堅定的要把女兒撫養成人。當時還曾因傷心過度，身體虛弱無奶水，幼嬰還須倚賴隔壁伯母奶水救急。

她藉著一針一線的裁縫手藝，再養雞、餵豬，獨自拉拔女兒長大。更善用父親的撫卹金幫助叔叔成家立業。她同時遵從父親的囑咐，每天把女兒打扮得亮麗可愛，更在「輸人不輸陣」的堅持下，寧願自己省吃儉用，吃番薯籤粥配鹹菜，也要讓女兒學芭蕾舞、學鋼琴、學畫畫，穿生生皮鞋……這些在當時的年代是多麼的奢華呀！只因為她把一生的希望和期待，全部寄託在她與丈夫唯一的女兒身上。

母親是一個認命的傳統婦女，不怨天地，不爭不吵，樂觀處世，熱心助人，因而獲得超好的人緣。即使今年已高齡八十五歲，左鄰右舍，親朋好友，任何疑難雜事，都要問過母親才安心。甚至家裡的馬桶不通、窗簾壞掉等芝麻綠豆小事都要找母親幫忙，看在我眼裡只能搖頭又讚嘆。如今我也擁有一個幸福的家庭，母親也升格當了「阿祖」，兒孫們都相當孝順、懂事，我想這應該是母親這一生中最大的願望。

母親這一生對父親用情至深，雖然她從未說出口，但作為子女的我，每當看見母親一炷香，站在父親牌位前，兩行清淚，我好想問，到底母親都對父親說些甚麼？母親一生等待，從紅顏到白髮，終究沒等到父親的歸來。兒時的我不懂母親的淚、也不懂母親的傷。如今自己歷練人生六十餘載，擁有夫君的愛、子女的愛之後，終於可以明白母親的心了。我不能代替父親，也無法彌補母親一生韶華空度、無人相惜的遺憾，我只能在母親往後的歲月裡，給她無盡的照拂與感恩。

願我的母親長命百歲，讓我多些時間回饋她給我的一切。

真筆淚寫遺孤情

曾錦煌

我是戰火遺孤，也是「八二三戰役陣亡烈士遺族勵進會」的創會會長暨第一、二任理事長。自讀中學起，我就開始蒐集八二三砲戰的相關資料。創會之後，又與「全國八二三戰友協會」許多伯叔輩們有很多交流。因此，當瓊玲寫長篇史詩小說《待宵花》時，我便以陣亡烈士遺族的身分，提供了許多史實資料，作為她寫作的參考。

《待宵花》小說出版後，兩個月就印行十三刷，可見讀者對那一段被政府刻意忽略的戰役，充滿了好奇與重視。其後，瓊玲在各地的演講中，提到遺孀的奮鬥血淚，得到許多讀者回響，大家熱切期望她寫遺孀的故事。她抽空由我陪同訪談幾位遺孀和遺族。

二〇一八年，瓊玲與我獲邀參加內政部營建署、金門國家公園與文化大學主辦的「八二三砲戰六十周年紀念研討會」，與許多金門耆老、史學研究者和金門文史工作者有很多交流和資料的蒐集，更堅定瓊玲要完成八二三戰役陣亡烈士遺孀故事的決心。

瓊玲在教學與編寫劇本的繁忙日子中，陸續完成三位遺孀的故事寫作：

呂陳氣媽媽荳蔻年華時，曾與呂松全同遊嘉義梅山公園。二人在高潔堅忍的梅花林中，滋生愛苗。而後，有情人終成眷屬。呂先生卻在婚後五個月，奉召入伍服役。八二三戰役中，身為空軍的他，在料羅灣上空，進行運補任務時，為國壯烈捐軀。呂媽媽靠著一身的裁縫本事，撫養了女兒呂麗慧長大。真是「玉立寒煙寂寞濱，仙姿瀟灑淨無塵」。

日治時期，陳賴玉昭媽媽喜歡讀川端康成的作品，是受過日式嚴謹教養的女子。在父母之命、媒妁之言下，嫁給了陳茂根先生。陳媽媽在丈夫陣亡後，孝養婆婆，守節撫孤，把失怙的兒女教養成人。陳家四代「千磨萬擊還堅勁，任爾東西南北風」的堅忍，怎不令人動容！

瓊玲刻意用「散筆寫緊事」、「輕鬆詼諧中，顯現血淚交織」的筆法，所寫的近八萬字小說〈阿罵與小猴兒〉，正是我家故事的創發。先府君為國犧牲時，我才五歲，但從家中接到噩耗時，尚未出嫁的六姑在曬穀場跺腳哭跳那一刻起，我就開始有了人生的記憶。

民國八十六年我在服公職期間，帶家母以自費方式去金門祭拜，在金門忠烈祠內找到先父的姓名，其後在「八二三戰役國軍將士忠烈錄」牆上也看到先父的名諱，那種衝擊的心情，母子倆永難忘記。

八二三戰役在文史教科書中僅簡單帶過，對為國陣亡烈士也缺乏應有的尊重，陣亡烈士遺孀、遺族們的艱辛與奮鬥也少人聞問。瓊玲將這一段國人即將忘掉的史實進行補闕，在俄羅斯入侵烏克蘭，臺海也充滿詭譎多變的今天，格外珍貴也格外令人欣慰。

對我喊父親的名

陳耀東

「八二三」——對我的兒女輩而言，是課本上一段短短的章節；對我的孫輩而言，是一個日曆上的數字；然而，對我與母親、弟妹來說，卻是一生一世深遠又震撼的影響。孩提時代，尚不懂政治、戰爭等國家大事；只知沒有丈夫的母親，不但要身兼多份工作，還要一手拉拔我們四個孩子；其中最小的妹妹甚至是遺腹女。在那個資源貧瘠的年代，我們過著胼手胝足、風刀霜劍的生活。我並非堆積形容詞在舉例，而是真真實實這樣在過日子。

那時候，母親無法清楚的對兒女們解釋，到底發生了甚麼事，讓我們家失去了父親？而忙著努力活下去的我們，僅能用孩童小小的力氣，揹著妹妹、牽著弟弟，確保餓肚子時不要餓到暈倒、穿不暖時不要冷到生病就好了。這可從我國小畢業僅二十五公斤，窺見當時全家生活得有多辛苦！然而，母親對我們的愛沒有因此而減少一點點。

待我年紀稍長，開始意識到家中環境和其他人不同，無數的疑問便在心中慢慢成形。為何我的父親必須是陣亡的戰爭英雄？他為何不能單純只守護我們家、在我們身邊就好?為何當時不能談論太多造成父親陣亡的原因?為何不能有明確的理由、說明、報告,或任何一種形式的告知,讓我理解,造成母親守寡、孩兒失怙的真相?一切只能從大人們的談論中慢慢拼湊與猜測。當年別說網路了,連報章都難得一見,我們便在這樣的憤慨中成長。

到了我要入伍當兵的年紀,對母親又來了一個沉重打擊,因為——在父親陣亡後的十三年,我也抽到了金門籤。當年,臺海局勢仍然緊張,身為長子的我,會不會如同父親一樣一去不回?這對母親來說,是莫大的憂慮與恐懼。我們沒有權力、沒有特例、沒有申訴管道,只能全然接受。對其他人來說,三年的兵期,最多也不過是二年的外島服役。但是,金門卻是母親喪夫、兒女喪父的惡夢之地,對全家心靈的創傷,絕對是難以負荷的。但是,無可奈何,我還是咬著牙、硬著頭皮、就這麼前去金門了。三年兵期,母親膽戰心驚二年,一直到我當完兵回到故鄉,母親才真正安心下來。

結婚、生子後,因為孩子的教育問題,我與妻兒搬至國外,但始終掛心在臺灣的母親。旅居國外十幾年當中,每年來來回回飛不下數十回,待兒女都上大學後,便攜妻回到臺灣,長伴母親至今。

母親今年已屆九十三高齡,人生中,有丈夫的日子僅短短十個年頭,而守寡的日子近六十五年。這長漫漫的孀居歲月當中，母親未曾有認識「新朋友」的念頭，更別說有再嫁的意念。現已失智的母親，我們無法問她到底對人生中「短暫相處」的父親究竟愛有多深切，但從她時常看著我、卻喊出父親名字，我們都能感受到，她對父親的這份愛，還在持續著。

有幸經由王教授之手，寫下了父母親的愛情、與母親漫長單親撫養四個孩子的故事。事事皆真，血淚交織！

小小老百姓，別無他願，只衷心期盼世上再無戰爭呀！

如果，人生也可以校對

王瓊玲

如果，人生也可以校對！
那些不該犯的錯誤，是不是就可以挑出來？
那些緜遠的傷痛，是不是就可以塗抹立可白？

挑出來就修，修完後又改。
反反又覆覆，
是耽溺的快樂，也是固執的折磨。
修來改去，卻又回到了初心與原點。

此時，才徹底明白：
原來　下筆如孕生嬰孩，
轉折　是　巧合及命定，

文字的　永劫回歸，
就是個性的　萬劫不復。

寫於《春閨夢》三校後

一夜新娘：望風亭傳奇

王瓊玲　著

囚困於無情時代的人們，
各自拖曳著生離死別的重量；
誰是寄託思念的歸人？誰是招惹惆悵的過客？
戰火之後，依然是無盡想望的家園，
與未曾止息的青春之歌。

十八歲的櫻子，本應在枝頭含苞待放，以望風亭為天地、依傍竹林歌舞。一場演講比賽卻意外灌溉了平凡農女的青春，她的花樣歲月註定要隨著太陽旗幟升起而燦爛；她的生命篇章亦因異地軍歌的吹響而從此變調。

以望風亭為中心點的汗路上，農女與年輕教師的淡淡情愫正逐漸萌芽；老伯公與日本巡學喃喃說著生命裡的曲折離奇；梅仔坑的眾子弟在異國權勢底下奮力生存……

新編客家精緻大戲《一夜新娘一世妻》
入圍2021傳藝金曲獎三項大獎

一、最佳傳統表演藝術影音出版獎
二、最佳團體演出獎
三、最佳音樂設計獎

（製作、演出：榮興客家採茶劇團／導演：彭俊綱／小說原著、編劇：王瓊玲）

駝背漢與花姑娘：汗路傳奇

王瓊玲　著

將缺憾還諸天地，是小人物方見真情。
補造物者的粗心，圓你我失落的彩夢，
修復人間死生契闊的憾恨。

王瓊玲老師親自操刀，改編為同名客家採茶大戲

傳藝金曲獎常勝軍榮興客家採茶劇團擔綱演出

榮獲2018傳藝金曲獎最佳傳統表演藝術影音出版獎

當流浪的花姑娘心心念念地等待情郎時，紅線彼端所繫的卻是忠厚樸實的駝背漢。她從沒想過，那一天的交談，讓她自此走向一個意想不到的人生。然而命運的殘忍利刃，卻一刀刀割斷他們的想望。趙家阿叔的自私強求、幼兒的嗷嗷待哺，榨乾了花姑娘一點一滴的生命。死去、活來……

一場場沒有劇本的戲碼，在生命中跌跌撞撞地上演著，面對無法預料的未來，我們是選擇自怨自艾、垂淚苦嘆，還是奮不顧身、舉步迎擊？透過本書的三篇故事，吁看駝背漢與花姑娘在寬懷無私裡掙扎著生與死；淚看阿惜姨與秋月在沉痛巨變裡學會海闊天空；笑看阿滿在青澀魯莽的青春裡逐漸成長……歲月的舞臺上，搬演的是一幕幕悲喜交集的人生。

美人尖

王瓊玲　著

十六歲的阿嫌，懷抱著青春的浪漫，嫁到了財大勢強的李家。然而，才隔幾個山頭，她額頭上旺夫家、積財寶的「美人尖」，卻成為婆婆眼中需要攔路破解的「額頭叉」，甚至招來「石磨倒挨」、家破人亡的詛咒。盛怒的阿嫌決定反擊，甘願以燦美如花的一身及一生為賭注，開啟她鬥爭不斷的人生……

張愛玲說，生命是一襲爬滿蚤子的華袍。在被爬蟲逗弄得全身發癢之際，你是奮起抵抗還是消極放棄？透過本書的幾則故事，看阿嫌的苦和惡，看老張們薄於雲天的義氣和酸楚，看含笑的無奈和善良，看「被過去鞭打、現在蹂躪」的良山……一段過分沉重的歷史，讓我們看見一群最勇於迎戰的鬥士！

國家圖書館出版品預行編目資料

春閨夢：那些被留下來的女人／王瓊玲著.——初版四刷.——臺北市：三民，2023
面；　公分.——（王瓊玲作品）

ISBN 978-957-14-7508-0（平裝）

863.57　　111012352

王瓊玲作品

春閨夢——那些被留下來的女人

作　　者　王瓊玲
責任編輯　林昕平

發 行 人　劉振強
出 版 者　三民書局股份有限公司
地　　址　臺北市復興北路 386 號 (復北門市)
　　　　　臺北市重慶南路一段 61 號 (重南門市)
電　　話　(02)25006600
網　　址　三民網路書店 https://www.sanmin.com.tw

出版日期　初版一刷 2022 年 10 月
　　　　　初版四刷 2023 年 3 月
書籍編號　S811720
I S B N　978-957-14-7508-0

版稅捐贈八二三臺海戰役陣亡烈士遺孀及公益團體

三民書局